DIE EISSTADT

Valos von Sonhadra

REGINE ABEL

COVERDESIGN
Regine Abel

HERAUSGEBER
Die Autorenflüsterin

ALLE RECHTE VORBEHALTEN
Urheberrecht © 2021

WARNUNG: Die unbefugte Vervielfältigung oder Verbreitung dieses urheberrechtlich geschützten Werkes ist illegal und strafbar. Kein Teil dieses Buches darf ohne schriftliche Genehmigung des Autors elektronisch oder in gedruckter Form verwendet oder reproduziert werden, außer im Falle von kurzen Zitaten in Rezensionen.

Dieses Buch verwendet eine reife Sprache und explizite sexuelle Inhalte. Es ist nicht für Personen unter 18 Jahren bestimmt.

Dieses Buch ist ein Werk der Belletristik. Namen, Charaktere, Orte und Begebenheiten sind entweder Produkte der Phantasie des Autors oder werden fiktiv verwendet. Jede Ähnlichkeit mit tatsächlichen Personen, lebenden oder toten, Ereignissen oder Schauplätzen ist völlig zufällig.

INHALT

Valos von Sonhadra-Serie	vii
Kapitel 1	1
Kapitel 2	12
Kapitel 3	32
Kapitel 4	54
Kapitel 5	69
Kapitel 6	82
Kapitel 7	113
Kapitel 8	128
Kapitel 9	146
Kapitel 10	163
Kapitel 11	182
Kapitel 12	196
Epilog	209
Über Regine	215

WIDMUNG

Für all die wunderbaren Damen der Valos of Sonhadra-Serie mit viel Liebe. Danke für all die Unterstützung, die Kreativität, das Lachen, die Albernheiten und all die anderen guten Dinge dazwischen. Ich kann mich nicht erinnern, jemals so viel Spaß an einem gemeinsamen Projekt gehabt zu haben.

Nero, du bist die berühmte, starke Schulter zum Anlehnen, die eine Frau sich jemals wünschen kann, wenn Schreibblockade und Selbstzweifel sie in den Wahnsinn treiben. Behalte stets diese verrückten Träume!

Mama und Papa, ich preise Gott jeden Tag, dass ich mit solch unterstützenden und liebenden Eltern gesegnet sein darf. Dank euch ist kein Berg zu hoch, keine Herausforderung zu groß. Danke, dass ihr immer für mich da seid, egal, was ich vorhabe, dass ihr an mich glaubt und mir helft, meine Träume zu leben, wie wild und verrückt sie auch sein mögen.

Ich liebe euch.

DIE EISSTADT

Sie ist Eis und Feuer: die Erschafferin des Lebens

Als das Gefängnisschiff, in dem sie eingekerkert ist, in eine Anomalie gesogen wird, überlebt Lydia nur knapp den Absturz auf einem fremden Planeten. Nur die sadistischen Experimente, die der Wissenschaftler des Gefängnisses an ihr durchführt, lassen sie in dieser rauen und gefährlichen Welt überleben. Die Zukunft sieht düster aus, bis sie auf eine prächtige Stadt aus Eis und ihren ungewöhnlichsten Bewohner stößt.

Kai ist fasziniert von der zarten Fremden, die von den Sternen gefallen ist und die Macht hat, seine im Winterschlaf liegende Stadt wieder zum Leben zu erwecken. Sie weckt längst vergessene Gefühle in seinem gefrorenen Herzen aus Stein. Kann sie die Rettung seines Volkes bedeuten oder wird die vom Schöpfer gestellte Falle ihren kollektiven Untergang herbeiführen?

VALOS VON SONHADRA-SERIE

Als ein Orbitalgefängnis durch ein Wurmloch gerissen wird und auf einem unbekannten Planeten abstürzt, ist jede Frau auf sich allein gestellt, um dem Wrack zu entkommen. Als ob wilde Bestien und das raue, fremde Klima nicht genug wären, entdecken die Überlebenden, dass die Welt nicht unbewohnt ist und müssen sich neuen Herausforderungen stellen – und riskieren dabei nicht nur ihr Leben, sondern auch ihr Herz.

Willkommen in Sonhadra.

Die Valos of Sonhadra-Serie ist die gemeinsame Vision von neun Sci-Fi- und Fantasy-Romantik-Autoren. Jedes Buch ist ein Standalone, enthält sein eigenes Happy End und kann in beliebiger Reihenfolge gelesen werden.

KAPITEL 1

LYDIA

Der lange, gequälte Schrei der Gefangenen 2098 endete in einem würgenden, gurgelnden Geräusch, bevor er sich mit erneuter Agonie wieder erhob. Ich saß auf dem gefrorenen Boden meiner Arrestzelle, die Knie an die Brust gepresst und schaukelte hin und her, als ein weiterer Schrei durch die Tür an meine Ohren drang. Die Wissenschaftler hatten heute viel länger als sonst an Quinn – meiner Leidensschwester – herumexperimentiert.

Sobald sie mit ihr fertig waren, würden sie mich holen kommen.

Mein Magen drehte sich um, die Windungen des Schreckens übertrafen die Schmerzen vor Hunger bei weitem. Dr. Sobin ließ mich nie vor einem Experiment essen. Sie wollte nicht, dass ich sie vollkotzte oder an meinem eigenen Erbrochenen erstickte. An diesem Punkt würde ich diesen Tod der bevorstehenden Untersuchung vorziehen.

Eine weitere Hitzewallung setzte mich in Brand. Schweißperlen überzogen meine nackte Haut. Ich streckte meine Beine aus und lehnte meinen nackten Rücken gegen die kalte Metallwand hinter mir. Die Arme ausgebreitet, die Beine gespreizt, wartete ich darauf, dass sich mein Körper abkühlte. Auch wenn ich nicht in den Wechseljahren war, hatte mich die ständig durchlebte Pein mit bloß vierundzwanzig Jahren in ihrer schlimmsten Form zu ihrer Sklavin gemacht. Als ich aufwuchs, hatten die Ärzte versagt, meinen Zustand zu erklären.

Seit meiner Ankunft auf dem Weltraumgefängnis, der *Concord*, hatten die Experimente von Dr. Sobin die Symptome nur verstärkt. An einem guten Tag brannte ich nur fünf oder sechs Mal pro Stunde. In letzter Zeit fühlte es sich eher wie einmal alle fünf Minuten an. Obwohl ich meine Temperatur regulieren konnte, kostete mich das viel Energie und ließ mich beinahe verhungern. Bei dem ständigen Nahrungsmangel blieb mir nichts anderes übrig, als es durchzustehen.

Mit meiner durchschnittlichen Körpertemperatur von zweiundvierzig Grad Celsius, weit über dem sicheren Wert für einen menschlichen Erwachsenen, hielten mich die Gefängniswärter isoliert in diesem kalten Raum. Das passte mir gut, denn die meisten Insassen auf diesem Gefängnisschiff waren abartige Freaks, die schlimmsten Kriminellen von der Erde, die zu lebenslanger Haft verurteilt waren.

Für kurze Zeit hatte ich begonnen, mich mit drei anderen Insassinnen anzufreunden, Quinn, Zoya und Preta – die wenigen anständigen Menschen in diesem Höllenloch. Eine nach der anderen wurden sie weggebracht, um auch an ihnen zu experimentieren. Ich hatte keine Ahnung, was aus Zoya und Preta wurde. Quinn, konnte ich hören ...

Ich stieß einen Seufzer der Erleichterung aus, als sich der heiße Blitz abzukühlen begann und das Geräusch laut in der ansonsten ohrenbetäubenden Stille widerhallte.

Schweigen?

Oh Gott!

Ein Wimmern entkam mir und ich drückte meine Knie wieder an meine Brust. Ich schaukelte mit einer noch größeren

DIE EISSTADT

Intensität vor und zurück und stieß mit jeder Rückwärtsbewegung mit dem Rücken gegen die Wand.

Sie kamen, um mich zu holen ... Sie kamen, um mich zu holen!

Galle stieg in meiner Kehle auf und ein Schauer der Panik durchlief mich. Mein Blick fiel auf die Patiententunika, die immer noch ordentlich gefaltet auf meinem Feldbett lag, das mir gegenüber an der Wand stand. Ich kroch hinüber und zog die Tunika an. Sobin wollte mich nackt für ihre verdrehten Experimente haben, aber sie zu zwingen, sie mir auszuziehen, würde meine Folter um ein paar weitere Sekunden verzögern. Wenn man keine Hoffnung mehr hatte, zählte jede kleinste Gnadenbekundung.

Mein Magen krampfte sich zusammen und meine Nägel gruben sich in meine Waden, als der Deaktivierungston des Sicherheitsschlosses meiner Zelle ertönte. Wie ein gefangenes Tier ließ ich meinen Blick durch den weißen Raum schweifen und suchte vergeblich nach einem Platz zum Verstecken. Gott allein wusste, warum ich das jedes Mal tat. Außer einem Waschbecken, einer Toilette und einem kleinen Regal war der Raum völlig kahl.

Die Tür glitt mit einem leisen Zischen auf und ließ den Geruch von Antiseptika und Chemikalien herein. Das grelle Licht aus dem Labor brannte in meinen Augen. Ich zuckte zusammen und blinzelte, als Jonahs massige Silhouette eintrat. Er kratzte seinen vollen Bierbauch durch seine graue Gefängniswärter-Uniform und blieb nur Zentimeter von meinen nackten Füßen entfernt stehen. Seine blassen, babyblauen Augen versprachen eine Welt voller Schmerzen, sollte ich mich in irgendeiner Form wehren.

Wie konnte jemand mit so schönen Augen so grausam sein?

Ich schluckte den Kloß in meinem Hals herunter und zwang mich, aufzustehen und das Unvermeidliche zu akzeptieren. Ich wusste es besser, als ihm einen Vorwand zu geben, mich zu schlagen ...

Er kriegte mich sowieso ...

Und doch, sobald er eine Hand nach mir ausstreckte, schaltete mein Verstand ab.

Der Magen brannte vor lauter Angst, ich schrie und riss mich von ihm los. Bettelnd ... Flehend ... Er erwischte mein Handgelenk in einem brutalen Griff und zerrte mich nach vorne. Ich wehrte mich, das Bedürfnis zu fliehen überlagerte jeden logischen Gedanken. Meine Haut flammte auf, brannte so heiß, dass meine Tunika schwarz wurde. Der Geruch von verbranntem Stoff und Plastik stach mir in die Nase.

Trotz seines Schutzhandschuhs jaulte Jonah auf und ließ mich los. Ich fiel, meine Hüfte schlug bei dem heftigen Aufprall auf den harten Boden. Schmerz strahlte mein Bein hinunter, als ich zurückkrabbelte, aber ich ignorierte ihn, denn ich konzentrierte mich nur auf eines: von ihm wegzukommen. Er schüttelte seine Hand und schaute auf seine behandschuhte Handfläche, als erwarte er, dass sie in Flammen stand.

„Du verdammte Schlampe", zischte Jonah und zog seinen Elektroschocker aus dem Gürtel.

„Ich ...es tut mir so ...leid ...es tut mir leid ...bitte!"

Ich drückte mich gegen die Wand und wünschte, sie würde mich ganz verschlucken. Mit morbider Faszination beobachtete ich, wie sich die hellblaue Spitze des dunklen Stocks meiner entblößten Haut näherte.

Der Blitz schlug ein.

Meine Muskeln spannten sich bis zum Zerreißen an, gefolgt von Krämpfen, die sich an jedem Nervenende festsetzten. Mit verschwommener Sicht lag ich hilflos auf dem Boden, meine Gliedmaßen zappelten wie bei einem Fisch außerhalb des Wassers. Als das Zittern nachließ, schloss sich ein kühles Metallhalsband um meinen Hals.

"Steh auf, du dumme Fotze, bevor ich dir meine Stiefel in die Rippen ramme."

Jonah riss an der Stange, die an meinem Halsband befestigt war und die harte Metallkante scheuerte an der Haut meines Halses. Benommen und zusätzlich geschwächt durch den Energieverbrauch meines Aufflackerns kämpfte ich darum, wieder auf die Beine zu kommen. Er zerrte mich hinter sich her und führte mich wie einen tollwütigen Hund an einem Fangstock zum Operationstisch in der Mitte des Labors. Ich folgte ihm auf wackeligen Beinen. Mit den Händen umklammerte ich den Stock, um zu verhindern, dass er mich zu sehr am Hals verletzte.

Dr. Sobin beobachtete uns mit einem genervten Ausdruck in ihrem langen, pferdeartigen Gesicht. Sie stand auf der anderen Seite des Operationstisches, neben ihrer Assistentin Lucinda, die ironischerweise den Spitznamen Lucky trug. Hinter ihnen waren zwischen den weißen Theken, die sich über die gesamte Länge der hellgrauen Wand erstreckten, ein paar Regale eingelassen. Ihre Glastüren verbargen nichts von ihrem Inhalt. Unzählige Fläschchen und ein Haufen Gläser, gefüllt mit unidentifizierten Organen, die in Flüssigkeit schwammen, befanden sich dort.

Die Ärztin kniff missmutig die Lippen zusammen und deutete mit dem Kopf an, dass Lucky Jonah helfen sollte, mich für den Eingriff vorzubereiten.

"Wir haben zu viel wichtige Arbeit zu verrichten, 2012, als dass du unsere Zeit mit deinen kindischen Wutausbrüchen verschwenden könntest", sagte Sobin.

Mögest du in der Hölle schmoren ...

Die verrückte Schlampe schien nicht zu verstehen, dass ich nie zugestimmt hatte, ihr Versuchskaninchen zu sein. Aber andererseits war ich auch keine Person für sie. Ich war Häftling 2012, eine Nummer, ein Werkzeug für ihr Wissenschaftsprojekt.

Jonah hielt mich vor dem Operationstisch fest. Lucky umkreiste ihn, um mich von meiner verbrannten Tunika zu befreien. Ich wehrte mich nicht, ich fühlte mich sowohl ausgelaugt als auch betäubt. Ihre dunklen Augen blickten mich mitfühlend an, als sie den ruinierten Stoff entfernte, der mich bedeckte. Ich wollte mich in ihr Gesicht krallen und ihr sagen, wo sie sich ihr Mitleid hinschieben konnte. Es gab Gerüchte, dass sie, wie ich, gegen ihren Willen und unter falschen Vorwänden hierhergebracht und zur Zusammenarbeit mit Sobin gezwungen worden war. Dennoch fühlte ich zu ihr nicht die gleiche Verbundenheit wie zu Quinn, Zoya und Preta. Opfer oder nicht, Lucinda half ihnen, mich zu verletzen. Allein dafür hasste ich sie.

Jonah riss den Stock nach vorne und verursachte damit weitere stechende Schmerzen in meinem Nacken. Ich konnte mich nicht einmal umdrehen, um ihn anzustarren.

„Steig auf", schnauzte er.

„Wir haben nicht den ganzen Tag Zeit", fügte Dr. Sobin hinzu.

Ich kletterte halb, halb plumpste ich auf die kalte, harte Oberfläche. Jonah befreite meinen Hals von dem Halsband, hielt aber den Elektroschocker in der Nähe meines Gesichts, falls ich auf komische Ideen kommen sollte. Ich hatte nicht einmal die Chance, die verletzte Haut meines Halses zu reiben, bevor Lucky meine Handgelenke auf dem Tisch festschnallte. Die Angst kehrte mit aller Wucht zurück, als Dr. Sobin ein Netz aus neuronalen Elektroden an meinem Körper platzierte und ihre Assistentin eine riesige Spritze in die Hand nahm, wie man sie normalerweise für Spinalpunktionen verwendete.

Tränen brannten in meinen Augen und meine Lippen bebten.

„Aber, aber", meinte Dr. Sobin, als würde sie ein ungezogenes Kind ansprechen, „dafür gibt es keinen Grund. Der heutige Tag sollte all unsere harte Arbeit belohnen."

Sie klebte die letzte Elektrode an mein Bein und überprüfte dann meine Vitalwerte. Das Piepsen meines unregelmäßigen Herzschlags klang wie der Warnton einer tickenden Bombe, die gleich hochgehen würde.

„Dr. Craig hat heute mit ihrem Experiment bei 2098 einen

DIE EISSTADT

vollen Erfolg erzielt. Sie hat uns dieses wundersame Serum hinterlassen, die fehlende Zutat für unser eigenes Projekt. Also sei so gut und verweigere uns nicht einen ähnlichen Erfolg."

Uns? Wer zum Teufel war „wir" überhaupt? Ich konnte nie eindeutig feststellen, ob die verrückte Frau das königliche *„wir"* einfach so benutzte oder ob sie wirklich dachte, dass wir alle zusammen in dieser Sache steckten.

„Lucky, wenn Sie sich die Ehre geben würden", sagte sie und trat zur Seite, damit ihre Assistentin an mich herantreten konnte.

Ein tonnenschweres Gewicht schien sich auf meiner Brust niederzulassen und mir die Luft aus den Lungen herauszupressen . Mein Puls raste mit zunehmender Intensität, während Lucky die Haut in meiner Ellenbeuge desinfizierte. Ich wimmerte und stemmte mich gegen meine Fesseln. Die Assistentin warf mir einen entschuldigenden Blick zu, bevor sie mir einen Nadelport in den Arm setzte. Sie nahm die riesige Spritze, mit der sie zuvor herumgefummelt hatte, drehte sich wieder zu mir um und näherte sich mit der Spitze dem Einstichpunkt des Ports.

Mein röchelnder Atem hallte laut in meinen Ohren, während ich auf die feuerrote Flüssigkeit in der riesigen Spritze starrte. Es sollte eine Mischung aus Sobins verrücktem Wissenschaftlergebräu und einem Heilserum sein, das aus Quinns Proben gewonnen wurde. Beides kombiniert, so glaubte Sobin, würde es mich in eine menschliche Fackel verwandeln. Bei dem Schneckentempo, in dem es mir verabreicht werden musste, habe ich nie verstanden, warum sie nicht einfach einen Tropf benutzt haben.

Lucky drückte langsam auf den Kolben. Sengende Qualen durchströmten meinen Arm, als die ersten Tropfen in mein System gelangten. Es fühlte sich an wie Säure, die mein Fleisch verbrannte und mich von innen heraus auffraß. Ich schrie auf, mein Körper krümmte sich gegen die Gurte, die mich festhielten.

Ein ohrenbetäubender Knall übertönte den Schrei, der aus meinen Stimmbändern entkam.

Der Raum wackelte. Die Nadel, immer noch zu neunzig Prozent gefüllt, wurde mit einem stechenden Schmerz aus dem Port gerissen, während Lucky zurückstolperte. Mit verschwommener Sicht sah ich, wie Lucky und Dr. Sobin gegen die Wand prallten, während das Feuer weiter durch meine Adern wie geschmolzene Lava floss, die alles auf ihrem Weg verschlang. Sie schrien auf und suchten nach etwas, woran sie sich festhalten konnten. Der Raum kippte erneut und schleuderte meine Peiniger herum. Selbst während sie mich sicher am Tisch festhielten, bissen die Riemen in mein Fleisch.

Trotz der Schmerzen, die meinen Verstand vernebelten, erkannte ich, dass etwas Schreckliches mit dem Schiff geschah.

Wurden wir angegriffen? Haben wir etwas getroffen?

Der Alarm dröhnte, als Dr. Sobin und Jonah Worte riefen, die ich nicht verarbeiten konnte.

Eine weitere heftige Neigung ließ meine Peiniger durch den Raum fliegen. Lucky kreischte. Ich konnte nicht sehen, was mit ihr passiert war und es war mir auch egal. Ihre markerschütternden Schreie vermischten sich mit meinen eigenen, als eine weitere Welle der Agonie mich erfasste. Gegenstände fielen in einer Kakophonie von zerbrochenem Glas auf den Boden, während das Gefängnisschiff wie im freien Fall schwankte.

Wir werden sterben ...

Die heftigen Erschütterungen ließen die Zähne in meinem Kopf aufeinander krachen. Sengender Schmerz zerfetzte meine Wirbelsäule und nichts mehr spielte eine Rolle.

Ich kam wieder zu Bewusstsein und hustete den beißenden Gestank von Rauch, der meine Lungen quälte. Weitere Schreie drangen an meine Ohren, aber dieses Mal nicht die von

DIE EISSTADT

Lucky. Getrocknete Tränen – oder Gott weiß, was sonst – verklebten meine Augen. Ich riss sie auf und sie tränten, brannten vom Rauch.

Ich verbiss mir ein Stöhnen, als mein geschundener Körper sich beschwerte und drehte meinen wunden Hals in die Richtung der gequälten Schreie. In dem Raum herrschte Chaos. Verbogene und zerbrochene Wände offenbarten das nackte Skelett des Schiffes. Dr. Sobin lag mit zerschmetterten Beinen auf dem Boden, die Knochen ragten durch den blutgetränkten, zerrissenen Stoff ihres grünen Kittels. Sie krallte sich an den mit Trümmern übersäten Boden und kroch von der unbeweglichen Gestalt eines in Flammen stehenden Körpers weg. Luckys wie ich annahm. Das Feuer, das sich schnell ausbreitete, kletterte bereits auf den Kittel der Ärztin und leckte an meinem Operationstisch.

Sobin wird nicht entkommen.

Poetische Gerechtigkeit, wenn es die je gegeben hat.

Ich konnte mich jedoch nicht mit dem Schicksal der verhassten Ärztin befassen. Trotz meiner erhöhten Widerstandsfähigkeit gegenüber extremen Temperaturen – sowohl bei Wärme als auch Kälte – würde mich das Sitzen in einem offenen Feuer umbringen. Genauso wie das Einatmen von zu viel Rauch.

Die Hälfte der Gurte, die mich an den OP-Tisch fesselten, waren abgerissen. Unter einem weiteren Hustenanfall löste ich die restlichen Gurte mit der freien Hand. Die deutlichen Spuren, die die Fesseln auf meiner Haut hinterlassen hatten, ließen mich erschaudern. Ich rollte mich vom Tisch, biss bei dem schmerzhaften Stechen meines Blutes, das in meine Extremitäten zurückfloss, die Zähne zusammen und versuchte, Dr. Sobins gurgelndes Heulen auszublenden. Ich zwang meine steifen Muskeln zur Kooperation und schlich auf Zehenspitzen durch die Glasscherben und umgestürzten Fläschchen.

Fläschchen mit was? Verdammt noch mal ...

Mist. Ich musste meine Füße bedecken – und den Rest von

mir auch, wenn ich schon dabei war -, denn nur Gott wusste, was für verdrehte Dinge diese Fläschchen enthielten und was sie mit mir anstellen würden, sobald sie in meinen Blutkreislauf gelangten.

Ganz zu schweigen davon, wenn ich zu viel davon einatmete. Hustend und keuchend humpelte ich zur Tür des Labors. Auf dem Weg dorthin schnappte ich mir in den Trümmern ein Laserskalpell und eine saubere OP-Decke, die ich mir an die Nase drückte, um frei durchzuatmen. Die Tür des Labors stand teilweise offen. Der Bewegungsmelder reagierte nicht auf meine Annäherung. Nicht überraschend. Auch das Antippen des Öffnungsschalters an der Wand half nicht weiter.

Als ich mich zur Seite drehte, um mich durchzuzwängen, blieb mein Blick an Jonah hängen, der zusammengekauert in der Ecke des Raumes lag, sein Hals in einem seltsamen Winkel verdreht. Ich überlegte, ob ich mich ihm nähern sollte, um seinen Schocker zu holen. Aber in meinem derzeitigen Zustand hätte ich nicht die Kraft, seinen massigen Körper zu bewegen, um ihn unter ihm hervorzuholen. Ich nahm meinen gesamten Mut zusammen – nicht dass ich welchen gehabt hätte – und schlüpfte durch die Öffnung, wobei mein Hintern und meine Brüste an der Wand schrammten.

Mir fiel die Kinnlade herunter, als ich das Ausmaß der Verwüstung unseres Schiffes sah. Große Teile der Wand waren herausgerissen worden und ganze Zellen fehlten. Das war keine Fehlfunktion des Schiffes gewesen. Wir waren abgestürzt.

Hatte Quinn es geschafft? Waren Zoya und Preta auch in unserer Nähe gewesen?

Eine Explosion aus dem Labor riss mich aus meiner Benommenheit und spornte mich an, durch das klaffende Loch in der Außenwand nach draußen zu gelangen. Ich stolperte hinaus. Die warmen Strahlen der Sonne und eine leichte Brise streichelten meine Haut. Ich atmete tief ein, doch ein weiterer Hustenanfall rüttelte mich auf. Ein kurzer Blick durch die Gegend zeigte, dass keine anderen Überlebenden in der Nähe waren. Ich wollte auch nicht unbedingt welche treffen. Bei meinem Glück würden es nicht meine Mädchen sein, sondern einer der anderen Wissenschaftler-Freaks, irgendein Psycho-Wächter oder ein Serienmörder-Insasse.

Ich hockte neben dem Wrack des Schiffes und schnitt mit dem Laserskalpell zwei Streifen aus der OP-Decke. Ich wickelte sie um meine Füße und machte aus dem restlichen Stoff eine Toga. Sie bedeckte kaum meine Weiblichkeit, aber es war besser, als mitten im verdammten Nirgendwo nackt herumzulaufen.

Wo zum Teufel war ich?

Zu meiner Rechten, weit in der Ferne, zeichnete sich die Silhouette eines Berges ab. Die rötliche Färbung unter den dunklen Wolken darüber, deutete auf vulkanische Aktivität hin. Ich hatte genug von Feuer für ein ganzes Leben. Zu meiner Linken verlief ein Feld mit hohem Gras in einer geraden Linie, soweit das Auge reichte. Ich vermutete, dass es ein Gewässer verbarg. Vor mir versprach ein waldiges Gebiet Nahrung oder Wild, das es zu fangen galt. Hinter mir bedeckte eine Spur aus den Trümmern des interstellaren Gefängnisses ein karges, flaches Land.

Mit entschlossenem Schritt ging ich auf den Wald zu.

KAPITEL 2

LYDIA

Meine Muskeln zitterten, als ich die schattige Grenze des Waldes betrat. Der Hunger verdrehte mein Inneres und ließ mich schwach und benommen zurück. Ich wusste nicht, wo wir abgestürzt waren, aber wir befanden uns auf einem fremden Planeten. Die blassen Umrisse der beiden Monde, die am klaren blauen Himmel hingen, verrieten mir, dass wir uns auf einem unbekannten Planeten befanden. Als ich nun durch den Wald wanderte, gab es viele weitere Beweise, dass es sich um einen fremden Planeten handelte, obwohl die Flora ähnlich aussah wie auf der Erde, mit subtilen Variationen in Farben, Größen und Texturen.

Dank des fadenscheinigen Schutzes, der meine Füße bedeckte, ging ich schmerzlos über weiches grünes Gras und schwammige braune Erde. Die Blätter der Bäume hatten eher einen bläulichen Farbton als das traditionelle Grün der Erde. Blumen in sowohl gewöhnlichen als auch exotischen Formen prahlten mit helleren als den üblichen Farben, einige grenzten an Neon oder schienen zu leuchten. Der Duft von feuchter Vegetation und komplexen Blumendüften umgab mich. Ich nahm ein

DIE EISSTADT

paar tiefe Atemzüge, um den anhaltenden Gestank des Rauches zu vertreiben.

Ich konnte bloß hoffen, dass die Luft nicht mit irgendeinem verseuchten Gift gefüllt war.

Die Fauna hier war jedoch etwas ganz Anderes – buchstäblich. Die fließenden Blütenblätter einer schönen roten Blume hoben im Flug ab, als ich in ihre Nähe kam, zu schnell, als dass ich hätte sagen können, ob es ein Vogel oder ein riesiges Insekt war. Zwanzig Minuten später lehnte ich mich an einen Baum, nur um von einem Teil der Rinde angezischt zu werden. Das pelzige, chamäleonartige Tier, zu dem es gehörte, kroch den Baum hinauf und starrte mich empört an.

Verzeihung?

Woher sollte ich das wissen, wenn alles darauf bedacht war, eine Form der Tarnung zu verwenden? Ich bemerkte die kleineren Viecher erst, als ich fast auf sie drauftrat. Ich konnte nicht sagen, ob es ein Trick war, um sich vor Raubtieren zu verstecken oder um ahnungslose Beute anzulocken; wahrscheinlich eine Mischung aus beidem. Obwohl ich Vögel hören konnte, hatte ich noch keinen gesehen, abgesehen von diesem fliegenden Blumen-Ding. Die wenigen Säugetiere, die ich entdecken konnte, waren eher winzig und huschten umher, als hätten sie Angst, dass sie nicht alle ihre Aufgaben vor einer Sperrstunde erledigen könnten.

Ein wildes Kreischen in der Ferne ließ mich die Richtung ändern. Ich hatte auf keinen Fall die Absicht, mit etwas Bekanntschaft zu machen, das so klang. Das Zwitschern der Vögel und das Summen der Käfer, die für ein paar Sekunden, zu viele Sekunden, verstummten, verstärkten diesen Gedanken noch.

Mein Magen knurrte, als ich zu einem kleinen Baum kam, der mit Büscheln von leuchtend roten Beeren beladen war. Sie erinnerten mich an Preiselbeeren. Meine Hand streckte sich nach ihnen aus, bevor ich innehielt. Waren es Preiselbeeren oder eine außerirdische Version der giftigen Stechpalmenbeeren oder

Kegelaster? Ich kaute auf meiner Unterlippe, die Vernunft sagte mir, ich solle mich zurückhalten, während der Hunger mich dazu drängte, jeden Bissen zu verschlingen.

Ich zählte mindestens vier weitere ähnliche Bäume, deren Äste vom Gewicht der bunten Früchte herabhingen. Wenn sie unbedenklich waren, warum hatte die örtliche Fauna keine davon gefressen? Unter anderen Umständen würde ich das Risiko eingehen, da mein Körper so ziemlich jedes Gift verarbeiten konnte. Das war es, was mich überhaupt erst ungerechterweise in den Knast gebracht hatte. Aber während mein System die Gifte bekämpfte, wäre ich geschwächt und ein leichtes Ziel, angreifbar für jeden, der auf mich zukäme.

Mit Bedauern ließ ich meine Hand fallen, trat zurück und setzte meinen Weg durch den Wald fort. Obwohl ich den Fluss nicht hören konnte, bewegte ich mich weiter parallel zu ihm, zumindest hoffte ich das. Während Nahrung meine oberste Priorität blieb, stand Wasser an zweiter Stelle. Im Nachhinein betrachtet hätte ich mich vergewissern sollen, dass hinter dem hohen Schilf tatsächlich ein Fluss lag. Das würde ich tun, sobald mein Bauch nicht mehr nach Essen schrie. Sobin hatte mich schon zu lange hungern lassen und wenn ich meine Fähigkeiten einsetzen musste, würde ich zu schwach werden, um zu funktionieren.

Ein schlürfendes Geräusch lenkte meine Aufmerksamkeit auf sich. Es dauerte einen Moment, bis ich das kleine Wesen ausmachen konnte, das an den knorrigen Wurzeln eines Baumes kauerte. Das Tier war nicht größer als ein Hase. Schlank, mit einem breiten, flachen Kopf, hätte ich es nicht bemerkt, da sein grünes Fell fast perfekt mit dem Gras und Unterholz verschmolz. Seine rote, lange Eidechsenzunge verriet es, als sie herausschnellte, um sich an einem violetten Gewächs an den Baumwurzeln festzuhalten.

Waren das Pilze?

Mein Magen knurrte und der Kopf der Kreatur schnappte

hoch. Seine eulenartigen, gelblichen Augen trafen auf meine. Es hielt mitten im Kauen inne, sein Körper war angespannt, zweifellos bereit zu flüchten. Obwohl es niedlich und scheinbar knuddelig war, traute ich dem kleinen Viech nicht über den Weg, dass es hinter seinem unschuldigen Gesicht keine Monsterzähne versteckte und mich als Hauptgericht wollte. Ich hob meine Hände im Zeichen der Kapitulation und wich langsam zurück, woraufhin es sich zu entspannen schien. Es behielt seinen wachsamen Blick auf mich gerichtet und nahm sein Mahl wieder auf.

Die Augen in alle Richtungen schweifend, suchte ich nach einem weiteren Fleck dieser Pilze am Fuße der nahen Bäume. Als ich innerhalb von Sekunden einen fand, stürzte ich mich mit wilder Hingabe auf ihn und stopfte mir den Mund voll, ohne auf ihren bitteren Geschmack zu achten. Nach dem siebten oder achten Pilz zwang ich mich, langsamer zu werden. Sich jetzt krank zu machen, wäre nicht klug in dieser unbekannten und möglicherweise feindlichen Umgebung.

Meine Hand griff nach einem weiteren flachen Pilz, als mir die unheimliche Stille auffiel. Ich hörte auf zu kauen und spitzte meine Ohren. Kein Vogelgezwitscher und kein Summen der Insekten mehr waren zu vernehmen. Selbst der grüne Hase hatte sein Festmahl aufgegeben. Die Äste der Bäume hingen zu hoch, als dass ich sie erreichen konnte. Ich konnte nicht klettern, um mich in Sicherheit zu bringen. Vorsichtig schaute ich mich um und wählte eine neue Richtung zum Laufen. Keine schien besser zu sein als die andere.

Geh auf den Fluss zu.

Ein trällernder Ruf zu meiner Rechten wurde schnell von vier oder fünf weiteren hinter mir beantwortet. Mein Blut geriet in Wallung und ich rannte mit ausholenden Armen. Steine, Wurzeln und vertrocknete Äste stachen mir in die Fußsohlen. Angst kroch in meinem Inneren hoch, als die Rufe meiner vermeintlichen Jäger viel zu nah ertönten, um mich zu beruhigen.

Wo zum Teufel war dieser Fluss?
War ich in die falsche Richtung unterwegs gewesen? War ich jetzt überhaupt in die richtige Richtung unterwegs? Ich kämpfte gegen die Panik an, die sich in mir breit machte und rannte weiter, die Augen auf der Suche nach etwas, das ich als Waffe benutzen konnte. Lunge und Beine brannten von der Anstrengung, als ich eine kleine Lichtung erreichte.

Ich kippte nach vorne und fiel fast auf mein Gesicht, als meine Füße im schlammigen Boden versanken. Der Schwung trug mich noch vier oder fünf Schritte weiter, bevor ich wadentief in einer Art Treibsand stecken blieb. Mit klopfendem Herzen versuchte ich, zurückzugehen, als eine Bewegung in den Bäumen meine Aufmerksamkeit erregte. Mein Kopf zuckte in die Höhe und meine Augen blieben an meinem Verfolger hängen. Sich bewegende Äste in den nahen Bäumen offenbarten vier weitere kleinere Kreaturen, die mich umgaben.

Die erste, vermutlich ihre Mutter, maß mindestens zwei Meter Länge. Sie hatte fast die gleiche Farbe wie die Äste der Bäume und besaß zehn mehrgliedrige, speerartige Gliedmaßen, die sich über ihren Körper verteilten. Auf ihrer Brust befand sich ein Paar Arme, das in zwei langen Krallen mündete. Die Hälfte ihrer Gliedmaßen wickelte sich über ihren Rücken, um sich an dem darüber liegenden Ast festzuhalten, während ihre restlichen Gliedmaßen bereit hingen, um ihre Beute zu fangen, aufzuspießen oder vorwärtszutreiben, wenn sie auf diese zustürmte.

Um mich zu fangen – genauer ausgedrückt.

Violetter Kragen erhob sich um ihren Kopf, als sie ihr zahniges Maul öffnete, um einen weiteren trällernden Ruf auszustoßen. Ihre Babys antworteten.

Mein Herz hämmerte gegen meine Rippen, als die Kreaturen näherkamen. Ich hielt mein Laserskalpell in der Hand, obwohl ich wusste, dass es keine große Hilfe sein würde. Der Treibsand war nicht tief, aber er würde mich zu sehr verlangsamen, um ihnen zu entkommen. Das Aufflackern des Lasers würde mich

DIE EISSTADT

nicht davor bewahren, von ihren Speeren tödlich durchbohrt zu werden.

Aber ich würde auf dem Schlamm laufen können, wenn ich seine Konsistenz verändern könnte.

Ohne weiter darüber nachzudenken, senkte ich meine Temperatur so weit, wie ich konnte. Innerhalb von Sekunden verdichtete sich der Schlamm um mich herum und ein kleiner Frostfilm bedeckte meine Haut. Das hatte sie noch nie getan, aber ich hatte keine Zeit, mich über das Phänomen zu wundern. Das Serum, das man mir auf dem Gefängnisschiff verabreichte, schien meine Fähigkeiten weiterhin zu verbessern.

Die Jäger kreischten, ihre winzigen Köpfe drehten sich hin und her, als ob sie nach etwas suchten. Die Mutter ließ sich vom Ast fallen und landete auf ihren spindeldürren Gliedmaßen wie ein Tausendfüßler. Sie schaute sich auf der kleinen Lichtung um, ihre Augen glitten über mich, als ob ich nicht existierte.

Sie konnte mich nicht sehen ...

Ihre Jungen fielen ebenfalls von den Bäumen und umkreisten den Rand des Treibsandteichs, ihre Reptilienaugen suchten die Umgebung ab.

Infrarot! Ohne Körperwärme waren sie blind!

Mein Herz schlug schneller und ich zwang mich, mein schweres Atmen zu kontrollieren. Ihre kleinen, spitzen Ohren hingen an ihren Köpfen herunter. Wer wusste schon, wie empfindlich sie waren? Dankbar für das Geräusch ihres wütenden Gebrülls auf der Suche nach Beute, schlich ich auf Zehenspitzen aus dem Treibsand und passte meine Temperatur an, um keinen kalten Luftzug zu verursachen. Ich ließ sie so weit wie möglich hinter mir, schlich mich an ihnen vorbei und nahm Kurs auf das hohe Gras, das endlich vor mir zu sehen war. Ich spähte über meine Schulter, um sicherzugehen, dass sie die Verfolgung nicht wieder aufgenommen hatten. Die Mutter, die mit ihren Vorderbeinen im Treibsand versank, schnappte nach der leeren Luft und suchte nach mir.

Ich atmete zitternd ein und eilte zum Fluss, in der Hoffnung, ihn zu erreichen, bevor ich zu schwach wurde, um meine gesenkte Temperatur zu halten. Nachdem ich endlich die Baumgrenze hinter mir gelassen hatte, knotete ich das Skalpell in die Falten meiner Toga und rannte in das hohe Gras. Erst als ich von ihren scharfen Halmen umgeben war, die meine Arme zerkratzten, hielt ich inne und fragte mich, ob sich im Schilf etwas Schlimmeres als die riesigen Eidechsen-Affen-Tausendfüßler-Dinger versteckte.

Was war mit dem Wasser? Waren da Piranhas drin?

Das tröpfelnde Lied des Flusses winkte mich herbei. Sein kristallklares Wasser verriet nichts Bedrohliches. Ich watete hinein, bis es meine Schultern bedeckte. Indem ich seine kalte Umarmung willkommen hieß, löste ich meinen Frost und brachte meine Temperatur auf Normalwert zurück. Die schwache Strömung führte weg von der Absturzstelle der *Concord*. Die Arme ausgebreitet, die Beine gestreckt, ließ ich mich tragen. Mein Magen fühlte sich mulmig an, zweifellos von dem ganzen Stress. Während ich versuchte, mich zu entspannen, hielt ich sorgfältig Ausschau nach allem, was aus der Tiefe aufstieg, um mich zu fressen, oder nach einer Bedrohung vom Ufer aus.

Die angenehme Kühle des Wassers und sein sanftes Wiegen beim Fließen lullten mich ein und vertrieben meine Müdigkeit. Kleine, silberne Fische mit einem Regenbogenschimmer sprangen umher und erinnerten mich an fliegende Fische auf der Erde. Ich lächelte über das bunte Schauspiel.

Ein scharfer Krampf in meinem Magen riss mich aus meiner Benommenheit. Seit einer Weile hatte ich dieses kribbelnde Gefühl, das man oft in einem Aufzug bekommt, aber ich schob es auf die Reisekrankheit durch die schaukelnden Wellen. Eine weitere heftige Kontraktion zwang mich, mich aufzurichten und im Wasser stehenzubleiben. Die Stärke der Strömung überraschte mich. Ich hatte gar nicht bemerkt, dass sie so stark zugenommen hatte. Als ich mich dem Ufer zuwandte, überkam mich ein unerträglicher Schmerz. Ich würgte, mein Gesicht tauchte in den Fluss ein.

Die Pilze ...

Das kalte Wasser biss in meine brennende Haut, während mich eine Welle von Schwindelgefühlen niederdrückte. Ich kämpfte mit der Strömung und bewegte mich langsam auf mein Ziel zu. Eine weitere Runde trockenen Würgens zerstörte den kleinen Fortschritt, den ich gemacht hatte und zog mich weiter den Fluss hinunter und weg vom Ufer. Mein Herz pochte und meine Arme schienen sich in Zeitlupe zu bewegen, während ich mir den Weg zurück an die Oberfläche erkämpfte. Sie fühlten sich schwer und schwach an. Krämpfe schossen durch meinen Magen, gequält von einem unerfüllten Bedürfnis, mich übergeben zu müssen. Wasser strömte in meine Nase und Kehle, brannte und erstickte meine Atemwege, während mein Körper sank. Mit den Füßen strampelnd, tauchte ich auf und schnappte nach Luft.

Die erhöhte Strömungsgeschwindigkeit des Flusses und das donnernde Geräusch in der Ferne verstärkten nur meine Panik. Mit der Zeit würde sich zwar mein Körper von dem Gift erholen, aber nicht vom Ertrinken oder wenn ich an dem Felsen am Fuße des Wasserfalls zerschellen sollte. Unfähig, gegen den unerbittlichen Sog der Strömung anzukämpfen, konzentrierte ich mich darauf, meinen Kopf über Wasser zu halten, trotz der Krämpfe, die meine Muskeln ergriffen.

Als sich die schäumende Kante des Wasserfalls vor mir abzeichnete, schloss ich die Augen und richtete ein stilles Gebet an alle, die zuhörten.

Und dann war ich schwerelos, eingehüllt in einen Vorhang aus Wasser, während kalte Luft um mich herum peitschte.

Das Beben der Erde unter mir ließ mich wieder zu Bewusstsein kommen. Etwas benommen und verwirrt brauchte ich einen Moment, um mich zu erinnern, was passiert war, bevor ich ohnmächtig wurde.

Ich riss die Augen auf und erblickte nichts als eisigen Schnee. Wasser leckte an meinen Füßen und Waden, während mein Oberkörper mit dem Gesicht nach unten auf oder besser gesagt teilweise in einer Bank aus gefrorenem Schnee ruhte. Außer Hunger – meinem ständigen Begleiter – und Müdigkeit konnte ich keine Verletzungen spüren.

Als ich mich aufrichtete, brach eine Schicht aus Eis und Schnee auf meinem Rücken und bröckelte um mich herum. Meine Toga fühlte sich wie Pappe an, fast fest gefroren um mich herum. Ich hatte in einem geschmolzenen Umriss meines Körpers geruht, der zweifellos aufgeflammt war, um das Gift der Pilze zu verbrennen. Die Menge des Schnees und die Dicke des Eises, das mich bedeckte, deuteten darauf hin, dass ich wahrscheinlich ein paar Tage lang bewusstlos gewesen war, nachdem ich an das Ufer gespült worden war.

Das Beben wiederholte sich. Jedes Erzittern dauerte zwei Sekunden, gefolgt von einem schweren Pochen in der Ferne. Die Regelmäßigkeit des Intervalls zwischen jedem Beben ließ mich an die Schritte eines Riesen denken, der spazieren ging.

Sagt mir nicht, dass es hier auch Dinosaurier gab!

Unter den Zwillingsmonden, die die Nacht beleuchteten, umrahmte eine hohe Klippe, vielleicht hundert Meter hoch, den Wasserfall. Von dort, wo ich stand, konnte ich nicht erkennen, ob die Klippe aus weißen Steinen bestand oder mit Schnee bedeckt war. Obwohl die Szene malerisch war, interessierte es mich nur, dass die donnernden Schritte dessen, was auch immer den Boden zum Beben brachte, von irgendwo jenseits dieser Klippe kamen, weit weg von mir.

Ich drehte mich in die entgegengesetzte Richtung und hielt

DIE EISSTADT

den Atem an. In der Ferne erkannte ich große weiße Gebilde, die sich wie eine Stadt aneinanderreihten und in einem hypnotisierenden Schimmer wie das Nordlicht glänzten. Die von Menschenhand geschaffene – nun ja, konstruierte – Stadt lag in der Nähe des Flusses und schien über einem Ozean aus Eis zu schweben. Soweit das Auge reichte, gab es nur flaches Land, gelegentlichen unterbrochen durch Schneeverwehungen.

Ich würde meine Ankunft vor keinem Beobachter verbergen können ... Ich hockte mich hin und hielt meine Hände in das Wasser, bevor ich sie zum Mund führte. Das eiskalte Wasser – genau so, wie ich es mochte – schmeckte sauber und frisch. Ich trank, bis es in meinem Magen schwappte, in der Hoffnung, es würde meinen nagenden Hunger dämpfen. Ich erhob mich und rückte meine zerrissene Toga zurecht, die irgendwie die Flussfahrt überlebt hatte, einschließlich des Laserskalpells, das noch immer in den Taschen steckte. Ich atmete die kühle, frische Luft ein und marschierte auf die Stadt zu. In dem leeren, gefrorenen Land war nichts zu hören, außer dem Knirschen meiner nackten Füße, die sich durch die dünne Eisschicht brachen, die den Schnee bedeckte. Nun, nichts außer dem Plätschern des fließenden Flusses und dem entfernten Pochen.

Die Kälte machte mir nichts aus. In der Tat begrüßte ich sie sogar. Hoffentlich würden die Bürger mich willkommen heißen. Das Leben in diesem arktischen Klima bei meinen Hitzewallungen würde mir eine willkommene Erleichterung verschaffen.

Ich hatte schon eine Weile keine mehr.

Dieser Gedanke ließ mich innehalten. Als ich am Ufer ohnmächtig wurde, war ich schon mindestens drei Stunden lang durch den Wald gewandert und den Fluss hinuntergetrieben. Nicht ein einziges Mal seit dem Aufwachen nach dem Absturz hatte ich eine Hitzewallung erlebt, obwohl ich normalerweise jede Stunde mehrere bekam. Könnte die letzte Injektion mich geheilt haben?

Was wäre das für eine Erleichterung!

Ich konnte auch keine blauen Flecken oder Verletzungen an meinem Körper sehen, weder vom Aufprall noch von den Schürf- und Schnittwunden, die ich mir auf der Flucht im Wald zugezogen hatte. Das musste eine weitere Wirkung von Quinns Serum sein.

Während ich hoffte, dass meine Hitzewallungen der Vergangenheit angehörten, wäre eine größere Erleichterung etwas Essen, eine Dusche und ein wenig Ruhe. Ich lief auf Sparflamme. Jeder Schritt ließ meine Beine vor Müdigkeit erzittern und mein Herz in Verzweiflung versinken. Nachdem ich eine gefühlte Stunde durch den Schnee gestapft war, erklomm ich die Treppen zum Eingang einer Stadt, die wie ausgestorben wirkte.

Die Statue einer Frau begrüßte mich. Mindestens fünf Meter hoch, hielt sie ihre Arme ausgestreckt wie eine Mutter, die ihr Kind heranwinkt. Die dicken Schichten von altem Schnee, die sie und die Gebäude dahinter bedeckten, täuschten über die Wärme ihrer Begrüßung hinweg. Die Straßen waren seit Monaten, wenn nicht Jahren, nicht mehr geräumt worden. Selbst der Wind machte sich nicht die Mühe, zwischen den weißgemauerten Gassen der Geisterstadt zu heulen.

Wer hätte ein solches Wunderwerk aufgegeben und warum?

Die Stadt erinnerte mich an ein Maya-Dorf, mit einer hohen Pyramide, die am Rande eines massiven Platzes errichtet wurde. Rechteckige Gebäude unterschiedlicher Höhe und Breite, mit flachen Dächern, umgaben den Stadtplatz. Ein paar Türme und dekorative Säulen standen stolz da, mit riesigen Kameen der Statue, die ich am Eingang gesehen hatte. Alle Gebäude waren aus demselben weißen Steinen gebaut und wiesen verschlungene Stammesmuster auf, die in ihre Fassaden eingemeißelt waren. Das Eis, das die verzierten Wände bedeckte und die Eiszapfen, die von den Dächern baumelten, reflektierten die Nordlichter in einem hypnotischen Tanz.

Ein Augenschmaus würde mir allerdings nicht den Bauch

DIE EISSTADT

füllen. Ich hatte ein paar zögerliche Schritte nach vorne gemacht, als ein glühendes Licht zu meiner Linken meine Aufmerksamkeit auf sich zog. Ich zuckte zurück, mein Herz donnerte gegen meine Rippen, als mein Blick auf zwei Männer fiel, die still in einer Art Nische standen.

Nicht Männer ... Statuen.

Meine Hand ruhte auf meiner Brust und versuchte, meinen unregelmäßigen Puls zu kontrollieren. Ich beugte mich vor und blinzelte, um sicherzugehen, dass meine Augen mir keinen Streich spielten. Ich ging näher heran und bemerkte die gleiche Art von komplexen Schnitzereien auf der Vorderseite der Nischen. Eine glühende, geleeartige Substanz beleuchtete die Muster von innen heraus in einem schönen, weichen Lichtschein aus Rot-, Gelb- und Blautönen.

Die Statuen, die auf jeder Seite einer nach unten führenden Treppe aufgestellt waren, waren über zwei Meter hoch. Ihre Gesichtszüge, nicht ganz menschlich, trugen viele Ähnlichkeiten. Trotz der geschlossenen Augenlider wirkten ihre Augen größer, betont durch einen scharfen Bogen der fast kristallinen Augenbrauen. Ein flacher, schmaler Nasenrücken mit zwei winzigen Löchern für die Nasenlöcher weitete sich an der Basis aus und endete in einem bienenstichartigen Höcker als Nasenspitze. Der breite Mund bestand aus einer dünnen Unterlippe und einer fast nicht vorhandenen Oberlippe, die eines Amorbogens beraubt war.

Zuerst glaubte ich, dass beide eine Glatze hatten, aber am Hinterkopf ragte so etwas wie ein einzelner dicker Zopf hervor, wie bei den alten Pharaonen. Ich fuhr mit den Fingern an dem Ohr entlang, das wie die aufgefächerten Flossen eines Fisches mit einem Loch an der Basis geformt war. Die harte und doch irgendwie weiche Textur erschreckte mich. Ich zuckte zurück, mein Blick wanderte zurück zu den immer noch geschlossenen Augen. Er atmete nicht und bewegte sich nicht. Mein Blick senkte sich auf seine Brust, wo mich ein großes Loch anstarrte.

Eine Beschädigung hatte das nicht verursacht. Es sah konstruiert aus, wie ein Einschubschlitz für so etwas wie eine große Batterie.

Waren es Cyborgs?

Das würde das fast fleischige Gefühl ihrer eisblauen Haut erklären und vielleicht sogar ihr nicht ganz menschliches Aussehen. Auf der Erde waren sich die Ethik-Gremien seit den ersten Gesprächen über Androiden einig, dass eine künstliche Intelligenz nicht die perfekte Ähnlichkeit mit einem Menschen erhalten sollte, um mögliche Verwechslungen zu vermeiden.

Diese *Statuen* waren alle nackt. Ihre muskulösen, sehr menschenähnlichen Körper waren voll zur Schau gestellt, außer einer Art Lendenschurz. Mein Gesicht erhitzte sich, als mich der Gedanke traf, ihn anzuheben, um darunter zu schauen. Ich wollte glauben, dass es aus Respekt vor seiner – ihrer – Würde war, die mich den Drang unterdrücken ließ. Meine Neugierde würde der Wunsch dennoch eine Weile beschäftigen.

Dann fiel es mir auf.

Anders als im Rest der Stadt bedeckte der Schnee nicht diese Statuen oder den Weg, der nach unten führte.

Jemand hielt sie instand. Hatte sich die Bevölkerung nach unten verlegt?

Mit einem letzten wachsamen Blick auf die Statuen-Cyborg-Dinger stieg ich die Treppe hinunter. Auf der rechten Seite führte ein riesiger Torbogen, der mit denselben ausgefallenen Mustern beleuchtet war, in eine unterirdische Stadt.

„Wow ...", flüsterte ich.

Eispalast war das erste Wort, das mir in den Sinn kam. Obwohl es gar kein Eis war. Nun ... zumindest teilweise. Der Torbogen führte in eine Empfangshalle von der Größe eines Basketballfeldes. Die verschnörkelten weißen Steinwände, mindestens vier Meter hoch, wölbten sich sanft zu einer Decke mit komplexen Schnitzereien, die an exquisite marokkanische Stuckarbeiten erinnerten. Die gleiche leuchtende Textur zwischen den Mustern, dieses Mal in verschiedenen Farben, erhellte die Schnitzereien mit einem sanften Schimmer. Die dünne Eisschicht, die die Arabesken bedeckte, ließ das Ganze wie schillernde Diamanten wirken.

In jeder Ecke des Raumes stand ein Sockel mit einem großen, polierten Glühstein, der den Raum in ein sanftes Regenbogenlicht aus Rot, Gelb und Blau tauchte. Eine größere Version mit mehreren Steinen befand sich in der Mitte der Halle. Aber es waren die etwa zwei Dutzend Nischen entlang der Wände, die mein Herz zum Flattern brachten.

In jeder befand sich ein anderer dieser Humanoiden. Die meisten von ihnen hatten ihre Augen offen, obwohl sie anscheinend blind vor sich hin starrten. Unter dem weichen Licht im Raum erschien die Haut der Wenigen, deren Augen geschlossen waren, stumpfer als die der anderen.

Waren sie ausgeschaltet?

Ich näherte mich einem von ihnen mit zaghaften Schritten, meine nackten Füße hinterließen auf dem granitartigen Boden kein Geräusch und waren bereit, beim ersten Anzeichen von Gefahr, zu flüchten. Ich blieb vor ihm stehen und winkte mit der Hand vor seinen leeren Augen.

„Hey! Bist du da? Sind Sie wach?"

Wie erwartet, erfolgte keine Reaktion. Ich schnippte mit den Fingern neben seinem Ohr, bekam aber immer noch keine Reaktion. Meine Schultern erschlafften, die Anspannung, von der ich nicht mal gemerkt hatte, dass sie mich ergriffen hatte, verschwand. Unfähig zu widerstehen, berührte ich seine muskulöse Brust. Die kalte, harte Haut gab mehr nach als die der vorherigen Statue. Mein Blick wanderte zurück zu ihm, um zu sehen, ob sich sein Ausdruck verändert hatte, aber er zeigte immer noch keine Regung. Angezogen von der Öffnung in seiner Brust, zeichneten meine Finger die Kontur nach.

Da fehlte definitiv etwas.

Vielleicht könnte er mir helfen, wenn ich den fehlenden Teil finden und ihn reaktivieren könnte. Dann wiederum würde er mich vielleicht in Stücke reißen und als Vorspeise genießen. Ein kribbelndes Gefühl am Hinterkopf ließ mich umdrehen. Als ich zu den anderen Eismännern blickte, die die Wände säumten, wirkten sie alle so träge wie zuvor. Doch das unheimliche Gefühl, beobachtet zu werden, ließ nicht nach. Obwohl sie nach vorne starrten, fühlte es sich an, als würden ihre Augen mich auf diese unheimliche Art verfolgen, wie es Porträts manchmal tun. Jedenfalls war es für mich an der Zeit, weiter in den *Palast vorzudringen*, um nach demjenigen zu suchen, der draußen die Schaufel in die Hand nahm.

Die unheilvolle Stille entnervte mich, als ich aus der Halle in einen breiten Korridor trat. Dahinter durchquerte ich einen großen Raum mit unzähligen Tischen und langen Bänken, der als Cafeteria, Konferenzraum oder Werkstatt dienen könnte. Sein wahrer Zweck? Keinen Schimmer. Aber das Fehlen von allem, was auch nur im Entferntesten an einen Herd oder ein Kochgerät erinnerte, überzeugte mich, dass dies keine Küche war.

Ein Schwindelanfall erinnerte mich daran, dass mein Körper so schnell wie möglich aufgetankt werden musste. Ich lehnte mich für ein paar Sekunden an die Wand, bis die Benommenheit nachließ. Als ich weiterging, fand ich im nächsten Raum nichts als Regale mit verschiedenen Werkzeugen aus Stein und Holz. Ich verschwendete keine Zeit damit, sie zu studieren. Dafür würde später noch genug Zeit sein ... hoffte ich. Vom Hauptgang zweigten mehrere Korridore ab, aber ich beschloss, sie vorerst nicht zu erkunden. Ich wollte mich nicht verlaufen. Und falls ich fliehen müsste, wäre es ein guter Plan, den Hauptkorridor zurück zum Eingang zu rennen.

Keiner der Räume hatte Türen. Als ich die nächste Öffnung erreichte, quietschte ich vor Aufregung. Vor mir lag ein riesiger fußballfeldgroßer unterirdischer Garten oder eine Art Gewächshaus. Das hohe Gras, das an Weizen und andere Gemüsesorten erinnerte, war auf dem Feld abgestorben und vertrocknet. Damit

DIE EISSTADT

würde ich nicht viel anfangen können. Allerdings kroch eine Art buschige Ranke die Wand hinauf. An ihr hingen Rispen praller roter Beeren, die denen ähnelten, die ich im Wald entdeckt hatte. Ich eilte auf sie zu und meine Aufregung schlug in Panik um. Obwohl ich wusste, dass sie außer Reichweite hingen, hüpfte ich ein paar Mal mit ausgestrecktem Arm, um ein paar zu greifen. Stöhnend vor Frustration suchte ich das Gewächshaus nach etwas ab, das es mir erlauben würde, zu ihnen zu gelangen. Speichel flutete meinen Mund, als ein weiteres Grummeln aus meinem schmerzhaft leeren Magen aufstieg. Meine Augen blieben an einer Art Schale mit einer Reihe gelblicher Kugeln von der Größe einer Melone hängen. Ich erinnerte mich, sie auf Bäumen im Wald gesehen zu haben, der unterste Ast war jedoch zu hoch für mich, um hinaufzuklettern.

Die Beeren vergessend, stürzte ich zur Schüssel und hob die Frucht auf, deren holprige Oberfläche rau auf meiner Haut lag. Obwohl sie etwa so viel wog wie eine Wassermelone, war ihre Schale härter als die einer Kokosnuss. So sehr ich mich auch bemühte, ich bekam das verdammte Ding nicht auf. Zu allem Übel grummelte mein Magen ständig und krampfte, als wüsste er, dass Nahrung in Reichweite war, aber verweigert wurde.

Ich hob die Kokosnuss-Melone über meinen Kopf, bereit, sie gegen die Wand zu schlagen, in der Hoffnung, sie zu öffnen, als ich mich an mein Skalpell erinnerte. Ich legte die Frucht zurück in die Schüssel und fummelte durch die Falten meiner Toga, wobei ich mir in meiner Ungeduld mehr Zeit als nötig nahm. Ich riss es fast heraus und verlor noch mehr Speichel. Das Skalpell schnitt durch sie wie Butter und der süße Geruch von karamellisiertem Zucker kitzelte meine Nase. Die Frucht öffnete sich, ihr weißes Fleisch erfüllte die Luft mit einem verlockenden Duft.

Mit zwei Fingern griff ich hinein und brachte etwas von der klebrigen Textur an meine Lippen. Ich steckte meine Zunge hinein. Meine Augen weiteten sich angesichts des exquisiten Geschmacks. Ich schob meine Finger in meinen Mund.

Heilige Scheiße!
Sie schmeckte wie eine Mischung aus Mango und Papaya mit einem Klecks Honig. Ich verschlang die erste Hälfte der Frucht, schöpfte das breiige Gut handvollweise aus und stopfte es in meinen Mund. Ich glaube, ich habe nicht einmal gekaut. Ich hatte mit dem gleichen Enthusiasmus mit der zweiten Hälfte begonnen, als mich das Gefühl, beobachtet zu werden, stoppte.
Mein Kopf ruckte hoch, als ich den Raum überblickte. Wieder war niemand in Sicht. Ich war so sehr damit beschäftigt gewesen, mich sattzuessen, dass ich vergessen hatte, dass dies eine feindliche Umgebung sein könnte. Jemand könnte sich unbemerkt hereingeschlichen haben. Nach allem, was ich wusste, könnten sie sich gerade jetzt im toten Getreide verstecken, bereit, sich auf mich zu stürzen. Mein Rücken spannte sich an und mein Puls beschleunigte sich ein wenig.
„Ist da jemand?"
Keine Antwort.
Ich hatte nicht wirklich eine erwartet. Ich drückte die zweite Hälfte der Alien-Melone an meine Brust und fuhr mit dem Essen fort. Diesmal machte ich etwas langsamer und behielt den Raum im Auge, um jedes Anzeichen von Ärger zu vermeiden. Immer noch hungrig, schnitt ich eine zweite Melone ab. Wenn ein Raubtier auf dem Erntefeld lauerte, könnte der Anblick meines Skalpells ihn zu Umkehr bewegen.
Als ich fertig war, begriff mein Gehirn endlich, dass mein Magen voll war ... sogar mehr als das. Ich stapelte die leeren Schalen in einem ordentlichen Stapel neben dem Waschbecken und sprang auf meine Füße. Ich fühlte mich ein wenig groggy, wie es oft nach übermäßigem Genuss der Fall ist, leckte mir die klebrigen Finger ab und untersuchte den Raum noch einmal. Ich musste etwas Wasser finden, nicht nur um mich zu säubern, sondern auch um etwas von der Süße herunterzuspülen, die ich in meinem Mund schmeckte. Zucker machte mich immer durstig.

DIE EISSTADT

Ein Sprinklersystem lief durch die Pflanzen und an der Wand entlang, aber ich konnte die Wasserquelle nicht sehen. In der Decke ließ eine großwinklige Öffnung die Sonne hineinscheinen, deren Strahlen mit einem strategisch angelegten Spiegelsystem auf die Pflanzen gelenkt wurden.

Ich drehte mich um und verließ das Gewächshaus. Ich fand weder ein Badezimmer noch eine Küche, dafür aber eine heiße Quelle. Mit einem erfreuten Quietschen lief ich an den steinigen Rand und tauchte meine Zehen ins Wasser.

Perfekt!

Im Vergleich zu den hell erleuchteten und verzierten Räumen von vorher war dieser hier leer und von Schatten bedeckt. Etwas Licht fiel durch winzige Öffnungen in der Decke und vom Flur aus ein. Entlang der Wände tauchten einige Lichterbüschel den Raum in ein sanftes Glühen. Zuerst dachte ich, es seien biolumineszierende Pilze, aber dann bewegte sich einer von ihnen.

Glühwürmchen.

Oder etwas in dieser Richtung.

Es fiel mir auf, dass die heiße Quelle nicht nach Schwefel stank, wie es oft der Fall war. Tatsächlich hatte der Raum keinen besonderen Geruch, abgesehen von meinem eigenen, verschwitzten Ich.

Igitt.

Nachdem das Gefühl, beobachtet zu werden, wieder abgeklungen war, zog ich meine Toga aus. Griffbereit legte ich das Skalpell auf die grobe Schnittkante und schlüpfte in das warme Wasser. Es stieg mir bis zur Brust. Ein paar Schritte hinein genügten und es schwappte an mein Kinn. Ich stöhnte auf, als die angenehme Wärme in meine Muskeln sickerte und die Verspannungen löste, die sich in den vergangenen Monaten meiner Gefangenschaft angesammelt hatten.

Für einen flüchtigen Moment fragte ich mich, ob es noch jemand geschafft hatte. Ich konnte mir nicht vorstellen, dass sonst niemand den Absturz überlebt hatte. Da ich ein geselliger

Mensch war, wollte ich eigentlich nicht allein sein, aber der Gedanke, dass irgendjemand diesen Ort finden könnte, machte mir Angst.

Obwohl diese unterirdische Stadt verlassen zu sein schien, glaubte ich, dass derjenige, der die Stufen gereinigt hatte, hier herumlungerte, vielleicht genauso viel Angst vor mir hatte wie ich vor ihm.

Was war, wenn sie bereits einigen der Insassen oder den Wachen begegnet waren? Was war, wenn Dinge schief gelaufen sind und sie mir gegenüber misstrauisch geworden waren?

Ich war mindestens einen Tag lang bewusstlos gewesen, aber wahrscheinlich eher zwei, während mein Körper das Gift verarbeitete. Wenn ich diesen Ort gefunden hatte, konnten das auch andere.

Meine Augenlider schlossen sich. Zwischen dem heutigen Stress, der wohltuenden Wärme der heißen Quelle und der Glückseligkeit eines vollen Magens verlangte mein Körper jetzt nach Ruhe. Ich zog meine zerlumpte 'Toga' ins Wasser und wusch sie, bevor ich aus der Quelle kletterte. Ich wrang das Wasser aus dem Stoff aus, wickelte ihn um meinen immer noch nassen Körper und erhöhte meine Temperatur. Ein leichter Dampf stieg in der kühlen Luft von meiner Haut und der Toga auf.

Ich stapfte zurück in den Flur und suchte mir einen Platz zum Schlafen. Das kribbelnde Gefühl, beobachtet zu werden, kehrte zurück. Entweder hatte mein Stalker die gleichen Tarnfähigkeiten, die jedes andere Lebewesen auf diesem Planeten zu besitzen schien oder ich war völlig paranoid geworden. Was auch immer der Fall war, ich konnte nicht viel dagegen tun, also versuchte ich, mich nicht davon stören zu lassen. Sie würden rauskommen, wenn sie bereit waren.

Der Korridor endete in einer steilen Klippe. Ich konnte eine weitere Ebene darunter sehen, aber keine Möglichkeit, dorthin zu gelangen. Nach langem Zögern kehrte ich zu einem der abzweigenden Korridore zurück, die ich zuvor übersehen hatte. Er schlängelte sich ein kurzes Stück weiter, bevor er abzweigte. Ich folgte dem rechten Gang, der sich nach wenigen Metern zu einem Schlafzimmer öffnete. Es sah aus, als käme es direkt aus diesen Eishotels, die ich auf der Erde besucht hatte. Wie bei allen anderen Räumen hier wurde die Einrichtung auf ein Minimum beschränkt, dafür aber die Gitter an den Wänden auf die Spitze getrieben. Ich näherte mich dem massiven Bett, das aus einer einzigen Eisplatte bestand und fuhr mit den Fingern über das dicke weiße Fell, das es bedeckte. In den Ecken sorgten Podeste mit Glühsteinen – die einzigen anderen Gegenstände im Raum – für die Grundbeleuchtung.

Obwohl ich versucht war, mich hinzulegen, beschloss ich, die anderen Zimmer kurz zu überprüfen, falls noch jemand da war oder schlief. Beim neunten leeren Schlafzimmer, nachdem ich mich ein paar Mal umgedreht hatte, gab ich auf. Alle Vorsicht über Bord werfend, kroch ich auf das Bett. Trotz der Härte der Eisplatte fühlte sich das Fell weich und bequem an. Kaum lag mein Kopf auf meinem Unterarm, verschluckte mich die Dunkelheit.

KAPITEL 3
KAI

Die seltsame Frau faszinierte mich. Als ich sie zum ersten Mal auf die Stadt zukommen sah, dachte ich, die Schöpfer seien zurückgekehrt. Bis sie näher kam. Ihre Kleidung sah nicht aus wie die bunten Stoffe, die unsere Meister trugen. Die symmetrischen Züge ihres Gesichts, ihre dunkle Haut und das lange, lockige Haar auf ihrem Kopf berichtigten mich in meiner falschen Annahme. Die Antlitze der Schöpfer, scharf und kantig, ließen sich leicht in Stein, Eis oder Schnee meißeln. Ihre würden viel mehr Finesse erfordern.
Eine würdige Herausforderung.
Zusammengerollt auf dem Orzarix-Fell, sah sie im Schlaf klein und zerbrechlich aus. Nun, sie *war* klein, mindestens drei Köpfe kleiner als ein Schöpfer. Ihre Bemühungen, die Gurahn-Beeren zu erreichen, waren völlig sinnlos gewesen. Ich hatte mich über ihre mangelnde Intelligenz gewundert, bis sie das glühende Messer benutzte, um die Flussfrucht zu schneiden. Eine primitive Kreatur hätte nicht die Verbindung herstellen können, um ein Werkzeug auf diese Weise zu benutzen und schon gar nicht mit solcher Geschicklichkeit.
So wie sie sie verschlungen hatte, muss sie seit Tagen nichts

DIE EISSTADT

gegessen haben. Ich hatte seit Jahrhunderten nichts mehr gegessen, brauchte es auch nicht, nicht seit der Veränderung. Ihr glückseliger Ausdruck beim Essen und das Schnurren, das aus ihrer Kehle aufstieg, ließen mich glauben, dass sie den Geschmack mochte. Die Fremden hatten sie auch gemocht, sich aber geweigert, sie roh zu essen. Wir hatten viele Zubereitungen für Flussfrüchte. Wie unser Schöpfer Tarakheen zu sagen pflegte, sollte man danach streben, alles, was man herstellt, zu veredeln und zu verfeinern.

Das Weibchen rührte sich und murmelte unzusammenhängende Worte in einer mir unbekannten Sprache. Das hatte sie schon ein paar Mal im Schlaf getan. Ich fragte mich, ob es ein typisches Merkmal ihrer Spezies war. Viele Stunden waren seit dem Beginn ihres Ruhezyklus vergangen.

Wie viel Zeit benötigte sie für die Regeneration?

Die Sonne war vor mindestens drei Stunden aufgegangen. Die Fremden und ihr Anführer Tarakheen wären bereits auf den Beinen gewesen und hätten verlangt, dass wir ihre Bedürfnisse befriedigen.

Wird sie von mir erwarten, dass ich mich um ihre Bedürfnisse kümmere?

Woher kam sie? Warum war sie hier? Hatte sie sich verlaufen oder suchte sie etwas? Ich hatte sie beobachtet, als sie durch unsere Stadt schlenderte, bereit, einzugreifen, wenn sie meine Leute bedrohte. Ich hätte sie fast angegriffen, als sie meine Brüder berührte und an ihrer Herzsteinhülle herumstocherte. Aber die sanfte Art, wie sie mit ihren Fingern über sie strich, mit einem Blick, den ich nur als Verwunderung deuten konnte, ließ mich innehalten.

Ich schaute auf das Essen, das ich auf einen Tisch neben dem Bett gestellt hatte. Die Fremden aßen gerne als erstes am Morgen. Es hob ihren Geist und hellte ihre Stimmung auf. Glückliche Fremde bedeuteten weniger anstrengende Tage für die Valos. Das Weibchen war jedoch nicht wie die Fremden. Ich glaubte nicht, dass sie Zwang auf uns ausüben konnte, wie sie es getan hatten.

Vielleicht war sie ihr Kind?

Der Gedanke beunruhigte mich. Ich beäugte die Frau erneut. Sie war definitiv keine Valo wie ich oder eine andere Art von Valo, die von den Schöpfern in den anderen Städten errichtet wurde. Ihre Hautfarbe passte nicht zu Tarakheens Volk, aber das hieß nicht, dass es keine braunhäutigen Schöpfer gab. Ihre beiden Lippen waren prall und voll, mit einer interessanten Vertiefung in der Mitte der oberen. Die Fremden hatten keine Lippen, ein einzelner Schlitz diente ihnen als Mundöffnung. Mein Zeigefinger fuhr über die Oberlippe. Sie war dünn, fast nicht vorhanden, aber meine Unterlippe war der ihren irgendwie ähnlich.

Nein. Das Weibchen war allem, was ich kannte, fremd. Der Bogen ihrer haarigen Augenbrauen, die sanfte Neigung ihres Nasenrückens, die runden Ohren, die geschwollenen Hügel auf ihrer Brust, das Ausbreiten ihrer Hüften ... Kurven definierten sie. Wahrlich eine würdige Herausforderung. Ich konnte mich nicht entscheiden, in welches Material ich ihr Abbild schnitzen sollte. Stein würde länger halten, könnte sich aber als knifflig erweisen.

Während ich darauf wartete, dass die Frau erwachte, überlegte ich mir eine geeignete Pose für die Statue. Ich wollte ihrem Gesicht denselben Ausdruck verleihen, den sie hatte, als ihr nackter Körper zum ersten Mal in die brennenden Wasser eintauchte. Es war Jahrhunderte her, dass ich jemanden gesehen hatte, der ein solches Maß an Glückseligkeit ausdrückte. Ohne meinen Herzstein fühlte ich diese Art von Emotionen nicht mehr... ich fühlte fast gar nichts mehr.

Sie genießt die Wärme.

Seit der Veränderung hat mein Volk diese Gewässer nicht mehr betreten. Die Schöpferin verwandelte unsere Körper in Tempel aus Eis und Frost. Wir konnten nicht mehr viel Hitze aushalten, obwohl sich unser genetisches Gedächtnis nach einem gewissen Maß an Wärme sehnte. Der heiße Teich verbrannte uns nicht bei Kontakt. Allerdings verursachte ein Aufenthalt von mehr als ein paar Sekunden extremes Unbehagen und wenn wir länger als ein paar Minuten im Wasser blieben, bildeten sich Blasen. Sie blieb lange Zeit drin, ohne Schaden zu nehmen.

Wie die Schöpferin ...
Wie viel davon konnte sie ertragen? Konnte sie mit dem Inferno des Magmas umgehen? Meine Finger tasteten den hohlen Einschnitt in meiner Brust ab. Dieses seltsame Gefühl zerrte wieder an mir, wie jedes Mal, wenn ich an meinen fehlenden Herzstein dachte. Da ich kein Verlangen jeglicher Art mehr verspürte, konnte ich es nur dem Instinkt zuschreiben, diesem *Bedürfnis*, ihn wieder haben zu wollen. Wie würde es sein, wieder zu fühlen?

Weitere zwanzig Minuten vergingen, während das Weibchen immer noch schlief. Der Wunsch, hier zu sein, wenn sie aufwachte, hielt mich davon ab, nach oben zu gehen und den Schnee und das Eis von meinen toten Brüdern zu räumen, die draußen Wache hielten. Die Wächter waren unter den ersten gewesen, die den Lebenswillen verloren und nach Sonhadra zurückkehrten. Im Laufe der letzten Jahrzehnte waren noch ein paar weitere gefolgt, deren Augen sich für immer schlossen.

Die meisten der jüngsten Todesfälle gehörten zur Kaste der Bergleute. Nach dem Abzug der Fremden fuhren sie fort, die Minen abzubauen und die von Tarakheen geforderten Edelsteine und Metalle zu horten, bis nichts mehr davon übrig war. Die Fremden kehrten nie zurück, um sie oder uns zu holen. Da sie keine Ressourcen mehr abbauen konnten und keine neue Aufgabe hatten, verloren sie ihren Daseinszweck. Nachdem sie ein paar Jahrhunderte verweilt hatten, ging einer nach dem anderen in den Winterschlaf, aus dem viele nicht wieder auftauchen sollten. Es folgten die Baumeister, dann die Jäger und Sammler und schließlich meine Klasse, die Handwerker.

Von Zeit zu Zeit erwachte einer meiner Brüder und leistete mir für ein paar Stunden, Tage, Wochen und in extrem seltenen Fällen für Monate Gesellschaft, bevor sie in ihre Nische zurückkehrten. Das gab mir auch jedes Mal diesen seltsamen kleinen Ruck, wenn sie weggingen oder einer meiner Brüder starb. Bevor sie zurückkehrten, fragten mich ein paar von ihnen, warum ich nicht auch in den Winterschlaf ging. Im Gegensatz zu den anderen hatte ich noch ein Ziel. Als Künstler gab es immer mehr zu tun, mehr zu *erheben und zu verfeinern*.

Ich wurde hellhörig, als sich das Weibchen wieder regte. Ihre Augenlider flatterten und sie rollte sich auf den Rücken. Sie holte tief Luft und streckte dann, die Muskeln anspannend, ihre Glieder so weit wie möglich aus und hob sie leicht über das Bett. Ihre Gesichtszüge spannten sich an und das leise, langgezogene Stöhnen, das ihren Lippen entkam, klang beinahe schmerzerfüllt. Einen Moment lang fragte ich mich, ob sie eine Art Anfall hatte. Dann ließ sie ihre Arme und Beine wieder auf das Fell fallen. Ihre Gesichtszüge entspannten sich und ihre Muskeln lockerten sich. Sie sah aufgelöst aus, als sie diesmal einen Seufzer ausstieß.

Was für ein seltsames Geschöpf.

Sie öffnete die Augen, blinzelte an die Decke und begann sich aufzusetzen. Endlich landete ihr Blick auf mir. Sie erstarrte, die Lippen öffneten sich einen Spalt und die Augen weiteten sich. Der durchdringende Klang ihres Schreis schmerzte in meinen Ohren. Ich zuckte zusammen, während sie nach hinten krabbelte, bis sie mit dem Rücken gegen das Betthaupt stieß. Ihre Augen klebten an meinem Gesicht, ihre Hände fummelten blindlings an den Falten ihrer Bettdecke herum, bis sie das glühende Messer von letzter Nacht herauszog. Zu meiner Überraschung bedrohte sie mich nicht damit, sondern hielt es sich wie ein Schutzschild vor die Brust. Ich zweifelte nicht eine Minute daran, dass sie es schwingen würde, wenn ich näherkäme.

Ich blieb am Fußende des Bettes stehen, um ihr etwas Zeit zu

DIE EISSTADT

geben, sich zu beruhigen. Ihr Blick schweifte über mich, bevor er sich wieder auf meinem Gesicht niederließ.

Ich hätte einen Stuhl herstellen sollen.

Im Vergleich zu ihr war ich ziemlich groß – mindestens zwei Köpfe größer als sie. Auf dem Bett sitzend, verrenkte sie sich den Hals, um mich zu betrachten, während ich sie überragte. Im Sitzen hätte ich auch weniger bedrohlich gewirkt. Mit langsamen, gemessenen Schritten bewegte ich mich auf die linke Seite des Bettes. Ihr Körper zuckte und sie wich auf der gegenüberliegenden Seite an die Bettkante zurück. Dicht an der Wand bleib ich in der Nähe des mit Essen beladenen Tisches stehen.

Sie blickte darauf hinunter und bemerkte es zum ersten Mal. Sie schluckte einige Male und eine rosafarbene Zunge lugte zwischen ihren Lippen hervor, um sie zu befeuchten. Falten zierten ihre Stirn, während ihre Augen zwischen mir und dem Tisch hin und her huschten, der gestern Abend noch nicht da gewesen war.

Ihre Reaktion beobachtend, rief ich den Frost herbei – ein Geschenk des Schöpfers – um das Wasser in der Luft zu verfestigen. Sie gab einen schockierten Laut von sich, als sich hinter mir ein Eisblock bildete. Trotz des brennenden Drangs, es zu tun, verfeinerte ich es nicht und machte es auch nicht schön. Es war eine vorübergehende Anpassung, um sie zu beruhigen.

Innerhalb von Sekunden erledigte ich die Aufgabe und setzte mich hin. Mit weit aufgerissenem Mund starrten ihre eisblauen Augen, die sich auffällig von ihrer dunklen Haut abhoben, abwechselnd auf meinen Sitz und dann auf mich.

„*Eiligge Scheizz! Dazs warkool!*", sagte sie.

Ich blinzelte. Sie machte wieder diese seltsamen Laute, die für mich keine Bedeutung ergaben. Doch ihr Gesichtsausdruck und der Tonfall ihrer Stimme schienen Wertschätzung auszudrücken. Obwohl sie misstrauisch war und das Glüh-Messer immer noch an ihre Brust gepresst hatte, zitterte sie nicht mehr.

„Ich kenne Ihre Worte nicht", entgegnete ich.

Sie runzelte die Stirn und warf einen kurzen Blick auf meinen Mund.

„*Wawar dazs?*", fragte sie.

Jetzt war ich an der Reihe, die Stirn zu runzeln. Die Kommunikation würde sich bei ihrer seltsamen Sprache als schwierig erweisen.

„Wie ist Ihr Name? Was sind Sie?"

Ihr Stirnrunzeln vertiefte sich und sie tippte mit zwei Fingern an die Rückseite ihres Ohrs.

„*Was? Warumfunzionirt es* nicht?"

Ein paar ihrer Worte hatten dieses Mal einen Sinn ergeben. Wo auch immer sie herkam, sie benutzte nicht die Sprache der Fremden oder die der nördlichen Valos.

Sie schnaufte frustriert und warf mir dann einen abschätzenden Blick zu.

„*Mein Namez Liedya.*" Sie tippte mit der Hand, die das Leuchtmesser umklammerte, zweimal gegen ihre Brust. „*Liedya*", wiederholte sie, dann richtete sie die Waffe auf mich. „*Undiner?*"

Ich runzelte die Stirn, meine Augen blieben auf ihrem Glüh-Messer haften. Es lag keine Aggression in ihrer Haltung oder ihrem Tonfall, aber das minderte nicht die potenzielle Bedrohung.

„*Oscheize! Schuldige! Schuldige!*"

Sie schob die Hand, die die Waffe hielt, hinter ihren Rücken und hob die andere Handfläche in einer beschwichtigenden Geste. Furcht verzerrte ihre Züge. Dafür gab es keinen Grund. Sie hatte ihre Waffe gesenkt. Alles war gut.

Ich neigte meinen Kopf zur Seite. „Habt keine Angst. Ich bin nicht verärgert."

Sie schnitt eine Grimasse, da sie meine Worte wohl nicht verstand. Die Waffe versteckt haltend, klopfte sie sich noch zweimal auf die Brust.

„Liedya. Lie-dya", wiederholte sie und zeigte mit dem Zeigefinger auf mich. „Du?"

Drei Worte. Wir kamen voran. Ich konnte nicht sagen, ob Liedya ihr Name oder ihre Spezies war, aber ich nahm Ersteres an.

„Liedya", sagte ich und deutete mit einem Finger auf sie. Sie schüttelte ihren Kopf mit großen Enthusiasmus auf und ab, während ein breites Grinsen ihr Gesicht erhellte.

„Ja! Lydia!"

„Lydia", wiederholte ich und korrigierte meine Aussprache ... hoffte ich.

Ich legte meine Hand auf meine Brust. „Qaezul'tek Var E'lek."

Ihr Lächeln versteifte sich, dann verblasste es und ein fassungsloser Ausdruck legte sich auf ihr Gesicht.

„waszbitte?"

„Qaezul'tek Var E'lek", wiederholte ich.

Sie blinzelte und sah verzweifelt aus. Hatte sie nicht verstanden, was ich meinte? Ich wunderte mich wieder einmal über ihre mangelnde Intelligenz.

„Lydia", sagte ich und zeigte auf sie, dann auf mich, „Qaezul'tek Var E'lek."

Sie schüttelte wieder den Kopf auf und ab, aber dieses Mal mit weniger Begeisterung. Ich vermutete, dass dies eine Art war, wie ihre Leute ihre Zustimmung ausdrückten.

„Rychtich." Sie räusperte sich. *„Kyzuk ... Kyzeluk ..."*

Oh! Zu komplex für sie.

Das hatte ich nicht bedacht. Die Valos von E'lek besaßen alle lange Namen, da sie eine Menge Informationen über das Individuum enthielten. Qaezul'tek Var E'lek war die formelle Art, mich vorzustellen. Mein eigentlicher Vorname war Qae aus der Zul-Blutlinie, der dritte männliche dieses Namens in meiner Linie – in der alten Sprache wurde es als tek ausgesprochen – und Var, was so viel wie Erstgeborener bedeutete. Da viele meines Volkes früher ein Nomadenleben führten, gaben wir den Namen unseres Stammes mit an, in meinem Fall war es das Herz der nördlichen Valos-Stämme, die Stadt E'lek.

Meine Brüder nannten mich gewöhnlich Qaezul oder Qae. Ich beschloss, ihrem Elend ein Ende zu setzen.

Ich zeigte auf sie. „Lydia", dann auf mich selbst, „Qae." Augenblicklich entspannte sich ihre Haltung und ein Ausdruck der Dankbarkeit legte sich auf ihre Züge.

„Kai", sagte sie.

Ihre Aussprache war nicht ganz korrekt. Sie ließ es wie „bei" oder „zwei" klingen, obwohl es eher wie „kwei" sein sollte, aber es war nah genug dran. Irgendwie hatte ich den Verdacht, dass ich ihren Namen auch nicht ganz richtig aussprach. Ich wies auf das Essen. Sie schaute es an und leckte sich die Lippen.

„*Iz* daz *furmisch?*" Sie zeigte auf das Essen, dann auf sich selbst.

„Ja."

Ihr Blick ging direkt zu der Flussfrucht, die ich bereits in zwei Hälften geschnitten hatte, dann zu dem Fischsteak, das daneben lag. Sie zögerte zwischen den beiden und biss sich mit stumpfen, weißen Zähnen auf die Unterlippe. Sie schob sich näher heran, warf mir misstrauische Blicke zu und nahm dann vorsichtig das gefrorene Quadrat des roten Fischsteaks in die Hand. Die Fremden brieten manchmal die gewürzte Seite auf heißen Platten an, aber wir hatten keine in der Unterstadt und ich wusste nicht, wie man die in der Oberstadt bediente.

Lydia betrachtete es und drehte es von allen Seiten, bevor sie mit ihrer Zunge die Gewürze an der Unterseite berührte.

„*Mmhmm, lekkee.*"

Obwohl sie seltsam klang mit all den merkwürdigen Geräuschen, die sie machte, nahm ich dies als ein gutes Zeichen. Sie öffnete ihren Mund und biss hinein ... oder versuchte es zumindest. Mit ihren stumpfen Zähnen gelang es ihr überhaupt nicht einzudringen.

DIE EISSTADT

„*Au. Dubraust wasz zuauftaun.*"

Sie runzelte die Stirn und blickte abwechselnd auf die Flussfrucht, auf mich und dann wieder auf den Fisch. Lydia zögerte eine Sekunde lang, dann schien sie eine Entscheidung zu treffen. Sie zog die Schultern zurück, hob ihr Kinn an und legte ihr Glüh-Messer neben sich auf das Bett. Dann legte sie den Fisch in die Mitte ihrer Handfläche, mit der gewürzten Seite nach oben und bedeckte ihn mit der anderen. Lydia hielt ihre Augen auf mich gerichtet, als fürchte sie meine Reaktion, dann färbten sich ihre Hände – die im Vergleich zum Rest ihrer braunen Haut fast weiß aussahen – erst rosa, dann dunkelrot. Ich neigte meinen Kopf zur Seite, fasziniert, bis ich den kleinen Hitzeball spürte, der von ihr ausging.

Sie WAR auf Feuer eingestimmt!

Waren es nur ihre Hände oder konnte sie kontrollieren, welcher Teil von ihr sich entzündete, so wie es bei mir bei Frost war?

Sie hob eine ihrer Hände, als ihre Handflächen wieder ihre normale blasse Farbe annahmen. Obwohl der Fisch seinen rötlichen Farbton beibehalten hatte, war er ein wenig verblasst, als seine Oberfläche zu kochen begonnen hatte. Der würzige, gebratene Fischduft, den ich seit Jahrhunderten nicht mehr gerochen hatte, wehte mir entgegen. Ich empfand dabei ein zwiespältiges Gefühl. Es fühlte sich vertraut an und löste doch das übliche Unbehagen aus, wann immer wir an den Schöpfer erinnert wurden.

Sie schenkte mir ein unsicheres Lächeln und sah etwas besorgt aus. Ich wusste nicht, was sie von mir wollte, also imitierte ich ihre Geste der Zustimmung und schüttelte den Kopf auf und ab. Sie kicherte, der Klang war hell und sprudelnd und breitete sich mit Leichtigkeit durch den Raum.

„Das ist *nidlisch*", sagte sie und grinste, ihre Sorge verblasste.

Lydia hob den Fisch mit drei Fingern an und bewegte die

Handfläche, die ihn gehalten hatte, an ihre Lippen, um den Tausaft zu schlürfen, der sich darin abgesetzt hatte.

„*Mmhmmm.*"
Wieder dieses Stöhnen, wie gestern Abend, als sie die Flussfrucht aß. Sie leckte ihre Handfläche sauber und biss dann in den Fisch. Ihre Augenlider flatterten zu, als sie ihren Kopf zurückwarf und ein glückseliger Ausdruck auf ihr Gesicht fiel.

„*O gooodd, sooo gut!*"
Sie wiederholte den Auftauvorgang noch ein paar Mal, bevor sie den Fisch aufaß. Beim nächsten Mal müsste ich mehr für sie besorgen.

Warum dachte ich schon an die nächste Zeit?
Sie reinigte ihre Handflächen mit der Zunge und wischte sich dann mit dem Handrücken den Mund ab. Die Flussfrucht gierig beäugend, rutschte Lydia näher an den Tisch heran, hob eine Hälfte auf und schlurfte wieder von mir weg. Wie am Abend zuvor grub sie mit den Fingern das süße Fruchtfleisch aus und aß.

„*Ischlibe dieses Dink.*"
„Ich kenne deine Worte nicht."
Wieder erntete ich einen leeren Blick. Sie kannte meine anscheinend auch nicht. Lydia machte mit der ersten Hälfte kurzen Prozess und kam näher, um sich die zweite Hälfte zu schnappen. Ich griff zuerst danach und sie wich zurück und drückte das Glüh-Messer wieder an ihre Brust.

„Ruhig, Lydia", sagte ich, als würde ich zu einem verängstigten Tier sprechen. „Ich werde dir nichts tun."
Sie verstand nicht, was ich meinte. Ich hob die Hand vor mein Gesicht und zeigte mit dem Zeigefinger auf mein Auge, dann auf die Flussfrucht.

„Lydia, beobachten", informierte ich.
Lydia folgte der Geste und machte das Kopfschütteln.
„*Okay. Isch schauezu.*"
Ich hielt die gehärtete Schale in meiner Handfläche und ließ

Wellen von Kälte in sie eindringen. Die Schale gefror, ihre gelbliche Farbe nahm einen dunkleren, leicht grünlichen Farbton an.

Ich hob den Zeigefinger meiner anderen Hand und beschwor erneut den Frost, um ihn zu einem eisigen Stachel zu verlängern. Mit weit aufgerissenen Augen bedeckte Lydia ihren Mund mit ihrer Hand. Sie schien nicht verängstigt zu sein, also fuhr ich fort. Ich tauchte den Stachel in das süße, weiße Fruchtfleisch und rührte ihn, während ich weitere kühle Wellen durch ihn sandte, bis er einige wirbelnde, eisige Spitzen bildete. Ich ließ den Eisstachel an der Spitze meines Fingers los und schöpfte damit etwas von dem gefrorenen Fruchtfleisch der Flussfrucht. Ich wickelte es in die Form einer Iwaki-Blume, die im Frühling rund um die Stadt wuchs, mit ihren stacheligen Blütenblättern und langen Stielen in der Mitte, wobei ich den Eisstachel als Stiel verwendete.

„Du bist *wiklich gutinem*."

Obwohl ich die Hälfte ihrer Worte nicht verstand, sagten mir ihr Ton und ihr Ausdruck, dass sie meine Arbeit zu schätzen wusste. Das ermutigte mich, weiterzumachen. Ich formte das andere Ende des Eispickels als Löffel und steckte die essbare Blume in den größten Wirbel in der Mitte der Flussfrucht. Ich dachte daran, die Ränder der gehärteten Schale mit komplizierten Mustern zu verzieren, aber ich zwang mich, bei einer einfachen wellenförmigen Verzierung zu bleiben. Wenn ich einmal angefangen habe, könnte ich ewig weitermachen.

Anstatt ihn auf den Tisch zu legen, beugte ich mich vor und streckte Lydia die Flussfrucht entgegen. Wenn ich sie nicht dazu bringen konnte, mir zu vertrauen, würde sie mir nicht helfen, meinen Herzstein zu finden.

Das Weibchen versteifte sich und nach kurzem Zögern rückte sie näher und nahm es mir vorsichtig aus der Hand. Sie machte den Eindruck, als wolle sie in einen sichereren Abstand von mir abrücken, dann schien sie es sich anders zu überlegen und blieb in Armreichweite. Mit zarten Fingern hob sie die Blume auf und führte sie vor ihre Augen, um sie aus jedem Winkel zu betrachten.

„*Sooo wundaschöööri! Du bist talndirt.*"

Lydia leckte ein paar Mal an einem der Blütenblätter, bevor sie ein Stück abbiss. Ihre Pupillen weiteten sich und sie erzeugte wieder diesen stöhnenden Laut, während sie an dem Blütenblatt in ihrem Mund saugte.

„*Schmekt fiiiil* bessa *alsdazs* hier."

Sie aß die Blume und lächelte mich zwischen jedem Blütenblatt an. Eine kleine Schicht von Frost erschien auf ihren Händen, wie die Hitze zuvor.

War sie auch auf Eis eingestimmt?

Als sie mit der Blume fertig war, ergriff sie den Stiel mit ihrer gefrosteten Hand und schöpfte einen Mund voll von der Flussfrucht-Leckerei.

„*O waow! Isch liiiibe fruchtiches Eis!*"

Was auch immer das bedeutete, es gefiel ihr und sie machte kaum Pausen, um zu atmen, während sie die Frucht verschlang. Die Fremden drückten nie so viel Wertschätzung aus. Eigentlich taten sie das überhaupt nicht. Da Perfektion nicht erreicht, sondern nur angestrebt werden konnte, glaubte Tarakheen, dass Komplimente und Lob nur Mittelmäßigkeit förderten.

Lydia beendete das Essen und stapelte die leere Hülle der Flussfrucht auf die andere.

„*Isch tanke dir.*"

Wir starrten uns in einer etwas unangenehmen Stille an. Nicht kommunizieren zu können, stellte ein großes Problem dar. Ich wollte sie bitten, meinen Herzstein für mich zu holen, aber ich wollte nicht, dass sie dachte, es sei die Bezahlung für das Essen.

Sie bewegte sich, ihr Blick wanderte durch den Raum, bevor er sich wieder auf meinem Gesicht niederließ.

„*Sooo wasz jettz?*", fragte sie.

„Ich kenne deine Worte nicht."

Lydia zog eine frustrierte Grimasse, ihre Schultern sackten zusammen. Obwohl ich nichts fühlen konnte, verstand ich ihre Verärgerung. Ihr Gesicht nahm einen nachdenklichen Ausdruck an, während sie mit dem Zeigefinger auf ihre Unterlippe tippte. Einige Augenblicke später hellte sich ihr Gesicht auf und sie strahlte mich an. Sie hob ihren linken Arm und eine dünne Eisschicht bildete sich darüber, die ihn weiß färbte.

„Kai bebahten", sagte sie.

Meine frühere Geste nachahmend, zeigte Lydia mit einem Finger auf ihre Augen und dann auf ihren Arm.

Fasziniert neigte ich meinen Kopf zur Seite und gehorchte.

Mit der Spitze ihres Zeigefingers zeichnete sie drei Bögen auf ihren Arm und machte dann eine primitive Darstellung eines Zeichens innerhalb jedes Bogens, wie es ein Kind tun würde.

Clever. Daran hätte ich denken sollen.

Sie zeigte auf ihre Zeichnung, dann in Richtung des Schlafzimmereingangs.

Sie wunderte sich über meine Brüder.

„Valos", antwortete ich.

„Valos?"

Ich schüttelte den Kopf und deutete auf ihren Arm. „Valos." Dann legte ich meine Handfläche auf meine Brust. „Qae ist auch Valo."

„Hmm", sagte sie mit unsicherem Blick. Sie legte die Handflächen aneinander, drückte den Handrücken gegen eine Wange und lehnte sich mit geschlossenen Augen zur Seite. „Valos *Schlaf*", sagte sie, bevor sie sich aufrichtete, auf die Zeichnung auf ihrem Arm deutete und die Geste wiederholte.

Zuerst verwirrt, erkannte ich den Sinn, als ich die Pose aus ihrem Ruhezyklus sah. Ich schüttelte den Kopf.

„Ja, die Valos schlafen."

Sie strahlte. „*Dann gehen wir irgendwo ...*" Lydia zeigte auf mich und wiederholte den Vorgang. „Kai schläft nicht."

Das habe ich verstanden.

Diesmal aber hatte sie den Kopf von einer Seite zur anderen geschüttelt, als sie „nein" sagte. Ich habe mir das als Nein gemerkt. Ich schüttelte meinen Kopf auf und ab. „Ja", dann von einer Seite zur anderen, während ich sagte: „Qae nicht schlafen." Sie klatschte in die Hände und grinste von Ohr zu Ohr. Bei dem seltsamen Verhalten musste ich blinzeln.

Merkwürdiges Weibchen.

Lydia hob die Hände vor sich, Handflächen nach oben und zuckte in einer übertriebenen Bewegung mit den Schultern. „Warum?", fragte sie. „*Warum* valos schlafen*, aber* Kai nicht schlafen?"

Ich hob meine Hand und legte zwei Finger in das hohle Gehäuse in meiner Brust.

„Kein Herzstein."

„*Bateri leeer?*" Sie runzelte die Stirn und schüttelte den Kopf. „Nein, nicht *leeer. Bateri feeelt?*"

Ich wusste nicht, wie ich darauf reagieren sollte.

Sie gestikulierte, als ob sie etwas in ihre Brust steckte, dann schaute sie sich im Raum um, als ob sie etwas suchen würde. Als sie mir den Rücken zuwandte, machte sie wieder dieses übertriebene Achselzucken. „*Wo?*"

Das war die Eröffnung, die ich brauchte. Es mit Worten zu erklären, wäre zu kompliziert. Ich folgte ihrem Beispiel und deutete ihr an, auf die Wand neben mir zu schauen. Ich beschwor den Frost herauf und zeichnete fünf horizontale Linien aus Eis, eine über die andere gestapelt. Auf der obersten Linie, nahe der Mitte, machte ich einen leeren Kasten.

„Lydia", sagte ich und zeichnete einen ersten Punkt in das Kästchen. „Qae", sagte ich und setzte einen zweiten Punkt neben den ihren.

Ich deutete auf den Raum und zeigte dann auf den Platz. Sie grinste und machte den Ja-Kopfschüttler. Ich fragte mich, ob sie jemals einen wunden Hals bekam, weil sie das so oft tat. Ich wandte mich wieder der Wand zu und zeichnete drei Bögen mit denselben Strichmännchen nach, die sie am Rand der oberen Linie gemacht hatte.

„Schlafende Valos", sagte sie.

„Ja. Sehr gut, Lydia." Am gegenüberliegenden Ende der oberen Linie zeichnete ich eine diagonale Linie, die sie mit der zweiten Linie verband, dann fuhr ich fort, in einem Zick-Zack-Muster, die zweite mit der dritten, die dritte mit der vierten und die vierte mit der letzten Linie zu verbinden. Am äußersten Ende der unteren Linie machte ich eine Reihe von gestapelten Kreisen.

„Herzstein", sagte ich und deutete auf den Stapel, dann machte ich die Geste, den Stapel zu nehmen und ihn in meine Brust zu stecken.

Zu meiner Überraschung kletterte sie vom Bett und kam zu mir, um sich vor die Zeichnung zu stellen. Sie deutete mit ihrem Zeigefinger auf mich und hob ihn dann zu meiner Zeichnung. Ohne sie zu berühren, zeichnete Lydia einen Weg vom Schlafzimmer im obersten Stockwerk über die Treppe, die die Stockwerke miteinander verband, bis zur Herzsteinkammer auf der unteren Ebene. Dort angekommen, tat sie so, als würde sie den Herzstein ergreifen und ihn in ihre Brust stecken.

Ich schüttelte meinen Kopf, um nein zu sagen. Ich konnte nicht einfach meinen Herzstein holen gehen.

„Warum?", fragte sie.

Ich zeigte auf meine Augen, dann auf sie, dann winkte ich mit der Hand in einer „Folge mir"-Geste.

Lydia zuckte zurück, dann erstarrte sie und merkte endlich, wie nahe sie mir stand. Sie war zu sehr auf die Zeichnung konzentriert gewesen, um an Angst zu denken. Ein gutes Zeichen, dass die Dinge sich in die richtige Richtung bewegten. Um sie nicht zu erschrecken, trat ich ein paar Schritte zurück und winkte ihr erneut, mir zu folgen. Die Anspannung verließ ihren

Körper und ein verlegener, fast entschuldigender Blick glitt über ihre Züge.

„*Okay*", bestätigte sie.

'Okay' musste ein weiteres ihrer seltsamen Worte für Ja sein. Ich drehte mich auf den Fersen um, tat so, als würde ich nicht sehen, wie sie mit den Falten ihres Überwurfs herumfuchtelte, um das glühende Messer dort zu befestigen und führte sie aus dem Zimmer. Als wir auf die Hauptflure traten, schaute ich ihr über die Schulter zu. Sie warf nervöse Blicke um sich, besonders in Richtung der Eingangshalle, wo meine Brüder überwinterten. Wenn meine alleinige Anwesenheit sie beunruhigte, konnte man davon ausgehen, dass sie die Anwesenheit meiner Brüder fürchtete.

„Ruhig, Lydia", sagte ich in einem beschwichtigenden Ton. „Die anderen Valos schlafen."

Sie warf mir einen verlegenen Blick zu und zerrte mit ihren kleinen Fingern am Saum ihres Überwurfs. Sein zerlumpter Zustand und die rauen, verbrannten Kanten des staubblauen Stoffes verrieten mir, dass es schon bessere Tage erlebt hatte. Es sah wie kein Kleid aus, das ich zuvor gesehen hatte und ließ mich wieder fragen, woher sie gekommen war und was sie hierhergeführt hatte.

„*Warte*", rief sie aus, als wir vor dem heißen Pool entlanggingen.

Sie rannte zum Rand des brennenden Wassers. Sie tauchte ihre Hände hinein und wusch sie, dann spritzte sie etwas von der heißen Flüssigkeit auf ihr Gesicht. Wie letzte Nacht nahm ihre Haut einen leicht rötlichen Farbton an und die Feuchtigkeit, die sie bedeckte, verdampfte. Lydia schlenderte zurück an meine Seite, ein glückliches Lächeln zierte ihre Züge.

„*Bessa.*"

Ich ging den kurzen Weg zum Rand der Höhle hinüber. Lydias Schritte gerieten ins Stocken, als wir uns der Klippe

DIE EISSTADT

näherten. In sicherem Abstand stehend, reckte sie den Hals, um den Abgrund zu betrachten.

„*Keinetreppe.*" Lydia hatte letzte Nacht eine Weile nach einem Weg nach unten gesucht, bevor sie aufgab. Fast hätte ich mich dann offenbart, um ihr zu sagen, dass sie vergeblich suchte. Ich wollte aber vorher ein besseres Gefühl für ihre Absichten bekommen und blieb deshalb verborgen.

Vor der Abreise der Fremden kamen ihre Sklaven hierher, um ein paar Beeren oder Wurzeln vom Feld zu stehlen. Ein kleines Ärgernis, mit dem die Sammler normalerweise allein fertig wurden. Problematisch wurde es, wenn sie in den darunter liegenden Ebenen der Künstler wüteten und die Kreationen der Handwerker beschädigten. Noch schlimmer war es, wenn sie ihre Beute in den unteren Ebenen an Stellen versteckten, die wir nicht erreichen konnten und sie dann vergaßen. Der Gestank des verwesenden Fleisches quälte uns wochenlang. Um weitere derartige Vorkommnisse zu vermeiden, entfernten wir die Treppen zwischen dem ersten und zweiten Stock. Die Valos konnten sich ohnehin schneller und bequemer fortbewegen.

Ich beschwor den Frost und eine dicke, eisige Plattform nahm an der Felswand Gestalt an. Ich trat darauf und streckte Lydia eine Hand entgegen. Mit vor Angst geweiteten Augen schüttelte sie wütend den Kopf zum Verneinen.

„*Ischhabe Höhenanst.*"

Sie deutete auf die Entfernung nach unten und ahmte eine Person nach, die hinunterfällt. Dachte sie, ich würde sie herunterstoßen oder hatte sie nur Höhenangst? In der Hoffnung auf Letzteres vergrößerte ich die Plattform und hob ein Geländer an, das ihr bis zur Brust reichte.

Lydia beäugte meine Arbeit und kaute auf ihrer Unterlippe. Der panische Ausdruck in ihrem Gesicht wurde abgemildert und sie trat ein paar zögerliche Schritte nach vorne.

„Okay, *dasz* ist *bessa*."

Sie betrat die Plattform, griff nach der Kante des Geländers und rüttelte daran – oder versuchte es zumindest, um seine Festigkeit zu testen.

Seltsames Weibchen.

Ich leitete den Abstieg ein. Lydia quietschte, als sich die Plattform in Bewegung setzte. Eine ihrer Hände umklammerte mein Handgelenk, während die andere sich am Geländer festhielt. Die Wärme ihrer Haut an meiner sickerte in meine Adern.

„Ruhig, Lydia. Du bist bei mir sicher."

Sie versuchte abzuspringen, sobald wir die zweite Ebene erreichten, aber ich hielt sie zurück, bis wir bei der vierten ankamen. Zu diesem Zeitpunkt sah sie nicht mehr so aus, als würde sie ohnmächtig werden, aber sie zögerte nicht, von der Plattform zu springen, sobald wir den Boden erreichten. Unser endgültiges Ziel lag jedoch eine Ebene tiefer. Wir mussten die Treppe benutzen, die noch die Ebenen zwei, drei, vier und fünf verband.

Auf dem Weg zur Treppe stockten ihre Schritte und hielten dann gänzlich inne, als wir vor einem der acht Lagerräume auf dieser Ebene vorbeikamen. Dieser enthielt unzählige Stein- und Holzbehälter, die bis zum Rand mit den bunten Edelsteinen gefüllt waren, die Tarakheen die Bergleute ernten ließ. Die sieben anderen Räume, doppelt so groß wie dieser, enthielten das Metall, das sie abbauten. Mit weit aufgerissenen Augen und offenem Mund schien sie von der Menge der Edelsteine überwältigt zu sein.

„*Heilige Scheize! Dasz sin eine Mengeschteine! Ihr müsst schteinreich sein!*"

„Ich kenne deine Worte nicht."

Sie schüttelte den Kopf, als könne sie nicht glauben, was sie sah.

„*Fergiisses. Geeweiter.*"

Sie deutete an, weiterzugehen und bewegte sich zwei Schritte vorwärts. Eine Reihe von Nischen, in denen meine Bergarbeiterbrüder überwinterten, rahmten die Treppe ein. Ein paar weitere

DIE EISSTADT

nahmen die Wand gegenüber ein. Lydias Blick huschte hektisch von einer zur anderen. Sie war näher an mich herangetreten, unbewusst suchte sie bei mir Schutz. Drei von ihnen – einer mehr als gestern – hatten die Augen geschlossen. Die anderen starrten mit leeren Augen vor sich hin.

Ich winkte mit einer Hand und ahmte dann die Schlafstellung nach, die sie vorhin eingenommen hatte.

„Kein Herzstein", sagte ich und stieß mit zwei Fingern auf den Hohlraum in meiner Brust.

Sie schüttelte ihren Kopf auf und ab, rückte aber dennoch näher an mich heran und unsere Arme berührten sich, als wir uns den beiden Golems neben der Treppe näherten.

Dies war die längste Treppe in der Unterstadt. Als wir weiter abstiegen, wich das bunte, aber sanfte Licht der Glühsteine bald dem rot-orangen Licht der unteren Ebene. Je weiter wir nach unten kamen, desto wärmer wurde es.

„*Unheimlich*", flüsterte Lydia.

Sie warf mir einen unsicheren Blick zu, folgte mir aber trotzdem. Wir erreichten das Ende der Treppe und bogen rechts in den kurzen Korridor ein, der in den Weg mündete.

„*Achduscheize*... Ist das *Lawa?*"

Sie sagte dieses Wort sehr oft. Ich begann zu vermuten, dass es Ehrfurcht, Überraschung oder Schock ausdrückte.

Selbst von dort, wo ich stand, quälte mich die Hitze des Flusses aus geschmolzenem Gestein. Doch jenseits des intensiven Unbehagens winkte mir mein Herzstein zu. Viele Male zuvor hatte ich versucht, ihn zu holen, aber die Hitze hatte mich gezwungen, nach nur wenigen Schritten auf dem Pfad umzukehren.

Lydia marschierte voraus, ihr Gesicht voller Staunen, als sie den Raum überblickte. Ihre Haut färbte sich rötlich, wie vorhin, als sie den Fisch aufgetaut hatte, nur dieses Mal am ganzen Körper.

„*Waow*," flüsterte sie, als ihr Blick auf die Berge von Herzsteinen in der Ferne fiel. „*Sind dort Ihre batrien?*", fragte sie und deutete auf die Haufen.

Sie drehte sich zu mir um und bemerkte endlich, dass ich ihr nicht auf den Weg gefolgt war. Überrascht runzelte sie die Stirn, nahm dann ihre Umgebung in Augenschein und das Verständnis dämmerte ihr.

„*Ah, ja, zu heizz für DICH.*"

Sie legte ihren Weg zurück und kam zu mir. Ich schreckte vor der Hitze zurück, die von ihrer glühenden Haut ausging.

„*Oh, schuldigee, schuldigee!*", sagte sie und sah zerknirscht aus, während ihre Haut wieder ihren normalen braunen Farbton annahm. „*Ischhole es für dich.*"

Lydia zeigte auf sich selbst, dann auf die Herzsteinhaufen, machte eine greifende Geste und dann eine anbietende Bewegung in meine Richtung.

„Ja, bitte", erwiderte ich und schüttelte meinen Kopf auf und ab.

„Okay", Bestätigte sie. „*Welcher gehöt dieer?*"

Als sie merkte, dass ich ihre Frage nicht verstand, bewegte sie ihre Hand herum, als ob sie mehrere Objekte zusammen berührte, dann eines auswählte und es wieder hinlegte. Dann hob sie die Hände vor sich, die Handflächen nach oben und zuckte mit einem fragenden Gesichtsausdruck mit den Schultern.

Sie wollte wissen, welchen Stein sie bringen sollte.

Das war das Problem. Ich wusste nicht, welcher es war und hatte keine Möglichkeit, ihn ihr zu zeigen. Es gab einhundertsechzig Herzsteine, die in fünf Gruppen aufgeteilt waren. Ich spürte zwar, wie er mich rief und würde ihn zweifelsfrei erkennen, wenn er vor mir läge, aber ich hatte keine Möglichkeit, ihn für sie eindeutig zu identifizieren.

Ich wiederholte ihr Schulterzucken mit den Handflächen nach oben und schüttelte den Kopf von einer Seite zur anderen.

„Ich weiß es nicht."

Ihre Schultern sackten in sich zusammen und ich fragte mich

DIE EISSTADT

einen Moment lang, ob sie aufgeben und sich zurückziehen würde. Sie schürzte die Lippen und blickte zurück zu den Steinen.

„*Dann hatsisch die Arrbeit fürmisch erleedicht,*" sagte sie in einem entmutigten Ton. „*Bin gleich zurükk.*"

Lydia drehte sich auf den Fersen um und ging den Weg hinunter zu den Haufen. Ich spürte wieder das Ziehen in meiner Brust, aber dieses Mal konnte ich das Gefühl benennen, das darunter lauerte: Hoffnung.

KAPITEL 4

LYDIA

Gerade als ich dachte, mein Leben könnte nicht noch verrückter werden, wurde es so IRRE, dass es groß zu buchstabieren noch immer eine Untertreibung wäre. Als ich aufwachte und Kai am Fußende meines Bettes über mir thronte, bekam ich fast einen Herzinfarkt. Ich meine, ernsthaft, welcher supergroßer, eisfarbener Kerl mit einem muskulösen Körper, der zum Anbeißen aussieht, bedeckt mit nur einem Lendenschurz und einem klaffenden Loch in seiner Brust starrt dich bloß an, während du schläfst?

Ein niedlicher und süßer Valo namens Kai.

Ich warf einen Blick über meine Schulter auf ihn. Er stand immer noch am Eingang des Magmaraums und sah von der Hitze mächtig mitgenommen aus.

Ja, Kai war süß.

Trotz seines fremdartigen Aussehens waren seine Gesichtszüge harmonisch und seine leuchtenden, eisblauen Augen hypnotisierten mich. Dass er sich bemüht hatte, einen Sicherheitsabstand einzuhalten, hatte meine Ängste gemildert. Dass er mich gefüttert hatte, als ich so ausgehungert war, hatte ihm eine Menge Pluspunkte eingebracht. Aber dieses verrückte, köstliche, wunderschön dekorierte Eis-Sorbet-Dessert, das er für mich gemacht hatte? Genau DAS hat mich überzeugt. Eine Blume aus Eiscreme? Ich meine, man konnte nicht etwas so Gutes und Hübsches herstellen und ein Monster sein, oder?

Kai war es nicht bewusst, aber mir seine Fähigkeit zur Eismanipulation zu demonstrieren, hatte einen lang gehegten Schmerz in meinem Herzen gelindert. Nachdem ich ein Leben lang anders als andere war, hatte Dr. Sobin es tatsächlich geschafft, aus mir einen totalen Freak zu machen. Die Menschen sahen bloß, wie ich erstarrte oder in Panik geriet. Nicht Kai. Er akzeptierte mein Verhalten als normal und schien sogar beeindruckt zu sein. Das hatte mir ein gutes Gefühl vermittelt. Und jetzt konnte ich ihm etwas Gutes tun.

Ich schenkte Kai ein Lächeln und schaute dann zurück in den Raum, obwohl das Wort Höhle vielleicht eine genauere Beschreibung für ihn wäre. Raue, dunklere Steine als die weißen, die ich zuvor überall gesehen hatte, bildeten die Wände der Räumlichkeit und verschwanden in dem Fluss aus Lava, der an ihrer Basis floss. Wenn ich zur Decke hinaufblickte, die hoch genug war, um die oberste Ebene der Unterstadt zu erreichen, lugten viele große Löcher an der Außenseite hervor, die sie einem riesigen Sieb ähneln ließen.

Ich ging dicht an der Wand entlang den sechs Meter breiten Pfad hinunter, der parallel zum Lavafluss auf seiner linken Seite verlief. Vor mir, auf einer kleinen Insel, leuchtete ein großer Steinaltar mit etwa fünfzig eiförmigen Leuchtkugeln: die Valos-Batterien. Der Weg umrundete die Insel von rechts. An der Außenwand der Insel befanden sich vier weitere ähnliche Altäre in gleichem Abstand und formten einen Bogen. Jeder enthielt etwa dreißig Kugeln.

Aus der Ferne sah es so aus, als wäre ein pulsierendes Licht in einer Eiskugel gefangen gewesen. Aber natürlich machte die Hitze das unmöglich. Die Altäre waren keine natürlichen Formationen. Geformt wie umgedrehte Stufenpyramiden, war ihr

Material mir völlig fremd. Trotz ihres steinigen Aussehens erinnerte mich die Textur unter meinen Fingern an eine Art Kevlar. Ich vermutete, dass irgendeine Art von Technologie auch zu ihrer Erhaltung beitrug. Der holprige, verdunkelte Stein unter meinen nackten Füßen brannte an meinen Sohlen. Ich erhöhte meine eigene Temperatur, um die schmerzhafte Hitze erträglich zu machen. Der Pfad verlief etwa fünfundzwanzig Meter, bevor er nach rechts abbog, der Höhlenwand folgend, in einem großen Kreis um die Insel. Mindestens zehn Meter Lava breitete sich zwischen der Insel und dem Rand des Pfades aus und verhinderte das Betreten der Insel. Trotz meiner Fackelfähigkeit konnte ich nicht auf Lava laufen. Ich würde in Sekundenschnelle verbrannt werden. Wenn Kais Batterie eine der sich dort befindenden Kugeln war, waren wir aufgeschmissen.

Ich kreiste um den Pfad, gefolgt von dem zähen, blubbernden Geräusch der Lava und dem klatschenden Geräusch meiner Füße auf dem Boden. Die heiße Luft machte das Atmen schwer, aber glücklicherweise stank sie nicht nach Schwefel, wie man es erwarten würde. Andererseits stank die heiße Quelle auch nicht. Ich erinnerte mich vage daran, etwas über Bakterien gelesen zu haben, die für diesen Geruch verantwortlich waren. Vielleicht gab es sie auf diesem Planeten oder in dieser Gegend nicht. Wie auch immer, das passte mir ganz gut.

Als ich mich dem ersten Altar näherte, bestätigte die kühle Brise, die von ihm ausging, meine Vermutung, dass eine Art Mechanismus die Kugeln konservierte. Als ich sie aus der Nähe sah, waren sie nicht wirklich als Kugeln zu erkennen. Sie sahen aus wie stilisierte Herzen aus einem glasähnlichen Material und lagen in einer kleinen Vertiefung wie Eier in ihrer Schale. Im Inneren der meisten Glasherzen leuchtete ein blaues Licht mit unterschiedlicher Intensität. Eine Handvoll hatte keins. Ich vermutete, dass dies bedeutete, dass die Valos, zu denen sie gehörten, nicht mehr funktionierten oder gestorben waren.

DIE EISSTADT

Die, die ihre Augen geschlossen hatten ...
Ein Stich verursacht durch die Trauer, die mich erfasste, schoss durch meine Brust. Obwohl die Valos mir immer noch etwas Angst einjagten, war ein Leben ein Leben, egal wie seltsam es aussah. Ich wusste nicht, welchen Stein ich wählen sollte, also griff ich nach einem nach dem Zufallsprinzip. Sobald ich ihn in der Hand hielt, flackerte das Licht darin wie eine sterbende Flamme und er gab das brutzelnde Geräusch von Wasser ab, das auf eine überhitzte Pfanne fällt.
Scheiße! Ich verbrannte den Inhalt!
Ich ließ ihn sofort wieder in seinen Schlitz fallen. Das Licht schwankte wie ein stotterndes Herz, bevor es sein langsames, pulsierendes Glühen wieder aufnahm.
Wie konnte ich nur so idiotisch sein?
Ich hatte gerade die letzten fünf Minuten damit verbracht, über das Kühlsystem nachzudenken, nur um dann, wie ein Idiot, vorwärts zu stürmen, nach einem zu greifen, wobei sich meine Haut fast entzündete. Sogar meine Toga hatte sich durch meine übermäßige Körperwärme verdunkelt.
„Das wird ein Riesenspaß", murmelte ich.
Ich senkte meine Temperatur auf die der Herzen und berührte sie. Keine weitere negative Reaktion folgte. Ich hätte das als großartige Nachricht bezeichnet, aber jetzt machte mir die Hitze einen Strich durch die Rechnung. Ich ließ die Herzen liegen, flammte wieder auf und bewegte mich zum nächsten Altar. Eine Gruppe von Kugeln, die denen auf dem ersten Altar ähnlich war, begrüßte mich, außer einer, die so hell leuchtete, dass ich blinzeln musste. Es juckte mich in den Fingern, nach ihr zu greifen, aber ich hielt mich zurück und beschloss, die anderen beiden Altäre zu überprüfen, bevor ich eine Entscheidung traf.
Die verbleibenden zwei Altäre enthielten keine weiteren Überraschungen, jeder beinhaltete etwa dreißig Herzen von unterschiedlicher Helligkeit. Während ich darüber nachdachte, für welches ich mich entscheiden sollte, ließen mich eine Reihe

von beunruhigenden Gedanken daran zweifeln, ob es klug war, Kais Bitte tatsächlich nachzukommen. Ich wusste nicht, was Kai war, aber ich glaubte, dass jemand ihn und die anderen Valos zu dem gemacht hatte, was sie jetzt waren. Das Loch in ihrer Brust sah viel zu konstruiert aus, um natürlich zu sein. Mein Bauchgefühl sagte mir, dass die Frau, deren Konterfei die Oberstadt pflasterte, ihre Finger im Spiel hatte. Kai hatte mir bisher nichts als Freundlichkeit entgegengebracht, aber er hatte auch so viel Emotionen gezeigt wie ein Stein. Er war in jeder Hinsicht wie erstarrt. Aber was würde aus ihm werden, wenn man sein Herz, seine Batterie oder was auch immer diese Kugeln waren, wieder in ihn hineinlegte?

Wenn man sich diesen Aufbau ansah, stellte man zweifelsfrei fest, dass sich jemand sehr viel Mühe gegeben hatte, um sicherzustellen, dass die Valos ihre Herzen niemals ohne externe Hilfe zurückbekommen würden. Ein normaler Mensch wäre nicht in der Lage, sie ohne spezielle Ausrüstung und ein Kühlgerät zurückzuholen. Es musste einen guten Grund gegeben haben, sich so weit abzusichern.

Was wäre, wenn sie sich durch die Rückgabe ihrer Herzen zu Monstern entwickeln würden? Was, wenn sie zu wahnsinnigen Cyborgs werden würden, die darauf aus wären, die Welt zu assimilieren oder auszulöschen?

Ich wankte auf meinen Füßen, die Richtung meiner Gedanken gefiel mir überhaupt nicht. Eines der Herzen auf dem Altar vor mir verdunkelte sich, aber es flackerte nicht wie das, das ich auf dem dritten Altar gesehen hatte.

Zum Glück ...

Trotz meiner Bedenken und Ängste hatte ich keinen Zweifel daran, dass diese Wesen bald tot sein würden, wenn ich nicht helfen würde, sie wieder mit ihren Herzen zu vereinen. Nichts zu tun bedeutete, Völkermord an diesen seltsamen Geschöpfen zu begehen. Ich würde nicht weiterleben können, wenn ich dazu beitragen würde. Es beseitigte keinesfalls das Risiko, dass sie sich in psychotische Bestien verwandeln könnten, aber ich musste es riskieren.

Obwohl ich nicht schwören konnte, welches Herz zu Kai gehörte, erschien das Bild des hellsten Steins auf dem zweiten Altar vor meinen Augen und lockte mich. Nichtsdestotrotz schnappte ich mir von jedem Altar ein Herz und nahm es mit. Ich brauchte weniger als zwei Sekunden, um meine Temperatur so weit zu senken, dass meine Haut überfror. Die Hitze hämmerte auf mich ein und meine Knie schwankten. Die heiße Luft erdrückte mich wie ein lebendiges Wesen von allen Seiten, raubte mir den Atem und machte meine Sicht verschwommen. Der Frost auf meiner Haut schmolz und verpuffte in Dampfwolken. Um das zu kompensieren, senkte ich meine Temperatur weiter ab. Das erschöpfte mich schnell und machte die Hitze noch schlimmer.

Ich durfte nicht trödeln.

Ich streckte eine Hand in Richtung des Altars aus, packte das verdunkelte Herz und wiegte es in meinem Arm, um es zu kühlen. Ich ging zurück zum dritten Altar und schnappte mir das flackernde Herz. Ich legte es neben das erste und lief zum zweiten Altar, wo ich das hellste Herz aufhob.

Verdammt, waren die Dinger schwer.

Und auch groß. Ich musste beide Arme um sie schlingen, um sie fest zu umarmen, dennoch versuchte ich, nicht zu viel Druck auf sie auszuüben. Trotz ihrer zarten Erscheinung fühlten sie sich robust an. Trotzdem konnte man nie zu vorsichtig mit dem Herzen eines anderen sein, buchstäblich. Zu diesem Zeitpunkt konnte ich nicht mehr rennen und kaum noch schnell gehen. Das Gewicht der Herzen trug nur einen Bruchteil der Schuld. Die Hitze verbrannte meine Lunge, machte meine Glieder schwer und meinen Kopf schläfrig. Als ich endlich den ersten Altar erreichte, schnappte ich mir ein weiteres helles Herz und stapfte den Pfad entlang zurück zum Eingang.

Meine Beine wogen eine Tonne und meine Arme zitterten

von der Anstrengung. Das Abtauchen in meine niedrigste Froststufe über einen so langen Zeitraum, während ich gegen die Hitze ankämpfte, erschöpfte meine Energiereserven in exponentieller Geschwindigkeit. Die Zeit, die ich beim Bewundern der Höhle mit Flackern verbracht hatte, hatte mich bereits teilweise ausgelaugt. Als ich um die Kurve auf die fünfundzwanzig Meter lange Gerade zum Eingang einbog, verzog die Angst, dass ich es zurück nicht schaffen würde, mein Inneres. Wenn ich jetzt zusammenbrach, würde ich nicht sterben. Meine Temperatur würde sich wieder normalisieren und ich würde ohnmächtig werden und erst wieder zu mir kommen, wenn ich ausgeruht genug bin. Es wäre wegen der Hitze unangenehm, aber erträglich. Die Herzen jedoch würden den längeren Kontakt mit dem überhitzten Boden und der Luft nicht überleben.

Vor mir zeigte Kai die ersten Anzeichen von Emotionen. Die Augen weit aufgerissen, die Gesichtszüge angespannt, bewegte er sich unruhig, als würde er gegen den Drang ankämpfen, nach vorne zu rennen und mich auf der Hälfte der Strecke zu empfangen. Er starrte nicht auf mich, sondern auf die Herzen in meinen Armen. Das Glühen des hellsten Herzens wurde immer intensiver, je näher ich dem Eingang kam ... zu Kai.

Ich lehnte mich gegen die raue Steinmauer, um mich abzustützen, während ich meine Füße mühsam vorwärtsbewegte. Die Entfernung verringerte sich im Schneckentempo. Kai sprach Worte, die ich nicht verstand, Worte der Ermutigung, wie ich annahm. Wie auch immer, der Klang seiner Stimme wirkte wie ein Leuchtfeuer, die Rettungsleine, an der ich mich festhielt. Als ich weniger als drei Meter vor dem Eingang entfernt war, rannte Kai auf mich zu. Seine kalten Hände glitten unter meine Knie und um meinen Rücken. Er hob mich auf und rannte mit mir zurück zum Eingang.

Ich sackte gegen seine breite, kühle Brust und ließ meinen Frost los. Es stoppte sofort den Energieverlust, der wie Blut aus einer durchtrennten Arterie aus mir herausgeflossen war. Mit den

DIE EISSTADT

Herzen, die ich immer noch in meinen Armen hielt, vergrub ich mein Gesicht in der Beuge von Kais Schulter. Seine sanfte Stimme beruhigte mich, während er die Treppe zurück in den vierten Stock stieg. Ich atmete seinen einzigartigen Duft ein, wie die frische, knackige Luft eines frühen Frühlingsmorgens. Seine kalte Haut, die sich um meine legte, löschte das Feuer, das mich innerlich verzehrte.

Als wir das obere Ende der Treppe erreichten, hatte ich genug von meiner Orientierung zurückgewonnen, um selbst zu stehen ... aber gerade eben so. Ich wollte jedoch nicht, dass er mich absetzte und das nicht nur wegen der Schwäche, die meine Gliedmaßen weiterhin behindern würde, bis ich wieder aufgetankt hatte. In seinen Armen zu liegen, fühlte sich ... sicher an. Seit dem Beginn des Albtraums meiner Gefangenschaft und der schrecklichen Experimente, die an mir durchgeführt wurden, hatte niemand auch nur das geringste Anzeichen von Sorge oder des Beschützerinstinktes mir gegenüber gezeigt.

Anstatt den Rest der Treppe zurück in die oberste Etage zu steigen, trug Kai mich an ein paar Räumen vorbei, in denen Berge von abgebauten Metallnuggets lagen, in einen Raum, der wie eine weitere Werkstatt mit einer Handvoll Tische ohne Stühle aussah. Er setzte mich auf den nächstgelegenen Tisch und seine neugierigen Augen blickten in meine, bevor sie sich auf die kostbare Fracht in meinen Armen senkten.

Ich wusste bereits, welches Herz zu ihm gehörte. Vorsichtig, um die anderen drei nicht fallen zu lassen, hob ich eine Hand, ergriff das hellste Herz und bot es ihm an. Obwohl subtil, ging eine Emotion über seine fremdartigen Züge, als er beide Hände ausstreckte, um es zu empfangen. Ich legte es in seine Handflächen und das Glühen des Herzens nahm weiter an Intensität zu. Kai trat zurück, hob das Herz vor sich und setzte es dann in den Hohlraum in seiner Brust ein. Ein blendendes Licht stach mir in die Augen und zwang mich, wegzuschauen.

Kai sackte auf die Knie.

Ein langgezogener, gequälter Schrei entkam seiner Kehle. Er klammerte sich an seine Brust und krümmte sich auf dem Boden. Sein Körper zitterte und er warf seinen Kopf zurück, als ein weiterer Ausdruck der Qual seinen Mund verließ. Ein kalter Schauer lief mir über den Rücken, als ich hilflos zusah, wie sich sein Gesicht vor unerträglichen Schmerzen verzerrte. Meine Arme schlossen sich um das Herz, das immer noch an meiner Brust lag und ich überlegte, ob ich in Deckung gehen sollte. Ich verstand nicht, was geschah, aber Kai schien sich in etwas zu verwandeln. Und ich konnte nicht mit Sicherheit feststellen, ob mich dieses Etwas nicht fressen oder zerquetschen wollte.

Das Herz in seiner Brust pulsierte mit einem blendenden eisblauen Licht und tauchte ihn in einen hellen Heiligenschein. Überall auf seinem Körper ragten kristallförmige Eissplitter unterschiedlicher Größe wie eine Rüstung aus seiner Haut heraus. Sein Körper schien sich auszudehnen, er gewann an Masse und Größe. Kais Schrei verklang zu einem grollenden Geräusch, das aus den Tiefen seiner Brust kam. Er zitterte nicht mehr und hörte auf, sich an sein Herz zu klammern. Seine Hände sanken an seine Seiten und schlossen sich zu Fäusten, die auf dem kalten, harten Boden ruhten.

Er war kein Cyborg. Er war eine Art Eiswesen oder Golem.

Mit dieser Erkenntnis kam auch der unbändige Drang zu rennen, der die Angst, die mich dort festhielt, wo ich saß, überwand. Ich sprang vom Tisch auf die Füße und bevor ich auch nur einen Schritt machen konnte, schoss sein Kopf hoch. Kais glühende Augen bohrten sich in mich und ließen mich erstarren, wo ich stand. Mein Puls raste blitzschnell und ich vergaß zu atmen.

„Ruhig, Lydia." Seine Stimme klang zweifach, als ob sich zwei verschiedene überlagerten.

Ich habe ihn verstanden!

Obwohl mich sein jetziges Aussehen erschreckte, zeigten seine Augen keine Bedrohung. Sie zeigten lediglich Spuren des

DIE EISSTADT

grausamen Schmerzes, der eben noch durch seinen Körper geflossen war ... und Traurigkeit. Mein Überlebensinstinkt sagte mir, dass ich mich so weit wie möglich von ihm wegbewegen sollte, aber mein Bauchgefühl beharrte darauf, dass alles in Ordnung sein würde. Das war derselbe Kai, der für mich eine Eisblume geformt hatte. Außerdem hatte er sich noch nicht auf mich gestürzt.

Kai erhob sich langsam auf seine Füße, während sich der zerklüftete Eispanzer, der seinen Körper bedeckte, in ihn zurückzog und seine Masse wieder normal wurde. Das trug viel dazu bei, einige meiner Befürchtungen zu zerstreuen. Er war nicht wahnsinnig geworden und schien nicht gegen den Drang anzukämpfen, mich zerstören zu wollen.

„Bist du okay?" Das Zittern in meiner Stimme ärgerte mich.

„Ja, Lydia. Das bin ich. Ich erinnere mich an alles."

Ich riss meine Augen weit auf, als mich das Hochgefühl mich überfiel.

„Ich verstehe dich! Verstehst du mich auch?"

„Ich berunate dich um det."

„Ach, vergiss es."

Die Enttäuschung traf mich härter, als sie es vernünftigerweise sollte und ich ließ meine Schultern hängen. Ich war begierig darauf, mit ihm auf flüssige Weise zu kommunizieren. Trotzdem hatten wir in den wenigen Stunden, seit wir uns getroffen hatten, bedeutende Fortschritte gemacht. Ich verstand nicht ganz, warum mein Universalübersetzer nicht richtig funktionierte. Nun ... Okay, ich verstand es irgendwie schon. Soweit ich wusste, war meine Begegnung mit Kai der erste Kontakt zwischen einem Menschen und einer fremden Spezies. Also kannte der Übersetzer natürlich seine Sprache nicht und machte Überstunden, um sie zu entziffern. Wir mussten einfach mehr reden, um ihm dabei zu helfen. Die Kopfschmerzen, die mir dieser Prozess bereiten würde, würden epische Ausmaße erreichen.

Kai deutete mir mit der Hand an, wieder auf dem Tisch Platz zu nehmen. Mit großer Sorgfalt legte ich die drei verbliebenen Herzen darauf ab und hievte mich dann daneben, dankbar, nicht mehr stehen zu müssen. Mir war immer noch schwindelig von meinem Ausflug in die Lavagrube. Bis ich etwas gegessen hatte, um meine Energie wieder aufzufüllen, würde ich mich immer noch ein wenig benommen fühlen.

„Okay", entgegnete ich, als ich mich niedergelassen hatte.

Kai lächelte.

Oh mein Gott!

Meine Hand flog vor Überraschung an meine Brust. „Du hast gelächelt!"

Kai legte den Kopf schief, während seine Verwirrung Furchen auf seiner Stirn zeichnete.

„Du hast gelächelt", wiederholte ich.

Ich zeigte auf meinen Mund, der sich zu einem übertriebenen Grinsen verzog und deutete dann auf ihn.

Ihm dämmerte das Verständnis. Er lächelte wieder und nickte auf diese unbeholfene, aber niedliche Art, die er seit dem Moment, als er herausfand, dass diese Geste „Ja" bedeutete, praktizierte. Kai neigte den Kopf viel zu weit nach hinten, als wolle er in den Himmel schauen und brachte dann sein Kinn fast bis zur Brust herunter. Bei dieser Geschwindigkeit würde er sich noch ein Schleudertrauma holen.

Aber verdammt, dieses Lächeln war umwerfend! Er war so verdammt heiß.

Es erhellte sein ganzes Gesicht. Es war ein Wunder, die Emotionen auf seinen Zügen spielen zu sehen. Es machte ihn weit weniger einschüchternd. Obwohl er nichts als freundlich zu mir gewesen war, hatte mich das kalte, emotionslose Wesen, das er vorher gewesen war, ein wenig geängstigt.

Kai legte eine Hand über sein Herz. Es blinkte nicht mehr, sondern glühte mit einem langsamen Puls.

„Mein Herzstein elaub mir emotion", sagte er.

Es waren also keine Herzen, sondern Herz-Steine.
Aber er hat nicht nur Emotionen bei ihm ausgelöst, er schien auch seinen Übersetzer – oder meinen – in Gang gesetzt zu haben. Das war eine großartige Nachricht. Mit viel Gestik, Worten, die ich teilweise verstand und ein paar Eiszeichnungen versuchte er mir zu erklären, dass wir die drei Golems finden mussten, deren Herzen ich geholt hatte, um sie zu erwecken.
Schon bevor er mit diesen Erklärungen begann, wusste ich, dass wir das tun würden und meine Ängste kamen wieder hoch. Ich wusste nicht, wie sie sein würden und es gab Unzählige von ihnen. Sobald ich die ersten erwecken würde, würden sie erwarten, dass ich all die anderen zurückhole. Das ergab Sinn. Wenn ich meine Energiereserven besser einteilen würde als beim ersten Mal, konnte ich es schaffen. Aber wenn sie meine Dienste nicht mehr brauchten, was würde dann aus mir werden?
Werden sie mir erlauben, in ihrer Stadt zu bleiben?
Nichts von Kais Verhalten deutete darauf hin, dass sie undankbare Wesen waren. Aber die Erfahrung hatte mich gelehrt, dass niemand Skrupel besaß, jemanden zu benutzen und dann wegzuwerfen, sobald man etwas Besseres gefunden hatte oder man nicht mehr von Nutzen war. Wo auch immer dieser Planet sich befand, es gab für mich kein Zurück mehr. Als verurteilter Verbrecher würde die Erde mich sowieso nicht wieder willkommen heißen. Für den Moment musste ich mich jedoch wieder auf die anstehende Aufgabe konzentrieren. Es würde später noch genug Zeit geben, um über die weniger glanzvollen Momente meiner Vergangenheit nachzudenken.
Das glühende Licht der Herz... Herzsteine hatte sich verstärkt, während wir die Treppe aus dem Magmaraum hinaufgestiegen waren, der schwächste flackerte immer noch auf alarmierende Weise. Welchem Valo er auch gehörte, er würde nicht mehr lange leben. Ihn jetzt sterben zu sehen, während er seinen Herzstein in den Händen hielt, wäre schrecklich. Ich hatte Kai bis jetzt vertraut, ich könnte also genauso gut weitermachen.

Ich stählte mich und hüpfte vom Tisch auf die Füße. Mit großer Sorgfalt sammelte Kai die Herzsteine ein, die immer noch neben mir lagen und ging auf die Nischen zu, die den Hauptgang dieser Ebene säumten. Ich folgte ihm und beäugte seine kostbare Fracht, um zu sehen, ob sie auf ihre Besitzer so reagieren würden, wie die von Kai auf ihn reagiert hatte. Und tatsächlich, als wir uns ihnen näherten, flammte der etwas gedämpfte Herzstein auf und verstärkte sein Glühen.

Wir kamen vor einem Valo in der Nähe der Treppe, die in den dritten Stock führte, zum Stehen. Er sah etwas größer aus als Kai, breiter und muskulöser. Wenn ich es mir recht überlegte, hatten alle Valos auf dieser Etage massigere Körper als Kai und die, die ich beim Betreten der Unterstadt im ersten Stock beobachtet hatte. In Anbetracht der Menge an rohem Metall und Edelsteinen, die die zahlreichen Lagerräume auf dieser Ebene bis zum Rand füllten, konnte ich nur vermuten, dass sie Bergleute waren oder zumindest eine Menge schwere Arbeit verrichteten.

Kai reichte mir die beiden anderen Herzsteine, damit er den einen, nicht mehr ganz so trüben, einsetzen konnte, der anscheinend zu diesem Valo gehörte. Da ich mich an Kais heftige Reaktion erinnerte, als er sich mit seinem wieder verbunden hatte, ging ich vorsichtshalber ein paar Schritte zurück. Der Herzstein setzte sich mit einem saugenden Geräusch in der Brust des Valos fest, gefolgt von einer Reihe kleiner Klickgeräusche, als sich Klauenhaken um den Stein schlossen und ihn an seinem Platz festhielten. Bei Kai hatte ich diese Geräusche nicht gehört, aber dann hatte er sofort angefangen zu schreien und sie überdeckt.

Bei diesem Valo fühlte es sich eher wie ein hochdrehender Motor an. Sobald der Herzstein an seinem Platz einrastete, leuchteten sowohl seine Brust als auch seine Augen blendend auf. Ein rumpelndes Geräusch ertönte aus seiner breiten Brust und stieg in einem langsamen Crescendo an. Sein Körper zuckte, einmal, zweimal, dann warf er seinen Kopf schreiend zurück. Die Knie des erwachten Außerirdischen knickten ein und Kai hielt ihn fest und ließ ihn nach unten sinken. Er zitterte, grunzte und schrie vor entsetzlichen Schmerzen, während er die ganze Wandlung durchführte, deren Zeugin ich vorhin geworden war. Kai sprach in einem beruhigenden Ton zu ihm. Ich brauchte seine Worte nicht zu verstehen, um zwischen den Zeilen zu lesen.

Als sein Beben nachließ, hob der erwachte Valo seinen Kopf und sah Kai mit einem erstaunten Gesichtsausdruck an. Seine Hand wanderte zu seiner Brust und bedeckte den darin pulsierenden Herzstein.

„*Ich fühle ...*", flüsterte er. „*Ich bin wieder gaaa.*"

Kai legte seinem Freund eine Hand auf die Schulter und drückte sie. „Ja, *Garathu*, das bist du. Wir *Yune* sind es."

Als ich dort stand und sie anstarrte, fühlte ich mich sowohl bewegt als auch unbehaglich, als ob ich in etwas Persönliches eindringen würde. Ich rutschte auf meinen Füßen hin und her und fragte mich, ob ich mich dem neuen Kerl vorstellen oder ihnen etwas Raum geben sollte. Meine Bewegung erregte seine Aufmerksamkeit und sein Kopf hob sich, um mich anzusehen. Er zuckte zurück, ein Blick des Entsetzens senkte sich auf sein Gesicht.

Mein Magen rebellierte, als seine Körpermasse und seine stachelige Eispanzerung wuchsen.

„*Rakheeja! Rakheeja!*" Seine Stimme bebte in einer Mischung aus Angst und Wut, als er das Wort so wiederholte, wie man den Namen des schwarzen Mannes flüsterte.

Oh, Scheiße ...

Was auch immer dieses Wort bedeutete, der Kerl sah aus, als hätte er ein Monster gesehen und konnte sich nicht entscheiden, ob er weglaufen oder ihm den Kopf einschlagen sollte – oder lieber *mir* den Kopf einschlagen. Ich erinnerte ihn an ein ziemlich schlimmes Etwas, oder wahrscheinlicher an jemanden. Wenn er auf mich losgehen würde, bräuchte man einen Schwamm und einen Eimer, um meine Überreste aufzusammeln.

Mein Puls beschleunigte sich und ein Gefühl des Grauens jagte mir kalte Schauer über den Rücken. Das Ausmaß seiner Verzweiflung hatte mich so gefesselt, dass meine Muskeln kurz davor waren, zu zerreißen. Ich trat noch ein paar Schritte zurück und mein Fluchtinstinkt schrie mir zu, dass ich rennen sollte. Kais Kopf ruckte zu mir und er hob seine Hände in einer beschwichtigenden Geste.

„Nein, Lydia. Ruhig. Zaktaul ist *Vureta*."

Zaktaul war wirklich *Vureta*, was immer das auch heißen mochte. Ich zögerte. Obwohl ich Kai vertraute, war sein Kumpel nicht nur größer als er, sondern schien auch stärker zu sein. Wenn er beschloss, mich zu verfolgen, bezweifelte ich, dass Kai ihn zurückhalten konnte. Allerdings könnte das Weglaufen die Raubtierinstinkte auslösen, also unterdrückte ich einmal mehr meinen Drang. Ich zwang mich, still zu stehen und sah hilflos zu, wie Kai versuchte, die Ängste seines Freundes zu zerstreuen.

Kai legte beide Hände auf die Schultern des Valo und starrte ihm in die Augen.

„Ruhig, Zaktaul", ermahnte Kai in beschwichtigendem Ton. „*Ieru* ist nicht *Rakheeja. Ieru* ist *hoyna*."

„Nicht?", fragte Zaktaul, bevor er einen bedrohlichen Blick in meine Richtung warf.

„Nein. Lydia ist *hoyna*."

Obwohl er immer noch misstrauisch war, entspannten sich Zaktauls Schultern, während er zuhörte, als Kai ihm einen kurzen Überblick über meinen Beitrag zu seiner Erweckung gab ... zumindest nach dem, was ich hörte.

„Ich verstehe", bekräftigte Zaktaul, seine Stimme klang doppelt so laut, wie die von Kai in diesem verwandelten Zustand gewesen war.

Er erhob sich auf seine Füße, überragte Kais humanoide Gestalt um zwei Köpfe und richtete seine glühenden eisblauen Augen auf mich.

Oh, Scheiße.

KAPITEL 5

KAI

Wie dumm von mir, dass ich das nicht vorausgesehen habe. Ich hätte mit seiner Panik und Wut rechnen müssen. Erst vor wenigen Augenblicken hatte ich die gleichen Qualen erlebt, als meine Erinnerungen an die Zeit, bevor mir der Herzstein genommen wurde, wieder hochkamen. Alles, was die Schöpferin uns angetan hatte, stürzte auf mich ein. Unsere Freiheit, unser freier Wille, unsere Sterblichkeit und sogar unsere Emotionen, gestohlen, um die perfekten Diener zu erschaffen ... die perfekten Sklaven.

Ich war wieder ganz und das tat weh. Freude und Kummer kratzten an meiner Seele, aber ich konnte mich nicht mit meinen neu zurückgekehrten Emotionen beschäftigen. Der Geruch von Lydias Angst durchdrang den Raum und weckte meine Beschützerinstinkte. Ich musste sie beruhigen. Zaktaul würde ihr nichts antun, jetzt nicht mehr. Wahrscheinlich hätte ich ähnlich reagiert, hätte ich nicht mit ihr gesprochen, bevor ich mich mit meinem Herzstein wiedervereinigte. Wir würden vorsichtiger sein müssen, wenn wir die anderen erweckten.

Selbst aus der Entfernung nahm mein scharfes Gehör das panische Flattern ihres Herzschlags auf. Ihre vor Angst geweiteten Pupillen verdeckten die schöne, blassblaue Farbe ihrer Augen, deren Farbton identisch mit meiner Haut war. Sie waren atemberaubend und hoben sich von ihrem dunklen Teint ab, dem gleichen warmen Braun wie das begehrte, weiche und biegsame, aber unglaublich widerstandsfähige Holz des Kumeri-Baumes. Jetzt, da ich es voll und ganz zu schätzen wusste, wollte ich, dass ihre Augen so funkelten, wie in dem Moment, als sie die gefrorene Flussfruchtblüte genoss.

Ich ging ein paar Schritte auf sie zu. Lydias Augen flackerten zu mir, bevor sie sich wieder auf meinen Bruder konzentrierte. Ihre Arme schlossen sich um die beiden Herzsteine, die sie immer noch an ihre Brust gedrückt hielt.

„Ruhig, Lydia", erklärte ich mit meiner sanftesten Stimme. „Alles ist gut."

Ich rückte näher an sie heran und sie ließ es zu, obwohl ihre Angst nicht kleiner wurde.

„Lydia, das ist mein Freund Zaktaul'dva Uur E'lek."

Ich konnte mir ein Lächeln nicht verkneifen, als ihre Augen bei dem Versuch, den Namen zu wiederholen, glasig wurden. Ohne sie wäre mir nie klar geworden, wie abschreckend unsere Namen auf Fremde wirken mussten. Die Fremden hatten nicht vor ihnen zurückgeschreckt. Andererseits haben sie sich auch nie um unsere Namen gekümmert, nur um unsere Fähigkeiten. Die meisten anderen Valo-Spezies auf Sonhadra hatten nicht so komplexe Namen wie wir. Nun, komplex für diejenigen, die ihre Struktur nicht verstanden.

„Zaktaul, das ist unsere Retterin, Lydia. Unsere Namen sind zu komplex für sie. Würdest du ihr die Ehre erweisen, dich Zak zu nennen?"

Er beäugte sie mit offensichtlicher Neugierde.

„Sie hat Angst vor mir", stellte Zak fest und klang überrascht.

„Deine Kampfform schüchtert sie ein. Sie ist klein und hat

keine natürlichen Abwehrkräfte, keine Klauen, keine Reißzähne und keine sichtbaren Giftsäcke."

„Sie ist wirklich kein Schöpfer."

„Nein, ist sie nicht." Ich wandte mich an Lydia, die unser Gespräch mit wachsender Sorge beobachtete und schenkte ihr ein beruhigendes Lächeln. „Sie hat Angst. Willst du sie nicht besänftigen?"

„Ja", sagte Zak. „Sie hat uns beide wieder ganz gemacht. Wir sind ihr etwas schuldig. Die Ehre ist mein."

Ich lächelte meinen Bruder an und berührte mit zwei Fingern meinen Herzstein als Zeichen der Dankbarkeit.

Er machte einen Schritt nach vorne. Lydia sog die Luft ein und rückte näher zu mir, um meinen Schutz zu suchen. Obwohl ich es nicht mochte, dass sie verzweifelt war, gefiel es mir auf eine seltsame Weise, dass sie bei mir Sicherheit suchte.

Zak blieb stehen, legte seine Kampfform ab und nahm wieder seine normale Größe an. Der Geruch von Lydias Angst verblasste und ihre Schultern entspannten sich.

„Danke, Lydia, dass du mir meinen Herzstein zurückgegeben hast", sagte Zak und seine Stimme dröhnte trotz seines sanften Tons. „Es wäre mir eine Ehre, wenn du mich Zak nennen würdest."

Lydia beäugte mich, Unsicherheit stand ihr ins Gesicht geschrieben.

Ich lächelte. „Lydia, Qae", sagte ich und zeigte erst auf sie, dann auf mich. „Lydia, Zak", fügte ich hinzu und zeigte erst auf sie, dann auf Zak.

Sie stieß einen Seufzer der Erleichterung aus, strahlte mich an und schenkte Zak ein schüchternes Lächeln.

„*Halloh, Zak. Freutmich, dich kennenzulernen.*"

Zak blinzelte und warf mir dann einen verwirrten Blick zu. Ich zupfte an meinem rechten Mundwinkel, um mein eigenes Unwissen über ihre Worte zum Ausdruck zu bringen. Er zeigte auf die Herzsteine, die immer noch in Lydias Armen ruhten.

„Lasst uns ihre Besitzer finden", sagte er.

Ich ertappte mich dabei, wie ich beinahe Lydias Kopfschütteln nachmachte und unterdrückte ein Lächeln.

„Ja, lasst uns fortfahren."

Ich drehte mich zu Lydia um, um es ihr zu erklären, aber sie hatte bereits alles mitbekommen. Sie reichte mir die Herzsteine und mit Zak an der Spitze bewegten wir uns vorwärts durch die restlichen Nischen.

Obwohl ihr Leuchten stärker wurde, befanden sich ihre Besitzer eindeutig nicht auf dieser Etage. Wenn meine Vermutung richtig war, entsprach jeder der äußeren Altäre einer bestimmten Golemklasse und damit einer bestimmten Etage. Als wir das dritte Stockwerk erreichten, die den Handwerkern wie mir zugedacht war, bestätigte sich meine Vermutung: Keiner der verbleibenden Herzsteine flackerte. Derjenige, der für diese Etage bestimmt war, hat bereits in mir seinen Besitzer gefunden. Dennoch nahm das Leuchten des hellsten der beiden Herzsteine stetig zu, während wir uns auf die Treppe zur zweiten Etage zubewegten.

Schwere, uns entgegenkommende Schritte hallten in dem stillen Raum wider. Lydia rückte näher zu mir, ihre warmen, zarten Finger legten sich um meinen Oberarm. Die angenehme Wärme sickerte durch meine Haut und ließ das Eis in mir schmelzen. Es war zu lange her, dass ich eine Wärme gespürt hatte, die kein Unbehagen verursachte. Ich fragte mich, wie sich ein direkter Hautkontakt bei ihr anfühlen würde.

Dukeelns große und massive Gestalt, die auf den Treppenabsatz trat, riss mich aus meinen abschweifenden Gedanken. Der Erbauer blieb stehen, als er uns sah. Sein Blick schweifte über uns und blieb kurz auf Lydia stehen, bevor er den kostbaren Inhalt in meinen Händen fixierte.

„Mein Herzstein rief nach mir", informierte uns Dukeeln mit seiner rauen Stimme, die noch tiefer als die von Zak war.

Mein Herzstein schwoll vor Freude beim Anblick eines

weiteren meiner erwachten Brüder an. Bis jetzt hatte ich das ganze Ausmaß der Einsamkeit, die mich von allen Seiten erdrückte, nicht derart wahrgenommen. Wie sehr hatte ich die Gesellschaft meines Volkes vermisst.

Ich wollte mich auf ihn zubewegen, aber Lydias Hand schlang sich um meinen Arm. Natürlich würde dieser Neuankömmling sie weiter verschrecken. Es musste für eine kleine, wehrlose Kreatur wie sie erschreckend sein, von so vielen riesigen Valos umgeben zu sein. Noch schlimmer war, dass sie sich noch isolierter fühlen musste, weil sie nicht richtig mit uns kommunizieren konnte. Um sie nicht weiter zu beunruhigen, blieb ich an ihrer Seite und reichte Zak den Herzstein, damit er ihn an unseren Bruder weitergab.

„Unsere Freundin Lydia hat einige unserer Herzsteine für uns geholt", erklärte ich ihm.

Indem ich ihn darauf aufmerksam machte, bevor er sich wieder mit seinem Herzstein verband, hoffte ich, das Risiko eines Panikausbruches einzudämmen, sobald sein Gedächtnis zurückkehrte. Dieses Mal starrte er Lydia an und musterte sie von Kopf bis Fuß. Aus irgendeinem Grund, den ich nicht erklären konnte, störte mich die Intensität seines Blicks. Der Drang, sie hinter mich zu schieben, um sie vor ihm abzuschirmen, überkam mich aus heiterem Himmel. Als ob sie die Emotionen spürte, die mich durchströmten, bewegte sich Lydia, rückte noch näher und versteckte sich teilweise hinter mir.

„Freundin?", fragte Dukeeln mit einer emotionslosen Stimme. „Ist sie nicht das Kind der Fremden? Sie ähnelt ihnen und doch nicht."

„Nein, ist sie nicht", antwortete ich, als Zak Dukeeln seinen Herzstein überreichte. „Ich bin mir über ihre Spezies nicht ganz im Klaren, aber sie hat große Unannehmlichkeiten in dem Lavaraum auf sich genommen, um unsere Herzsteine zu bergen und sie vor der Hitze zu schützen."

„Sehr gut", entgegnete Dukeeln, bevor er seinen Herzstein in die Brust steckte. Wie Zak und ich litt er durch die Rückkehr seines Gedächtnisses, den Schmerz über seine Verluste und die Jahre der Sklaverei unter dem Schöpfer und den Fremden. Dabei stützte Zak Dukeeln, während ich Lydia beruhigende Worte zuflüsterte, die sich nun mit beiden Händen an meinem Arm festhielt. Ich wusste nicht, wie viele meiner Worte sie verstand. Mein Gehirn funktionierte nicht richtig, überwältigt von dem berauschenden Gefühl, das ihr Körper an meinem auslöste.

Sobald er sich erholt hatte, führte ich die üblichen Einführungen durch und Dukeeln'vir Uur A'zuk willigte ein, dass Lydia ihn Duke nannte. Gemeinsam kletterten wir in den zweiten Stock und beschworen dann eine Frostplattform in den ersten Stock. Als Lydia sah, dass wir drei darauf standen, weigerte sie sich, aufzusteigen und redete mit hoher Geschwindigkeit in einem panischen Ton auf mich ein. Mit weit aufgerissenen Augen und hektisch atmendem Brustkorb schüttelte sie vehement den Kopf hin und her, als ich eine Hand ausstreckte und sie einlud, zu uns zu kommen.

Die Augenbrauen meiner Brüder zuckten, amüsiert über ihre Höhenangst. Doch selbst nachdem ich das Geländer angebracht hatte, weigerte sie sich, aufzusteigen. Zuerst glaubte ich, dass die einschüchternde Präsenz meiner Brüder die Ursache war, aber dann wurde mir klar, dass sie der Plattform nicht traute, unser gesamtes Gewicht zu tragen. Ich stieg ab, gab Zak den Herzstein und ließ sie weiterziehen, bevor ich eine weitere Plattform für Lydia und mich beschwor. Sie kam dann bereitwillig zu mir. Die Erleichterung und Dankbarkeit in ihren Augen weckte wieder einmal dieses seltsame Gefühl in mir. Für ihr Wohlbefinden zu sorgen, gab mir eine unerklärliche Empfindung der Erfüllung.

Die fremde Frau faszinierte mich und weckte in mir den Drang, mehr über sie zu erfahren.

Als wir hinauffuhren, klammerte sie sich diesmal nicht an

DIE EISSTADT

das Geländer, das ich zu ihrer Beruhigung gebaut hatte, sondern stand dicht neben mir, wobei sich unsere nackten Arme gegenseitig berührten.

Ich wünschte, sie würde sich erneut an mich klammern. Wir erreichten den ersten Stock und fanden Duke und Zak bereits in der kreisförmigen Eingangshalle, in der die Sammler und Jäger ihren Winterschlaf hielten. Augenblicke später prallten die Schreie des neu erwachten Bruders von den Wänden und den Flur hinunter zu uns ab. Lydias Schritte wurden unsicherer. Ihre kürzeren Beine verlangten mir bereits ein langsameres Tempo ab, aber jetzt könnten wir genauso gut krabbeln.

Es machte mir nichts aus. In Wahrheit arbeitete die Zeit zu unseren Gunsten und ermöglichte Duke und Zak, unseren Bruder über die neuesten Ereignisse zu informieren, bevor er Lydia gegenüberstand. Wir erreichten den Eingang der Begrüßungshalle, als die letzten der gequälten Schreie durch den Raum hallten. Lydia und ich blieben an der Tür stehen und beobachteten, wie Zak und Duke mit Seibkal sprachen.

Seibkals Stimme wurde lauter und gab seine Aufregung preis. Er richtete sich in seiner Kampfgestalt auf, bewegte sich unruhig auf seinen Füßen und war bereit, an unseren Brüdern vorbeizustürmen und nach draußen zu flüchten. Sowohl Zak als auch Duke hoben ihre Handflächen in einer beschwichtigenden Geste. Ich warf einen Blick auf Lydia und versuchte, einen neutralen Gesichtsausdruck zu bewahren.

„Bleib hier, Lydia. Ich werde zurückkehren."

Mit großen Augen schlang sie ihre beiden Hände um meinen Arm, um mich davon abzuhalten, sie zu verlassen. Mein Herzstein erwärmte sich bei dem Kontakt. Obwohl es mich schmerzte, von ihrer Seite zu weichen, brauchte mich Seibkal mehr in diesem Moment. Die Jäger hatten am meisten unter der verschwenderischen Herrschaft des Schöpfers gelitten. Sie führten die Rebellion gegen die Fremden an, was zum Verlust unserer Herzsteine führte. Nachdem wir jahrhundertelang als gefühllose Sklaven verbracht hatten, deren Gedanken und Handlungen von den Zwängen unseres Schöpfers diktiert wurden, war dieses gewaltsame Wiederaufleben der Gefühle äußerst traumatisch.

Ich klopfte Lydia auf den Handrücken und schenkte ihr ein beruhigendes Lächeln.

„Ruhig, Lydia. Alles ist gut. Ich werde zurückkehren." Sie zögerte, dann nickte sie zustimmend mit dem Kopf.

„Okay", flüsterte sie.

Ich zog sanft meinen Arm aus ihren Händen und sie ließ sie auf ihre Seite gleiten. Mit einem letzten Lächeln eilte ich zu meinen Brüdern.

„Sie ist zurückgekehrt!", rief Seibkal aufgebracht und seine Rüstung verdickte sich um ihn. „Sie wird uns ihrem Willen unterwerfen und wieder Monster aus uns machen!"

„Nein, Seibkal", sagte Duke so leise, wie es seine grollende Stimme erlaubte. „Tarakheen ist nicht zurückgekehrt. Die Schöpferin und die Wächter sind nicht zurückgekehrt."

„Warum hast du mich dann geweckt?", fragte Seibkal, seine große Hand ruhte auf seinem Herzstein. „Warum hast du mich nicht in Frieden gelassen?"

„Du lagst im Sterben, Bruder", entgegnete Zak. „Dein Herzstein war nur ein Flackern. Zu viele von uns sind während unseres Schlummers nach Sonhadra zurückgekehrt."

Seibkal schüttelte den Kopf, als ob er versuchte, das Gehörte zu verarbeiten.

„Aber wie hast du ihn bekommen? Wie habt ihr den Feuersee überquert?"

„Wir hatten die Hilfe einer Freundin", sagte ich und schloss den Abstand zu ihnen. „Eine Freundin, die uns helfen wird, die anderen zu erwecken, damit wir unsere geliebte Stadt E'lek wieder aufbauen und die Stämme reformieren können. Wir sind frei, Bruder. Wir sind wieder ganz."

Seibkal bewegte seinen Kopf zu mir, die Panik in seinen

Augen wich einem Hoffnungsschimmer. Der stachelige Eispanzer, der ihn umgab, bildete sich zurück, seine Masse wurde wieder normal. Erleichterung durchflutete mich, als ich zu ihm trat und eine tröstende Hand auf seine Schulter legte.

„Alle anderen?", hauchte er aus. „Auch die Weibchen?"

Sie würden ein großes Problem darstellen, eines, über das ich noch nicht nachdenken konnte, aber wir würden eine Lösung finden.

„Wir wecken zuerst alle unsere Brüder und dann finden wir gemeinsam einen Weg, die Insel zu erreichen." Ich legte so viel Überzeugung in meine Stimme, wie ich aufbringen konnte.

Der Hauch eines Lächelns erhellte sein Gesicht, als etwas über meiner Schulter seine Aufmerksamkeit erregte. Seibkal zuckte zurück, seine Augen weiteten sich vor Entsetzen. Ich drehte meinen Kopf, um über meine Schulter zu schauen. Lydia, die ihre Arme um die Körpermitte geschlungen hatte, schien bereit zu sein, die Flucht zu ergreifen.

„Schöpfer", flüsterte Seibkal mit voller Schrecken erfüllten Stimme.

Mein Kopf schoss zurück in seine Richtung. „Nein, Seibkal. Sie ist eine Freundin. Nicht ein Schöpfer."

„Du hast gelogen!", zischte er mir zu, während er seine Kampfform wieder annahm.

„Hör zu ..."

„Du hast gelogen!", donnerte er.

Er stieß mich mit seiner Kampfkraft zurück, sodass ich durch den Raum flog.

„Kai!", rief Lydia mit einer von Angst durchtränkten Stimme.

Ich krachte gegen den großen Glühsteinaltar in der Mitte des Raumes, bevor ich meine eigene Kampfform heraufbeschwören konnte. Meine partielle Rüstung absorbierte den größten Teil des Aufpralls, aber meine Zähne klapperten trotzdem in meinem Kopf. Obwohl unsere „normalen" Körper seit der Verwandlung widerstandsfähiger waren, konnten wir nicht gegen einen Valo in Kampfgestalt antreten, ohne daran zu zerbrechen.

Ich krabbelte auf meine Füße.

„Ich werde mich nicht wieder versklaven lassen!", schrie Seibkal. „Sie wird mich nie wieder kontrollieren!"

Er versuchte, an Duke und Zak vorbeizulaufen, die jetzt auch ihre Kampfgestalten angenommen hatten. Sie warfen ihn zu Boden, aber er wehrte sich und schrie wie eine verwundete Bestie. Obwohl er nicht so massig wie Duke oder Zak war, war Seibkal als Jäger schneller und besser im Kampf geübt. Er schlängelte sich von ihnen frei und verdrehte Dukes Arm, um ihn zum Loslassen zu zwingen. Ich rannte auf ihn zu und wich nur knapp der gewaltigen Faust aus, die er nach mir warf. Duke und Zak standen wieder auf und halfen mir, ihn in die Enge zu treiben.

„Ruhig, Seibkal!", rief ich. „Sie ist kein Schöpfer. Du bist in Sicherheit."

Aber selbst als ich diese Worte sprach, wusste ich, dass der Jäger bereits zu weit entfernt war, um noch etwas wahrzunehmen. Der Wahnsinn in seinem Gesicht verhieß nichts Gutes. Wenn wir nicht schnell einen Weg finden würden, ihn zu überwältigen, könnte er uns schwer verletzen, oder noch schlimmer, Lydia.

„DU LÜGST! SIE KONTROLLIERT DICH!"

„Sie kann uns nicht kontrollieren, Bruder", bekräftigte Zak. „Sie ist kein Schöpfer. Vergiss nicht, wir können nicht kontrolliert werden, sobald wir mit unseren Herzsteinen vereint sind."

Er hörte nicht mehr zu. Sein Blick huschte zwischen Lydia, Zak, Duke und mir hin und her. Der Kampfgeist schien ihn zu verlassen und er machte zwei unbeholfene Schritte rückwärts. Seine Augen verloren den Fokus, ihr Leuchten wurde schwächer.

„Ich werde nicht zurückgehen. Ich werde mich nicht wieder versklaven lassen", murmelte er leise.

Die Rüstung, die seine Brust bedeckte, öffnete sich und legte seinen Herzstein frei.

„Seibkal?" rief ich verwirrt. Der Wahnsinn verließ seine Züge und stattdessen legte sich ein unheimlicher Hauch von Frieden darauf. Die Klammern seines Herzsteins lösten sich mit einem Klickgeräusch. Ein Gefühl der Vorahnung ergriff mich.

Seibkals Augen verbanden sich mit meinen. „Ich werde nie wieder ein Sklave sein", wiederholte er in einem feierlichen Ton.

Ich wusste, was passieren würde, noch bevor er zu Tat schritt. Er hatte den Herzstein aus seiner Fassung gezogen. Zak, Duke und ich eilten auf ihn zu, um ihn aufzuhalten. Unsere Bewegungen schienen langsam zu sein, als wären wir unter Wasser. Er hob die Hand über seinen Kopf und ließ sie mit aller Kraft nach unten fallen, wobei der Herzstein auf den harten, gefrorenen Steinboden aufschlug. Ein blendendes Licht brach aus und zwang uns, unsere Augen abzuwenden. Die Luft lud sich mit Energie auf, die über meine Haut strömte und ein scharfer Schmerz stach in meine Brust. Seibkal sackte auf die Knie, bevor er sich wieder auf seinen Hintern setzte.

„Ich bin frei ...", flüsterte er, während das Licht in seinen Augen erlosch.

Seine Augenlider schlossen sich, seine Schultern sanken und mit einem letzten schweren Seufzer fiel sein Kinn auf die Brust. Als ich dort innehielt und den sinnlosen Tod meines Bruders beobachtete, verwandelte sich das stechende Gefühl in meiner Brust in eine offene Flamme in meinem Herzstein. Der Lavastrom unter mir floss durch meine Adern und verbrannte mich von innen heraus, während ich Seibkals Ableben spürte.

Ich gab die Kontrolle an meine Kampfform ab und schrie meine Qualen heraus. Duke und Zak, die sich ebenfalls verwandelt hatten, vereinigten ihre Stimmen mit meiner und brüllten mit der gleichen hilflosen Wut. Obwohl sie längst nicht mehr hier waren, zerstörten diese doppelt verdammten Schöpfer weiterhin mein Volk. Ich wollte in die Oberstadt rennen und Tarakheens Statuen und Ebenbilder auslöschen, bis nichts mehr von ihr und dem Schmerz, den sie über uns gebracht hatte, übrig war. In meiner Wut hob ich meine Faust, brüllte, als ich sie in den Boden rammte und stellte mir Tarakheens perfektes Gesicht darunter vor.

Ein hoher Schrei ließ mich den Kopf herumreißen und zog auch die Aufmerksamkeit von Duke und Zak auf sich. Durch den roten Dunst, der meine Sicht trübte, erkannte ich die schlanke Silhouette einer Frau in der Tür stehend, die zur Haupthalle führte. Die Hände flogen vor ihr Gesicht, sie schlug sie über ihren Mund und machte wackelige Schritte rückwärts, weg von uns.

Der Geruch von Angst wehte uns entgegen. Angst und ein anderer subtiler Duft darunter, zart und frisch wie eine frühe Winterbrise.

Lydia war ...

Der Schleier fiel von meinen Augen.

Meinen Kummer unterdrückend, trat ich auf sie zu, begierig darauf, sie zu beruhigen, zu versichern, dass alles in Ordnung war. Stattdessen legte sich Panik auf ihre weichen Züge. Sie hob ihre Handflächen flehend in meine Richtung, ihr Kopf schüttelte sich von einer Seite zur anderen. Wasser tropfte aus ihren Augen und durchnässte ihre Wangen.

„Es tut mir leid! Es tut mir so leid!", sagte sie, während ihre Stimme bebte.

Sie drehte sich auf den Fersen um und rannte.

„Lydia!", rief ich und jagte ihr hinterher.

Das leise Geräusch ihres schnell und hart pochenden Herzens erreichte meine Ohren. Ich fürchtete, es könnte platzen. Das Bedürfnis, sie zu besänftigen, überwältigte mich vollkommen. Der saure Geruch ihrer Angst verdrehte mein Inneres. Sie sollte niemals Angst vor mir haben. Ich sollte ihr Ruhepol sein. Mit meiner Schnelligkeit hatte ich sie in kürzester Zeit eingeholt und schlang meine Arme um sie, vorsichtig, um sie nicht zu zerquetschen. Lydia schrie, die hohe Tonlage schmerzte in meinen Ohren. Ihr Körper zitterte unkontrolliert an meinem. Ich öffnete meinen Mund, um sie zu beruhigen, aber stattdessen entkam mir ein Schmerzensschrei. Sengende Qualen brachen in meiner Brust und meinen Armen aus. Dampf stieg mir ins Gesicht und zwang mich, sie loszulassen. Lydia rannte wieder los, ihre Haut pulsierte in einem roten Glühen, als ob Lava direkt unter der Oberfläche flösse. Unfähig, den zweiten Stock ohne meine Hilfe zu erreichen, rannte sie in den Raum mit den heißen Quellen – eine weitere Sackgasse.

Ihr Aufflackern hatte mich nicht beschädigt, nur die äußere Hülle meiner Eispanzerung, die in kürzester Zeit heilen würde. Ich hätte ihr nicht in meiner Kampfform hinterherjagen sollen. Sie war durch die Zurschaustellung unserer Trauer schon traumatisiert genug. Aber hätte ich sie in meiner normalen Form erwischt, wäre ich jetzt mit Blasen übersät.

Die Schritte, die sich von hinten näherten, ließen mich umdrehen.

„Wir machen sie nicht für diese Tragödie verantwortlich", bekräftigte Duke.

Obwohl ich nicht gedacht hatte, dass sie es tun würden, milderte das Hören der Worte die Sorge, von der ich nicht einmal wusste, dass sie in mir lauerte.

„Sie denkt, dass wir es tun. Es ist das Beste, wenn ich allein zu ihr gehe. Sie hat schreckliche Angst."

„Nun gut", sagte Zak. „Wir werden uns um unseren Bruder kümmern."

„Danke", entgegnete ich.

Ohne ein weiteres Wort ging ich auf Lydias Versteck zu.

KAPITEL 6

LYDIA

Ich konnte nicht schreien, weil die Angst mich erstickte. Ich konnte nicht über den Terror hinausdenken, der meinen Verstand vernebelte. Ein einziger Gedanke trieb mich an: *fliehen*. Der einzige Weg aus dieser unterirdischen Stadt erforderte, dass ich an ihnen vorbeirannte. Sie waren zu schnell und würden mich im Handumdrehen einholen. Kai hatte das schon einmal getan. Das letzte Aufflackern, um mich zu befreien, hatte alle Energie verbraucht, die ich noch besaß. Nur das Adrenalin hielt mich noch aufrecht. Sein Schmerzensschrei klang noch in meinen Ohren nach. Es musste ihn noch wütender gemacht haben. Ich musste weg, weglaufen und mich vor ihrer Wut verstecken.

Das Geräusch des zerbrechenden Herzsteins des Valos lief in einer Dauerschleife in meinem Kopf ab. Meine Haut kribbelte noch immer von dem Schmerz, der Angst, die in den Stimmen von Kai, Duke und Zak mitschwang, als sie ihre Wut hinausbrüllten. Der Hass und die Gewaltbereitschaft in ihren Augen, als sie sich mir zuwandten, verhießen brutale Vergeltung. Irgendetwas an mir hatte ihren Bruder in den Wahnsinn getrieben.

Ich flüchtete in den Raum mit den heißen Quellen. Die

DIE EISSTADT

Temperatur dort stieg zwar nicht annähernd so hoch wie die des Lavaraums, aber es sollte mich vor ihnen schützen. Was würde ich nicht alles für einen Zugang zur untersten Ebene geben. Welchen Schaden meine Fackel auch immer Kai zugefügt hatte, er hatte sich bereits wieder erholt und seine schweren Schritte stampften hinter mir auf den Boden, während er wieder die Verfolgung aufnahm.

Mein Herz pochte wie verrückt und ich bewegte meine Beine so schnell ich konnte. Ich klatschte mit der Hand an die Wand, um mein Gleichgewicht zu halten, als ich in den Raum stürmte. Ohne langsamer zu werden, tauchte ich in die Quelle ein, in der Hoffnung, dass sie an dieser Stelle tief genug war, um mir nicht den Kopf auf dem Grund zu zerschmettern. Hitze umhüllte mich. Fast hätte ich mich noch tiefer sinken lassen. Meine Lungen, die durch meine hektische Flucht bereits keinen Sauerstoff mehr hatten, stellten andere Ansprüche. Ausgelaugt und müde kämpften meine Glieder gegen mich an und wurden mit jeder Bewegung Richtung Oberfläche schwerer. Kühle Luft streichelte meine Haut, als mein Gesicht die Oberfläche durchbrach. Gierig schluckte ich die Luft, dann erstickte ich beinahe an dem Wasser, das sich gleichzeitig in meine Kehle und Atemwege schlich.

„Lydia!"

Kais Stimme ließ mich aufschrecken. In einer panischen Bewegung, mich zu ihm umdrehen zu wollen, sank ich wieder und schluckte mehr Wasser. Mit brennender Brust strampelte ich mit trägen Bewegungen, unfähig, die Kraft aufzubringen, meinen Kopf über Wasser zu halten.

Ich war am Ertrinken!

Der schreckliche Gedanke hallte in meinem Kopf wider und mein Blut wurde aus Sauerstoffmangel zu Säure. Meine Sicht verdunkelte sich und meine Arme wurden zu Blei. In der Ferne rief eine Stimme meinen Namen.

Etwas Kaltes umklammerte mein Handgelenk und zerrte daran. Schwerelos flog ich aus dem Wasser, bevor ich gegen eine kühle und harte Oberfläche prallte. Starke Arme legten sich um meinen Rücken und hielten mich hoch. Ich hustete, und spuckte, und schnappte nach Luft. Zu schwach, um mich zu bewegen, zu kämpfen oder gar in Panik zu geraten, lag ich hilflos in den Armen meines Retters. Die Wärme des Zimmers und die Kälte von Kais Haut ließen mich frösteln.

„Ruhig, Lydia. Du bist in Sicherheit."

Seine sanfte Stimme strotzte vor Besorgnis. Als mein Husten nachließ, strich Kai mir mit seinen Fingerspitzen die nassen Haare aus dem Gesicht. Mit verschwommener Sicht sah ich zu ihm auf und öffnete den Mund, um zu sprechen, unsicher, was ich sagen wollte, aber mir fehlte die Kraft, überhaupt Worte zu bilden. Mein Kopf schwankte, als ein weiterer Schauer mich durchlief. Ich lehnte meine Wange an seine Brust und seine Arme legten sich enger um mich. Kein regelmäßiger Herzschlag pochte in meinem Ohr. Stattdessen ging von seinem Herzstein mit jedem pulsierenden Glühen ein zischendes Geräusch aus.

Sein langsamer, gleichmäßiger Rhythmus beruhigte mich.

Kai hob mich in seine Arme und mein Körper schwankte mit jedem seiner Schritte aus dem Raum mit den heißen Quellen. Ich versuchte zu protestieren, aber nur ein halb zusammenhängendes Gemurmel verließ meinen Mund.

„Ruhig, Lydia", wiederholte Kai. „*Niemand wird diretwas antuuuhn.*"

Die gedämpfte Beleuchtung des Thermenraums wich der Helligkeit des Hauptflurs. Verschwommene Silhouetten traten in mein Blickfeld: Zak und Duke. Meine Haut kribbelte von dem Gefühl der Schwerelosigkeit, das oft dem Verlust des Bewusstseins vorausging. Nachdem ich mein System ausgeschöpft hatte, kämpfte ich einen aussichtslosen Kampf.

„Ist sie *inOdnug?*", fragte die gedämpfte Stimme von Duke.

Kais Antwort ging in der Dunkelheit verloren, die mich verschluckte.

DIE EISSTADT

Ich erwachte durch das sanfte Dröhnen von Kais Stimme zu meiner Rechten. Mit geschlossenen Augen blieb ich ruhig liegen und machte eine Bestandsaufnahme meiner aktuellen Situation. Unter mir weichte ein plüschiges Fell die harte Oberfläche auf, auf der ich auf dem Rücken lag. Der feuchte Stoff meiner zerlumpten, behelfsmäßigen Toga klebte an meiner Haut. Dass sie trotz der kühleren Temperatur im Raum nicht mehr klatschnass war, deutete darauf hin, dass ich schon seit einiger Zeit außer Gefecht gesetzt war. Meine Körpertemperatur fühlte sich viel niedriger an als der übliche, überdurchschnittlich hohe Wert. Das überraschte mich nicht, wenn man bedachte, dass mich die heutigen Abenteuer bis auf die Knochen ausgezehrt hatten.

Seltsam, dass ich mich im Liegen schwindlig fühlte. Sich zu rühren, bedeutete unnötige Anstrengung. Also tat ich es nicht und konzentrierte mich auf Kais Worte.

„...zeige dir, wo wir sie finden können. Die Iwaki blüht nur im Frühling. Ich habe ihren Duft vor der Veränderung geliebt, so frisch und zart. Sie symbolisiert Wiedergeburt und Neubeginn. Du erinnerst mich an sie. Deshalb habe ich heute Morgen eine für dich gemacht."

Meine Brust zog sich zusammen, als ich mit dem Symbol der Wiedergeburt von den Valos verglichen wurde, trotz dessen, was mit seinem Bruder geschehen war. Es berührte mich umso mehr, wenn man bedachte, dass ich zu Unrecht beschuldigt worden war, Hunderte von Todesfällen verursacht zu haben, bevor ich zu einem Leben auf der *Concord* verurteilt wurde. Alles, damit sie an mir experimentieren konnten.

Anhand des wehmütigen Tons konnte ich mir den entrückten Blick vorstellen, den Kai wahrscheinlich auf seinem Gesicht hatte.

„Es gibt sie in verschiedenen Farben. Wir verfüttern ihre

Samen an die Paexi, die leuchtenden Käfer, die du gestern im Garten gesehen hast. Es färbt das leuchtende Harz, das sie absondern und so beleuchte ich die Muster, die ich in die Wände und auf das Eis ritze. Die Sammler wissen, wie man Iwakis das ganze Jahr über zum Blühen bringt. Sie haben alle so lange Winterschlaf gehalten, dass ich in den letzten Jahrhunderten nur für zwei Mondzyklen im Jahr farbiges Harz bekommen konnte. Jetzt, dank dir, können unsere Gärten wieder zu jeder Jahreszeit blühen."

Da wurde es mir klar: Ich hatte jedes einzelne seiner Worte verstanden. Seit er heute Morgen zum ersten Mal mit mir gesprochen hatte, hatte mein Universalübersetzer Überstunden gemacht, um seine Sprache zu entschlüsseln. Je mehr wir redeten, desto mehr Wörter erkannte er. Wie lange hatte Kai das schon gemacht? War es überhaupt derselbe Tag?

Ich riss die Augen auf und erkannte das Muster an der Decke als das Schlafzimmer, in dem ich zuvor geschlafen hatte. Ich hob meine linke Schulter an, um mich auf die Seite zu drehen, aber ich sackte wieder zusammen. Meine Glieder fühlten sich wie Gelee an und mein leerer Magen krampfte sich zusammen. Meine Hände waren kalt und klamm und zitterten im Einklang mit meinem unregelmäßigen Herzschlag. Ich musste bald etwas essen, sonst würde ich einen hypoglykämischen Schock erleiden. Das war schon zweimal während Dr. Sobins Experimenten passiert. Wenn ich ins Koma fallen würde, hätte Kai wahrscheinlich keine Glukosetablette oder Glucagon-Spritzen zur Hand, um mich zu retten.

„Lydia!", begrüßte mich Kai.

Am Rande meines Blickfeldes erhob sich seine hochgewachsene Gestalt von der Eisbank, auf der er gesessen hatte, bevor er sich über mich beugte. Die Besorgnis in seinem Gesicht löschte jede verbleibende Angst aus, die ich hatte, dass er mir die Schuld am Tod seines Bruders gab.

„E... Ess...", murmelte ich, unfähig, das Wort zu bilden.

„Ich verstehe deine Worte nicht." Er musterte suchend meinen Körper, bevor er wieder in mein Gesicht sah. „Bist du verletzt?"

Mein Magen krampfte sich vor Hunger zusammen und knurrte. Kais Kopf schoss in Richtung meines Bauches, sein Gesicht hellte sich auf.

„Du brauchst etwas zu essen. Ich habe etwas für dich mitgebracht", sagte er und deutete auf den Tisch neben dem Bett.

Endlich registrierte ich den süßen Duft, der im Raum schwebte. Mir lief das Wasser im Mund zusammen, denn ich wusste, dass die hartschalige Frucht offen in Reichweite lag. Die Decke drehte sich, als ich meinen Kopf anhob. Ich schloss meine Augen und legte ihn zurück auf mein Kissen.

„Ich werde dir helfen, Lydia."

Kais starke Arme glitten unter mich und hoben mich hoch, als ob ich nichts wöge. Er setzte sich auf das Bett und wiegte mich auf seinem Schoß. Die Wange an seine Schulter gepresst, öffnete ich meine Augen wieder und sah ein paar Scheiben von dem Fisch, den ich vorhin gegessen hatte, die süße Frucht, aus der Kai Eis gemacht hatte und einen Stapel kleiner roter Würfel.

„Fang mit den Gurahn-Würfeln an", sagte Kai. „Zak hat sie für dich gemacht. Du brauchst nicht zu kauen. Lass sie dir auf der Zunge zergehen."

Gott segne dich!

Ein mit Zucker überladener Saft wäre jetzt ideal gewesen, aber ich würde alles nehmen, was ich bekommen konnte. Kai griff nach einem der kleinen Würfel und schob ihn zwischen meine geöffneten Lippen. Der süße Geschmack von kandiertem Apfel explodierte in meinem Mund. Gierig saugte ich an dem gefrorenen Würfel, der auf meiner Zunge zu einer cremigen Textur schmolz. Kais grollendes Glucksen an meiner Seite machte mir klar, dass ich vor Genuss gestöhnt hatte. Ich schluckte und öffnete meinen Mund für den nächsten Würfel, den er für mich bereithielt. Stück für Stück fütterte er mich mit den zwei Dutzend weiterer, dabei knurrte mein Magen ungeduldig.

Er sprach nicht, während ich aß, aber ein zufriedenes Lächeln umspielte seine Lippen.

Als der letzte in meinem Schlund verschwand, zitterte ich nicht mehr und fühlte mich nicht mehr schwindlig. Allerdings war ich immer noch erschöpft bis auf die Knochen. So sehr die Fischfilets auch nach mir schrien, ich würde es nicht riskieren, aufzuflammen und sei es nur mit den Händen, um sie aufzutauen. Als Kai seine Hand nach einem ausstreckte, schüttelte ich den Kopf.

„Nein. Ich nehme stattdessen das Obst, bitte."

Die Hand immer noch über den Fischsteaks schwebend, drehte er sich zu mir um und sah mich mit einem fragenden Gesichtsausdruck an.

„Magst du sie nicht?", fragte er.

Ich kaute auf meiner Unterlippe. Obwohl er mich vor dem Ertrinken gerettet hatte und sich um mich kümmerte, klang es nach einer schlechten Idee, das Ausmaß meiner Verwundbarkeit zu offenbaren.

„Ja, ich mag sie. Aber im Moment nehme ich lieber die Früchte."

Die kantigen Linien seines Gesichts wirkten noch schärfer, als er mich musterte, seine kristallisierten Brauen verzogen sich zu einem Stirnrunzeln. Ich konnte sehen, wie sich seine Rädchen drehten, wie seine Augen glühten und wie er seine pralle Unterlippe schürzte.

Da fiel mir auf, dass jedes Stück seines kühlen Körpers mich umgab, sein Gesicht war nur eine Haaresbreite von meinem entfernt. Da er nichts als einen Lendenschurz trug und ich in meiner eigenen, kaum vorhandenen Toga, ebenfalls beinahe unbekleidet war, berührten wir uns überall Haut an Haut. Es fühlte sich gut an. Sehr schön. Hitze kroch meine Wange hinauf bei der unerwarteten Intimität und bei den Schmetterlingen, die in meinem Inneren tobten.

„Du bist zu geschwächt, um den Fisch zu erwärmen", stellte Kai fest.

Was? Ich brauchte einen Moment, um meine abschweifenden Gedanken wieder auf das eigentliche Thema zu lenken. Kais scharfsinnige Schlussfolgerung vertrieb meine unangemessenen Grübeleien.

„Ja", gab ich zögernd zu. „Es braucht eine Menge Energie, um aufzuflammen oder zu erstarren. Ich muss sie weise einsetzen."

Er nickte auf seine schrullige Art. „Ich sah, wie du unten schwanktest und mit jedem Schritt schwächer wurdest. Wärst du weiter weg hingefallen, hätte ich dir nicht helfen können."

Der verzweifelte Blick auf seinem Gesicht rührte etwas in mir, das schon viel zu lange geschlummert hatte. Nur sehr wenige Menschen hatten mir in letzter Zeit irgendeine Art von Fürsorge gezeigt. Schon vor meiner Verurteilung hatten sich Freunde und Familie von mir distanziert. Ich konnte es ihnen nicht verübeln und ermutigte sogar die wenigen in meiner Familie, die mich nicht im Stich lassen wollten, dies zu tun, als klar wurde, dass ich in die Rolle des Sündenbocks gedrängt werden würde. Das Stigma der Schuld durch Assoziation hätte ihr Leben zerstört.

Quinn, Preta und Zoya waren mein Rettungsanker gewesen, als ich in dieser elenden Strafanstalt gelandet war, auch wenn sie uns alle zu früh getrennt hatten. Wieder einmal fragte ich mich, ob eine von ihnen es herausgeschafft hatte und ob wir uns jemals wiedersehen würden. Ich tippte auf Quinn. Ihr verrückter Dr. Craig hatte versucht, sie unsterblich zu machen oder etwas in der Art, indem er sie in die Lage versetzte, alles an sich zu heilen. Meine eigene Wissenschaftlerin bestätigte mir, dass Craig endlich Erfolg hatte. Es war also anzunehmen, dass Quinn den Absturz überlebt oder sich zumindest davon erholen konnte.

Würde Kai mir bei der Suche nach ihr helfen?

Ich lächelte. „Mir geht's gut. Du hast mich rechtzeitig rausgeholt."

Zweimal.

„Es wäre kein Problem gewesen, wenn ich nicht vorhin so viel Energie darauf verschwendet hätte, meine Toga zu trocknen und die Höhle zu erkunden."

Er brummte zustimmend, schien aber nicht ganz überzeugt zu sein. Kai schnappte sich eine Hälfte der hartschaligen Frucht und hielt sie in der linken Hand, während sein Arm um mich gelegt war.

„Wie nennt man diese Frucht?", fragte ich und deutete mit dem Kinn darauf.

„Es ist eine Flussfrucht."

Seine Brust vibrierte gegen mich, als er dieses Wort sagte, was meine Haut kribbeln ließ. Die Art, wie Kai seine r's rollte, erinnerte mich an eine schnurrende Katze. Es war verdammt sexy.

„Wie kommt es, dass wir uns jetzt so gut verstehen?", fragte ich, um mich von diesen sexy Gedanken abzulenken und aus echter Neugierde.

Kai hob seine freie Hand und streichelte mit zwei Fingern die Rückseite meines linken Ohrs. „Ich habe mit deinem Gerät gesprochen."

Eine Gänsehaut breitete sich in mir aus, während ein Schwarm Schmetterlinge in meinem Bauch Fangen spielte. Ich hatte nicht erwartet, dass seine Berührung so sanft sein würde.

Kais Lippen öffneten sich einen Spalt, das Glühen seiner Augen wurde intensiver, als er meine Haut betrachtete.

„Es ist okay", informierte ich ihn. „Das passiert manchmal bei meiner Spezies."

Vor allem, wenn wir halbnackt auf einem noch nackteren

sexy Alien sitzen, der uns so berührt, wie du es gerade getan hast.

Seine rechte Augenbraue zuckte und Kai sah aus, als wollte er meine Haut berühren, um ihre Beschaffenheit zu spüren. Meine Kehle zog sich in Erwartung zusammen und die Schmetterlinge gingen in den Overdrive. Er hob seine Hand, aber anstatt mich zu berühren, winkte er mit den Fingern und ein weißer Wirbel aus Frost trübte sie, bevor er sich zu einem Löffel Eis verfestigte.

Ich räusperte mich, um meine Enttäuschung zu verbergen.

„Woher ... Woher wusstest du, dass ich ein Übersetzungsgerät dabeihabe?", fragte ich.

Er lächelte. „Du hast heute Morgen mehrmals dorthin geklopft, nachdem ich gesprochen hatte und meine Worte dich verwirrten. Aber je mehr wir redeten, desto mehr schienst du mich zu verstehen. Da du lange Zeit bewusstlos warst, beschloss ich, mit deinem Gerät zu sprechen, damit es meine Sprache lernt."

Süß, sexy und klug. Dieser Alien war ein Segen.

Aber irgendetwas stimmte hier trotzdem nicht.

„Wie lange war ich weg, dass du meinen Übersetzer auf Vordermann bringen konntest?"

Kai legte den Kopf schief und zog die Brauen zusammen. „Weg?", fragte er.

„Ohne Bewusstsein."

„Oh. Mindestens vier Stunden."

Woah ... okay.

Aber haben wir die Zeit auf die gleiche Weise gemessen? Nicht, dass es im Moment wirklich wichtig wäre, aber trotzdem ...

„Und du hast die ganze Zeit mit mir geredet?"

„Ja. Ich erzählte dir viermal von der Erschaffung des Sonhadra, beschrieb zweimal die vielen Valos-Arten, erklärte den Prozess der Eis-, Holz- und Steinschnitzerei, die besten Praktiken, um Schnitzereien zu beleuchten, sowie die Pflege und Fütterung der Paexi. Das war der Zeitpunkt, an dem du erwacht bist."

Ich blinzelte.

„Bist du nicht müde geworden?"

Er schaute verblüfft bei der Frage. „Nein. Ich hätte noch tagelang weitermachen können. Ich habe schon lange nicht mehr mit jemandem gesprochen und es war nützlich."

Kai sah so unschuldig aus, dass ich wieder einmal den Drang bekämpfte, ihn zu umarmen.

„Ja, das war es. Ich bin froh, dass du die Geduld dafür hattest. Ich danke dir!"

Er lächelte und sein Herzstein glühte heller.

Wurde er rot?

Bei diesem Gedanken wurde mir warm ums Herz.

„Aber wie kannst du mich verstehen? Ich meine, du hast meinem Übersetzer deine Sprache beigebracht, aber der hat dir nicht meine beigebracht."

„Ich kenne deine nicht", informierte mich Kai sachlich. „Du sprichst jetzt meine und dein Akzent ist reizend."

Mir fiel die Kinnlade runter, dann brannten meine Ohren. Das wusste ich nicht. Auf der Erde hatten die meisten Leute Übersetzer. Ich nahm immer an, wir sprächen in unseren jeweiligen Sprachen. Vielleicht taten wir das, aber ich kompensierte es hier, da er meine nicht sprechen konnte.

„Danke", antwortete ich und fühlte mich verlegen.

Mein Blick fiel auf die Flussfrucht, die er immer noch in der Hand hielt. Kai hatte sie anders zubereitet als gestern. Das klebrige, weiße Fruchtfleisch war noch einmal gerührt worden, aber diesmal hatte er einige rote Beeren untergemischt – wahrscheinlich die gleichen, die in den gefrorenen Würfeln verwendet wurden, die ich gegessen hatte – und etwas anderes, Dunkleres, das an Nüsse erinnerte. Kai bemerkte, was meine Aufmerksamkeit erregt hatte, schöpfte einen Löffel voll und fütterte mich damit. Obwohl ich wieder genug Kraft hatte, um es selbst zu tun, konnte ich es mir nicht entgehen lassen, verwöhnt zu werden.

Verwöhnt zu werden oder seinen muskulösen Körper um mich zu haben?

Um ehrlich zu sein, war es beides. Das letzte Jahr zwischen meinem Prozess und der Inhaftierung an Bord der *Concord* hatte mich gelehrt, jeden Moment des Glücks oder des Trostes, der sich mir bot, zu schätzen. Es brauchte nur sehr wenig, um ein Leben auf den Kopf zu stellen oder es ganz auszulöschen. Ich konnte mir nicht einmal ansatzweise vorstellen, was die Zukunft für mich bereithielt. In den letzten paar Tagen hatte man an mir experimentiert, ich hatte eine Bruchlandung auf einem mysteriösen Planeten hinter mir, war dem Feuer entkommen, das die medizinische Crew getötet hatte, wurde von einer tollwütigen Familie riesiger, baumumarmender Käfer gejagt, überlebte eine akute Lebensmittelvergiftung und einen Sturz von einem großen Wasserfall UND entging nur knapp dem Ertrinken – zweimal. Also ja, ich hatte die Absicht, jeden Moment auszukosten.

Der erste Bissen brachte mich direkt zurück ins Hier und Jetzt. Meine Augen weiteten sich, als der Mango-Papaya-Honig-Geschmack sich auf meiner Zunge entfaltete, all das gewürzt mit einem kandierten Apfel und knackigen gerösteten Walnüssen. Es war orgastisch.

„Das ist sooooooo gut!", stöhnte ich mit vollem Mund.

Kai grinste und enthüllte perlweiße, rasiermesserscharfe Zähne, die mir vorher nicht aufgefallen waren. Ich schluckte, ohne zu Ende zu kauen. Das Essen blieb in meiner Kehle stecken, bevor es schmerzhaft seinen Weg nach unten in meinen Magen fortsetzte. Der absurde Gedanke, dass er mich mästete, um mich später zu verspeisen, ließ mich nicht mehr in Ruhe, nachdem er mir in den Sinn gekommen war.

Sein Lächeln verschwand und er neigte seinen Kopf zur Seite bei meinem plötzlichen Stimmungswechsel.

„Du willst mich doch nicht etwa damit essen, oder?", fragte

ich und fummelte mit meinen Fingern an dem ausgefransten Rand meiner Toga herum.

Er blinzelte.

„Womit?", fragte Kai. „Und nein, Valos essen seit der Veränderung nicht mehr. Und davor haben wir ebenfalls keine Lebewesen gegessen. Wie kommst du denn darauf?"

Ich rutschte auf seinem Schoß hin und her und fragte mich, wie ehrlich ich sein sollte.

„Es ist nur so, dass ... du hast wirklich verdammt scharfe Zähne", gestand ich leise.

Er grinste und seine Augen weiteten sich ungläubig. „Und du hast sehr stumpfe Zähne, wie Pflanzenfresser. Aber genießt du nicht auch Fisch und vielleicht sogar Fleisch?"

Ich nickte, meine Ohren brannten vor Verlegenheit.

„Muss ich befürchten, dass du versuchen wirst, meine Brüder und mich zu fressen?"

Ich schnitt einige Grimassen, sein sanfter, spöttischer Tonfall versicherte mir, dass er mich nur necken wollte.

„Vielleicht eines Tages. Fürs Erste bleibe ich bei den Fischen und Flussfrüchten", entgegnete ich im gleichen Tonfall und hoffte, er würde verstehen, dass es ein Scherz war.

Kais Lächeln wurde breiter. Es machte seltsame und köstliche Dinge mit mir.

„Aber ... wie überlebt man, wenn man nicht isst?", fragte ich. „Du fühlst dich nicht wie eine Maschine."

Konnte man noch tiefer ins Fettnäpfchen treten?

Kais scharfe Gesichtszüge wurden weicher und seine rechte Augenbraue zuckte wieder. Ich fragte mich, ob es ein Zeichen von Belustigung war. Als er mehr von der Fruchtmischung löffelte und sie an meine Lippen brachte, bemerkte ich zum ersten Mal, dass seine Finger, obwohl sie den meinen ähnlich waren, keine Nägel hatten. Eifrig darauf bedacht, nicht wieder etwas zu sagen, begrüßte ich den Löffel und genoss die Festigkeit der Nüsse.

„Vor der Veränderung aß mein Volk Früchte, Fleisch, Fisch, Gemüse, Getreide und mehr, zubereitet auf allerlei wundersame Weise", erklärte er mit wehmütiger Stimme. „Als Valos brauchen wir die traditionelle Nahrung nicht mehr. Für uns, die Nördlichen Valos, stellt die Sonne unsere größte Energiequelle dar. Wenn sie fehlt, nehmen wir Nährstoffe und Feuchtigkeit direkt aus der Luft auf. Aber wir können auch längere Zeit ohne die Sonne überleben."

Während er sprach, fuhr Kai fort, mich zu füttern.

„Meine Brüder in ihren Nischen haben sich in den Winterschlaf begeben. In diesem Zustand benötigen unsere Körper nur minimale Ressourcen, um zu funktionieren. Die Luft liefert also mehr als genug, um uns für Jahrzehnte, sogar Jahrhunderte, zu versorgen."

Ich öffnete den Mund, um eine Frage zu stellen, besann mich aber eines Besseren.

Kai sah mich aus verengten Augen an. Ich hatte ihn nicht täuschen können.

„Du wolltest fragen, warum einige von ihnen dann gestorben sind, habe ich recht?"

Mein Gesicht errötete und ich nickte unbehaglich. Nach dem vorherigen Vorfall fühlte sich die Frage nicht gerade subtil an.

„Sie sind gestorben, weil sie den Lebenswillen verloren haben", informierte mich Kai und der Schmerz schlich sich erneut in seine Stimme.

Das Leuchten seiner Augen verstärkte sich, als sie sich mit den meinen verbanden. Sein Ausdruck, ernst und feierlich, enthielt unendlichen Kummer.

„Was mit Seibkal passiert ist, ist nicht deine Schuld."

Unwillkürlich atmete ich tief aus. Bis zu diesem Moment war mir nicht klar gewesen, wie sehr ich es gebraucht hatte, ihn diese Worte sagen zu hören. Ich hielt mich selbst nicht für seinen Tod verantwortlich, aber irgendetwas an mir hatte diesen armen Valo in den Wahnsinn getrieben und ich wollte verstehen, was.

„Iss weiter, Lydia. Alles ist gut."

Ich öffnete meinen Mund, um einen weiteren Bissen zu empfangen.

„Die Schöpferin hat alles zerstört, was wir waren", erklärte Kai mit einer Mischung aus Wut und Traurigkeit. „Auf ihren Befehl veränderten uns die Fremden, verwandelten uns in Valos und versklavten uns. Sie hatten keinen Respekt vor dem Leben oder dem Gleichgewicht der Natur. Sie kamen und nahmen, ohne sich um die Folgen zu kümmern."

Ein Knurren begleitete seine Stimme, während sich sein Gesicht verhärtete.

„Wir revoltierten, schlugen zurück, aber sie besaßen Kräfte, denen wir nichts entgegensetzen konnten. Sie rissen unsere Herzsteine heraus, stahlen unseren freien Willen, unsere Gefühle, unseren Stolz. Sie machten uns zu gehorsamen Marionetten."

Kai spuckte diese letzten Worte geradezu aus. Mein Herz zog sich zusammen, als scharfe Eisstacheln als Reaktion auf seine Emotionen aus seinen Armen und Schultern hervorlugten.

„Eines Tages gingen sie ohne ein Wort. Wir verweilten gefühllos und gingen die Routine durch, die sie uns aufgetragen hatten, bis es keine Edelsteine und kein Erz mehr gab, die abgebaut werden konnten und die nicht verbrauchten Ernten im Lager verrotteten. Ohne ein Ziel verloren meine Brüder den Verstand, also legten sie sich schlafen und warteten auf die Rückkehr der Schöpferin. Aber sie kam nie zurück."

Das erklärte so viel und warf doch so viele weitere Fragen auf. Wie schrecklich muss es über all die Jahre gewesen sein, hilflos zuzusehen, wie einer nach dem anderen seiner Brüder das Warten aufgab und das Licht erlosch. In gewisser Weise war es ein Segen gewesen, dass er seinen Herzstein nicht hatte, sodass er den Schmerz über ihren Verlust nicht spürte. Ich wollte Kai umarmen und ihn trösten, aber ich wusste nicht, ob er diese Geste begrüßen würde.

DIE EISSTADT

„Diese Schöpferin und die Fremden ... Wer waren sie? Woher kamen sie?", wollte ich wissen.

„Wir wissen es nicht genau. Eines Tages kamen sie vom Himmel. Wir hießen sie als Gäste willkommen, öffneten ihnen unsere Häuser, fütterten und beherbergten die Handvoll von ihnen, die nicht auf ihren Schiffen schlafen wollten."

Seine Stirn legte sich in Falten und ein Nerv zuckte an seiner Schläfe, neben der Fächerflosse seines Ohres.

„Tagelang hielten sie sich unter uns auf und studierten alles, sogar uns. Sie behaupteten, es sei wissenschaftliche Forschung, um ihrem Volk Geschichten über die Wunder von Sonhadra zu bringen, sobald sie weg waren. Und dann, eines Tages, kehrte unser Volk nicht von der Jagd zurück. Wir schickten Rettungstrupps aus, doch auch sie kehrten nicht zurück."

Kai stieß einen Seufzer aus, sein Kiefer krampfte sich zusammen, als er sich an die Ereignisse erinnerte. Er hob einen weiteren Löffel zu meinem Mund und erinnerte mich daran, zu essen. Der Missbrauch, dem sie ausgesetzt gewesen waren, hatte meinen legendären Appetit gedämpft. Die weiche Textur der eisgekühlten Leckerei fühlte sich jetzt schleimig in meiner Kehle an, aber ich zwang mich zu schlucken. Mein Körper brauchte den Treibstoff, um sich von der jüngsten Überanstrengung zu erholen.

„Am nächsten Morgen sollten wir alle als eine einzige Gruppe gehen, anstatt der kleinen Truppen, die immer wieder verschwanden. Aber wir wachten auf und fanden uns festgeschnallt an Bord der Schiffe der Fremden, während sie schreckliche Experimente an uns durchführten. Ich kann immer noch die Schreie meiner Leute hören. Wir hatten nicht bemerkt, dass sie bereits mit Experimenten an den Nomadenstämmen der nördlichen Valos begonnen hatten."

„Nomaden?", fragte ich verwundert.

„Mein Volk ist in fünf Stämme aufgeteilt", erklärte Kai. „Das hier ist unser Hauptort, E'lek, der uns alle miteinander verbindet.

Die vier anderen Stämme, O'Tuk, I'Xol, A'zuk, zu dem Duke gehört, und U'Gar, zu dem Seibkal gehörte, waren alle Nomaden. Sie versorgten E'lek mit den Ressourcen, die sonst in der Nähe der Stadt nicht verfügbar waren. Wir verarbeiteten sie zu veredelten Waren für den Handel mit anderen Valos-Städten. Zwei bis drei Mondzyklen konnten vergehen, ohne dass wir sie sahen, also stellten wir ihre Abwesenheit nicht in Frage."

Das machte Sinn. Es entsprach dem Standard-Raubtierverhalten. Die isolierte Beute zuerst anvisieren, um die Herde auszudünnen.

„Als sie fertig waren, hatten sie uns das Geschenk des Frosts und der Unsterblichkeit gewährt, aber unsere Freiheit und später unseren freien Willen weggenommen."

„Hast du dir am Anfang deinen freien Willen bewahrt?", fragte ich, während er mich mit dem Rest der ersten Fruchthälfte fütterte.

„Ja. Wir waren, wie ich jetzt bin, mit Gefühlen, Erinnerungen an unsere Vergangenheit und eigenständigen Gedanken. Die Fremden konnten uns mit einem Gerät, das an ihren Handgelenken befestigt war, ihrem Willen unterwerfen. Es verursachte schreckliche Schmerzen, wenn wir ungehorsam waren oder sie herausforderten." Er sah mich an, als wolle er mir das Ausmaß ihres Leidens vor Augen führen. „Es fühlte sich an, als ob unser Herzstein in unserer Brust verbrennen würde. Tarakheen aber, die Schöpferin, benutzte kein Gerät, das wir sehen konnten. Doch mit einem Blick konnte sie uns alle in die Knie zwingen."

Kai legte die leere Schale auf den Tisch, aber diesmal zeigte ich auf den Fisch. Er beäugte mich mit einem verwirrten Blick.

Ja, Schätzchen, ein Mädchen durfte seine Meinung revidieren.

Es war nicht so sehr, dass ich meine Meinung geändert hätte, aber zwischen den schmelzenden Würfeln und der ersten Hälfte des Obstes hatte ich genug Kraft zurückgewonnen, um die Fischsteaks aufzutauen, ohne mir selbst zu schaden. Außerdem konnte ich das Eiweiß und das Eisen gebrauchen. Und, verdammt noch mal, die Dinger waren superlecker! Bei all den Tragödien, die mir widerfahren waren, war mein hoher Stoffwechsel mein größter Segen. So sehr wie ich das Essen liebte, bräuchte man einen Sattelschlepper, um mich herumzukutschieren.

Oder ein großes Eiswesen ...

Kai reichte mir eines der Fischsteaks, das ich ihm in meiner Gier fast aus der Hand gerissen habe.

„Bitte, fahre fort", sagte ich und taute das erste Stück auf.

Seine Lippen verzogen sich zu einem amüsierten Lächeln.

„Tarakheen wollte die Ressourcen, die in dieser Höhle gefunden wurden, vor allem das Xorkeb-Erz, von dem sie glaubte, dass es besondere Eigenschaften hatte und unsere Arwal-Edelsteine, allerdings nur die grünen. Also jagten uns die Fremden aus der Oberstadt, die wir an ihre Bedürfnisse anpassen mussten und diese Höhle wurde unser Zuhause. Sie erweiterte sich, als wir sie für sie abbauten. Alle zwei Monde kam eines ihrer Schiffe und wir beluden es mit einer neuen Ladung."

Nachdem ich das erste Fischsteak fast inhaliert hatte, beäugte ich den verbleibenden Stapel von vier Stück. Bevor ich fragen konnte, griff Kai mit seinem langen Arm zu und reichte mir ein weiteres Stück.

„Warum sind sie dann verschwunden? Wenn das Erz und die Edelsteine wertvoll genug waren, um die Bevölkerung eines ganzen Planeten zu opfern, warum ließen sie das alles zurück?", fragte ich.

Ich wusste nicht, ob das Erz auf der Erde von Wert sein würde, aber ich wollte wetten, die Edelsteine wären es. Mit der Menge, die sie unten gebunkert hatten, könnte ich wahrscheinlich jedes Land der Welt kaufen.

„Das wissen wir auch nicht", sagte Kai mit einem düsteren Gesichtsausdruck. „Vielleicht hatten wir sie mit den benötigten Mengen versorgt. Vielleicht haben sie anderswo etwas Besseres gefunden. Bevor du hierher gekommen bist, wollte ein Teil von mir, dass sie zurückkehren, damit meine Brüder erwachen, anstatt im Schlaf zu sterben. Doch ein anderer Teil von mir dachte, dass der Tod vielleicht besser als die Sklaverei war." Meine Brust verengte sich bei der rohen Emotion, die über seine Züge huschte. Er sah mich mit Verwunderung an, als könne er nicht glauben, dass ich real war.

„Nun, ich hoffe, sie kehren nie zurück", flüsterte er, sein Herzstein glühte heftig. „Du bist unsere Iwaki, unsere Wiedergeburt, das Versprechen eines neuen Lebens."

Mit prall gefülltem Magen watschelte ich neben Kai auf unserem Weg in die Oberstadt. Nach dem Essen hatte ich mit viel Verlegenheit mein dringendes Bedürfnis geäußert, auf die Toilette gehen zu müssen. Er wirkte noch verlegener, nicht wegen des Themas, sondern weil er selbst nicht früher daran gedacht hatte. Nichts rechtfertigte seine Schuldgefühle. Nachdem er sich jahrhundertelang ausschließlich auf die Sonne und die Luftfeuchtigkeit verlassen hatte, um zu überleben, waren die grundlegenden körperlichen Funktionen zwangsläufig Lichtjahre von seinen Gedanken entfernt.

In der Unterstadt gab es kein Bad, keine Küche und keinen Erholungsraum. Da sie keine Verwendung dafür hatten, hatten sich die Valos nicht die Mühe gemacht, sie zu bauen, als durch den Bergbau mehr Platz verfügbar wurde. Da sie weder aßen noch schliefen, fragte ich mich, warum sie Schlafzimmer hatten, entschied mich aber, dieses heikle Thema zu vermeiden. Kai glaubte, dass die Wohnungen der Fremden in der Oberstadt alles bieten würden, was ich brauchte, außer Essen. Wir traten aus dem gewundenen Korridor, der zu den Schlafzimmern führte, auf den Hauptflur und stießen fast mit Duke zusammen. Er war ebenfalls um die Ecke gebogen, aus der entgegengesetzten Richtung kommend, die Hände um eine große Holzkiste gelegt.

Instinktiv sprang ich ein paar Schritte zurück, bereit zu rennen.

Obwohl er wieder seine normale Form hatte und keine Aggression in seinen Gesichtszügen zu erkennen war, schüchterten mich Dukes breite Schultern, seine massigen Arme und seine überragende Höhe ein. Die Kristalle seiner rechten Augenbraue zuckten, so wie es die von Kai zuvorgetan hatte.

Machte er sich über mich lustig?

„Das Weibchen ist sogar noch scheuer als ein wilder Sekubu", sagte Duke und klang dabei amüsiert. „Du musst ihr sagen, dass sie mich nicht fürchten muss. Ich wünsche ihr nichts Böses. Ich bringe sogar Geschenke mit."

Das hat meine Aufmerksamkeit erregt.

„Geschenke?", fragte ich, bevor Kai antworten konnte. „Du hast mir Geschenke mitgebracht?"

Die Augen auf den Behälter in Dukes Händen geheftet, beugte ich mich vor und versteckte mich halb hinter Kais rechter Schulter. Wie alles in E'Lek schmückten schwungvolle Wirbel die Truhe, wobei einige der Muster mit dem leuchtenden Harz beleuchtet waren, das Kai vorhin erwähnt hatte. Im Vergleich zu den Beleuchtungen hier sah es düster aus. Ich konnte nur vermuten, dass sie schon vor langer Zeit gebaut worden war.

Duke zuckte überrascht zurück, seine großen Augen weiteten sich weiter. „Du sprichst unsere Worte!"

Kais Brust schwoll an, ein selbstgefälliger Blick legte sich auf seine scharfen Züge. Es war niedlich, fast wie bei einem Kind, das einem Geschwisterchen stolz seine Leistung zeigte.

„Ich brachte Lydias Sprachgerät unsere Sprache bei, während sie sich ausruhte."

„Gut gemacht, Qaezul", sagte Duke und stellte seine Last auf den Boden ab.

Unruhig vor Neugierde machte ich einen Schritt nach vorne.

Duke drückte seinen Daumen gegen eines der wirbelnden Muster auf dem Deckel. Er drückte nach unten und enthüllte den verborgenen Öffnungsmechanismus. Der Deckel teilte sich in zwei Hälften, glitt auf und dann klappte jede Hälfte an den Seiten ein. Ich reckte meinen Hals, um hineinzuschauen. Zwei Stapel fein säuberlich gefalteter, bunter Stoffe füllten die Truhe bis zum Rand.

Oh Gott! Konnte das denn sein?

Duke hob einen eisblauen Stoff mit leuchtenden, weißen, linearen Mustern auf. Er hielt ihn vor mir hoch und ließ ihn sich entwirren. Ich kreischte beim Anblick der fließenden, langärmeligen Tunika mit Rundhalsausschnitt. Ich hüpfte auf meinen Füßen und klatschte vor Aufregung in die Hände. Die restlichen Fetzen meiner *Toga* waren bereits dabei, sich direkt von meinem Körper aufzulösen. Eine OP-Decke war nie dazu gedacht gewesen, als Überlebenskleidung zu dienen.

Alle Ängste vergessen, rannte ich zu Duke hinüber, der mir die Tunika entgegenstreckte. Ich ergriff sie und hielt sie gespannt an meine Brust, um die Passform zu prüfen. Wem auch immer sie gehört hatte, er musste sehr groß gewesen sein. Der Saum reichte fast bis zu meinen Knien, und die Ärmel schienen mindestens zwei Hände zu lang.

Ich könnte mich nicht weniger dafür interessieren.

Saubere Kleidung!

Und der Stoff ... Ich hob den Ärmel an mein Gesicht und rieb ihn an meiner Wange. Die Weichheit von Kaschmir streichelte meine Haut, selbst dort, wo das Harz die Tunika färbte. Obwohl luxuriös, fühlte sich das Material nicht empfindlich oder zart an, sondern so robust wie Wildleder.

Überwältigt von Dankbarkeit schaute ich in Dukes verwirrtes Gesicht und drückte ihm einen Kuss auf die Wange.

„Danke schön!"

Ich wirbelte herum, die Tunika immer noch an mich gedrückt. Meine Blase setzte meiner Begeisterung einen harten

Riegel vor. Die plötzliche Bewegung erinnerte mich daran, dass der Damm jeden Moment brechen würde, mit oder ohne mein Einverständnis. Meine Faust krampfte sich um die Tunika und ich presste die Beine zusammen und hielt sie geschlossen, aus Angst, eine Sauerei zu machen. Ich warf Kai einen panischen Blick zu, der mich mit zusammengepresstem Kiefer und einer dünnen Unterlippe anstarrte. Seine Reaktion verwirrte mich.

„Stimmt etwas nicht?", fragte Duke.

„Ich muss pinkeln!", stieß ich durch die Zähne aus.

Ungläubig legte Duke den Kopf schief. „Du musst was?"

„Sie muss urinieren", entgegnete Kai knapp angebunden. „Ich wollte sie zu den Hygieneeinrichtungen bringen."

Oh, Gott...

Warum machte der richtige Begriff die Sache so viel peinlicher?

„Ich verstehe", sagte Duke. Er schloss den Deckel der Truhe und schob sie gegen die Wand, dann ruckte er mit dem Kopf in Richtung des Eingangs. „Hier entlang."

Mit brennenden Wangen und Ohren folgte ich, watschelnd wie eine Ente. Während ich ging, ließ der Druck nach, was mir eine vorübergehende Atempause verschaffte und ich beschleunigte das Tempo. Ein paar Mal krampfte sich mein Magen zusammen und zwang mich, stehen zu bleiben, Augen und Beine fest geschlossen, während ich gegen den Drang kämpfte, einfach loszulassen. Als wir in die kreisförmige Eingangshalle eintraten, konnte ich nicht umhin, einen Blick auf die Nische zu werfen, in der die Jungs Seibkal geweckt hatten. Sie stand leer. Ich wandte meinen Blick ab und fragte nicht, was sie mit ihm gemacht hatten.

Frische, saubere Luft liebkoste meine Haut, als wir aus der Unterstadt auftauchten und uns der Treppe näherten. Die erste Stufe ließ mich die unmögliche Aufgabe erkennen, die vor mir lag. Als ich den Fuß anhob, um die erste Stufe hinaufzusteigen, ließ ich ich weder runter, weil ich sicher war, dass ich den Druck nicht aushalten könnte. Mit zusammengebissenen Zähnen und Händen, die die Tunika umklammerten, kämpfte ich gegen das Brennen meiner überlaufenden Blase an.

Duke, der ein paar Schritte vor mir stand, drehte sich um und sah mich an, seine rechte Augenbraue zuckte. Ich wollte den selbstgefälligen Bastard niederstrecken.

„Ich werde dir helfen", sagte er und kam wieder hinunter.

Das Lachen in seiner Stimme ärgerte mich, aber ich hielt den Mund, zu dankbar für seine Hilfe.

„Ich trage sie", schnauzte Kai und erschreckte damit sowohl Duke als auch mich.

Duke ließ die Arme, die er mir entgegengestreckt hatte, fallen, während Kais hinter meine Knie und meinen Rücken glitten und mich wie eine Braut hochhoben. Er schaute weder mich noch Duke an und stieg die Treppe hinauf, als wollte er sie unter seinen Füßen zerquetschen.

Oh, Scheiße! Er war eifersüchtig!

Ich biss mir auf die Innenseite meiner Wangen, um mir ein Grinsen zu verkneifen und fühlte mich sofort schrecklich dabei. Seine Besitzergreifung kitzelte meine Weiblichkeit. Wer mochte es nicht, begehrt zu werden, besonders von jemandem, der so heiß und süß war? Allerdings wollte ich nicht die Ursache für ein Drama zwischen den beiden sein. Der Kuss auf Dukes Wange war unschuldig und eine spontane Sache gewesen. Aber Kai hatte Gründe, verärgert zu sein. In den letzten zwei Tagen hatte er mich gefüttert, mich zweimal gerettet, mir ihre Sprache beigebracht und sich um mich gekümmert. Ich konnte mich nicht einmal daran erinnern, mehr als einmal „Danke" zu ihm gesagt zu haben. Dann kommt sein Bruder vorbei, zeigt mir ein schönes Kleidungsstück und ich falle über ihn her. Obwohl ich es nicht so gemeint hatte, konnte ich erkennen, wie irreführend diese Wahrnehmung sein konnte.

Duke warf Kai einen prüfenden Blick zu und folgte ihm dann wortlos. Ich hatte kein romantisches Interesse von Duke wahrgenommen. Trotz seines knallharten Auftretens wirkte er auf mich wie ein Teddybär mit einem großen Sinn für Humor, der unter der Oberfläche lauerte. Der typische große Bruder, der sich einen Spaß daraus machte, seine kleine Schwester an den Zöpfen zu ziehen, ihr aber zur Entschuldigung ein Eis brachte, wenn einer seiner Witze zu weit gingen.

Als wir die Oberfläche erreichten, fanden die Sonnenstrahlen trotz des schwindenden Lichts des späten Nachmittags meine entblößte Haut. Kai setzte mich nicht ab, wie ich es erwartet hätte, sondern stapfte weiter in Richtung Oberstadt.

Um die unangenehme Stille zu brechen, zeigte ich auf die große Frauenstatue am Eingang der Stadt.

„Ist das Tara...? Hmm ... Sorry, ich habe ihren Namen vergessen."

„Ja", bestätigte Kai. „Das ist Tarakheen, unsere Schöpferin. Wie du sehen kannst", sagte er und deutete mit dem Kinn in Richtung der Stadt, „hat sie sich sehr geliebt."

Schon in der Dunkelheit der Nacht, als ich die Stadt zum ersten Mal betrat, waren mir die zahlreichen Schnitzereien aufgefallen, die sie darstellten. Im Licht des Tages wirkte der verlassene Zustand der Oberstadt noch heftiger. Die Schatten hatten die Menge an angesammeltem Schnee, Eiszapfen und vom Wind hineingewehten Trümmern verdeckt. Jemand – wahrscheinlich Duke – hatte sich jedoch einen Weg zu einem der großen Herrenhäuser gebahnt und die Fassade teilweise von Eis und Frost befreit, die die Schnitzereien bedeckten. Ein männliches Gesicht einer ähnlichen Rasse wie Tarakheen zierte eine Kamee über dem Haupteingang.

Ich war zu dem Schluss gekommen, dass Tarakheen eine Art Expeditionsleiterin gewesen war und die Fremden ihre Mannschaft oder ihr Stab waren. So wie es sich anhörte, waren mehrere solcher Teams überall auf Sonhadra gelandet, wobei ihre jeweiligen Anführer zum *Schöpfer* für die anderen Stämme oder Rassen wurden, die den Planeten bewohnten. Wenn ich es richtig verstanden habe, waren Kais Leute die einzigen mit Frostkräften. Andere Valos waren transformiert worden, um ein anderes Element zu manipulieren, wie Feuer, Luft, Wasser, etc.

„Hast du das alles geschnitzt?", fragte ich und deutete auf die Verzierungen.

„Ja", bestätigte Kai, wobei sich ein Hauch von Stolz in die Stimme schlich. „Auf alle diese Gebäude und auch auf das Innere."

„Es ist atemberaubend", entgegnete ich.

Er lächelte, die Anspannung wich endlich aus seinen Zügen und sein Griff um mich wurde fester.

Echte Ehrfurcht, nicht der Wunsch, ihn zu beschwichtigen, veranlasste mich zu diesem Geständnis. Die Finesse und Präzision jeder Linie auf einer so großen und harten Steinfläche machte mich sprachlos. Das war nicht wie bei Gipsarbeiten, bei denen man, wenn man ein bisschen zu viel abbrach, mehr Gips auftragen und es reparieren konnte. Sobald man den Stein abgebrochen hat, war es das.

Duke übernahm die Führung. Obwohl dies eindeutig der Eingang war, hatte die Tür keinen Griff und kein sichtbares Schloss oder Öffnungsmechanismus. Der Handwerker Valo ging auf die Tür zu und drückte seine Finger gegen das nahtlose Muster der Wand neben dem Türrahmen. Wie bei der Truhe gab ein Teil der Wand nach, so groß wie ein kleiner Ziegelstein und die große Tür glitt mit einem leisen Geräusch auf. Aus irgendeinem Grund hatte ich das schwere, knirschende Knarren von Stein auf Stein erwartet.

Als Kai mich über die Schwelle trug, warf ich einen Blick auf die Wand, an der Duke den Öffnungsmechanismus aktiviert hatte. Er war in seinen Ursprungszustand zurückgekehrt. Hätte ich nicht gesehen, wie er es tat, würde ich nicht glauben, dass sich irgendwo in dem Muster ein Schalter versteckt.

Die Tür zischte hinter uns zu. Eine große Halle, ähnlich der in der Unterstadt, begrüßte uns. In der Mitte thronte eine kleinere

DIE EISSTADT

Version des mit kunstvollen Schnitzereien bedeckten Glutsteinaltars. Hier säumten keine Golem-Alkoven die Wände. Dahinter verzweigte sich ein quadratischer Wohnbereich in zwei Korridore auf jeder Seite. Vorne schien ein erhöhtes Podest einen weiteren Bereich zu verbergen. Das Haus war ganz aus diesem weißen Stein gebaut, sogar der Boden, obwohl er behandelt und poliert zu sein schien, um wie Quarz auszusehen.

Ich hatte keine Zeit, mir jedes Detail anzusehen, als Kai mich durch das minimalistische Dekor mit starker Zen-Atmosphäre führte. Anders als in der Unterstadt bedeckten Plüschkissen in bunten Mustern die harten Oberflächen der Stein- und Holzsitze. Der sauber gestaltete Wohnbereich war elegant, frei von unnötigem Schnickschnack und dennoch faszinierend mit den subtilen, leuchtenden Schnitzereien.

Wir folgten Duke durch den linken Korridor, die schweren Schritte der beiden Männer hallten durch den Raum. Er blieb vor der Wand stehen und lenkte meine Aufmerksamkeit auf die Schnitzerei. Zwei Bäume, die sich wie zwei Liebende zueinander beugten, verschränkten ihre Gliedmaßen und bildeten einen perfekten Bogen. Ich konnte fast die Sehnsucht nach größerer Nähe zwischen den Bäumen spüren. Mein Blick wanderte zu Kai. Hatte er das gemacht? War dies jemandem gewidmet, der ihm lieb und teuer gewesen war?

Wieder berührte Duke eine scheinbar unsichtbare Stelle an der Wand und ein gewölbter Türrahmen glitt auf. Ein kleiner Glühstein auf einem Sockel am Eingang tauchte den Raum in ein schwaches Licht. Duke fuhr mit der Hand darüber und das Leuchten verstärkte sich auf ein angenehmeres Niveau.

Kai setzte mich ab. Verwirrt sah ich mich in dem leeren, rechteckigen Raum um und warf ihm einen fragenden Blick zu. Er wiederum runzelte die Stirn und blickte zu Duke.

Er wusste es auch nicht.

Das ergab natürlich einen Sinn. Als Baumeister würde Duke das Innenleben der Häuser genau kennen. Als Künstler hätte Kai dieses Wissen nicht, vor allem nicht über Dinge, für die er keine Verwendung hatte.

Duke berührte ein weiteres Muster in der Wand. Eine Platte schob sich auf und ein rundes Waschbecken kam in einer seltsamen Höhe aus der Wand. Ich müsste mich ein wenig bücken, um meine Hände unter dem Wasser zu waschen, das hereinströmte. Neben dem Waschbecken lag ein Stapel dünner Handtücher auf einem Regal und darunter klaffte ein Loch vor mir auf. Ich nahm an, es sei eine Art Papierkorb.

Duke ging zur Seitenwand und drückte einen weiteren versteckten Schalter. Ein größeres Paneel enthüllte einen Spiegel und darunter kam ein breiteres, rechteckiges Waschbecken in Höhe meiner Brüste zum Vorschein. Mir fiel die Kinnlade herunter, als ich erkannte, dass das kleine Waschbecken in Wirklichkeit die Toilette war.

Wie verdammt groß waren diese Fremden?

„Drücke hier, wenn du fertig bist", sagte Duke und deutete auf einen ansonsten unscheinbaren Mauerabschnitt über dem Glühstein neben dem Eingang. „Wir werden draußen warten."

Beide Männer entfernten sich. Die Tür glitt zu und bildete wieder ein nahtloses Muster. Hätte er mir nicht gezeigt, wo ich drücken müsste, um sie wieder zu öffnen, würde ich jetzt hyperventilieren.

Ich legte die Tunika auf den Tresen neben dem Waschbecken. In dem Moment, in dem ich mich wieder der *Toilette* zuwandte, meldete sich meine Blase zu Wort. Mit viel Mühe und ständigem Zähneknirschen schaffte ich es, Erleichterung zu finden, ohne eine Sauerei zu hinterlassen. Als ich fertig war, stellte ich die Niagarafälle in den Schatten. Ich reinigte mich mit einem der kleinen Handtücher aus dem Regal und warf es in den Mülleimer. Zum Glück hatte die Toilette eine automatische Spülung. Es wäre unangenehm gewesen, Duke zurückrufen zu müssen, um mir zu zeigen, wie es geht. Ich schlenderte zum

Waschbecken hinüber und stellte mich auf die Zehenspitzen, um mir die Hände zu waschen.

Das Mädchen im Spiegel ließ mich erschaudern. Mein Gesicht sah ausgemergelt aus, meine Lippen waren rissig und mein langes, lockiges Afro-Haar stand überall ab, als wären riesige Atompilze explodiert, wo immer es meinem einstigen französischen Zopf entkommen war. Ich könnte verzweifeln, wenn ich bedachte, dass dies das Bild war, das Kai von mir hatte.

Für eine Sekunde erwog ich, eines der größeren Handtücher neben dem Waschbecken zu benutzen, um mich zu waschen und die Tunika anzuziehen, aber ich überlegte es mir anders. Wenn sie diese hochmoderne Toilette hatten, dann hatten sie sicher auch irgendwo ein modernes Bad. Im schlimmsten Fall könnte ich in der heißen Quelle in der Unterstadt baden.

Ich drückte auf die Kachel, die Duke angedeutet hatte und die Tür öffnete sich und enthüllte die beiden Valos, die auf mich warteten.

„Besser?", fragte Kai.

„*Viel* besser", sagte ich mit einem breiten Grinsen. „Danke, euch beiden."

„Es gibt nichts zu danken", erwiderte Duke.

Sein Blick fiel auf die Tunika, die ich immer noch in der Hand hielt und seine kristallinen Augenbrauen zogen sich leicht zusammen.

„Ich würde gerne baden, bevor ich es trage", sagte ich als Antwort auf seine unausgesprochene Frage. „Gibt es hier ein Bad?"

„Natürlich", sagte Duke.

Er drehte sich um und ging den Flur entlang. Wir kamen an ein paar weiteren Baummustern vorbei, die vermutlich weitere Räume verbargen. Als er sich dem Ende des Korridors näherte, glitt die gesamte Rückwand ohne sein Zutun auf.

Mir fiel die Kinnlade runter beim Anblick des römischen Badehauses, das sich vor mir ausbreitete.

Im Gegensatz zu der rauen, kantigen heißen Quelle in der Unterstadt wurde diese von perfekt geradlinigem, weißem Stein umschlossen. Gemeißelte Säulen erhoben sich auf jeder Seite des fünfzehn Meter langen Beckens bis zur Decke. Glühende Steine, die in der Mitte der stilisierten Blumenmuster an den Wänden eingelassen waren, sorgten für ein gemischtes weißes und blaues Umgebungslicht. Die riesige Iwaki, der in die Decke über dem Becken geschnitzt war, zog meine Blicke auf sich. Die gleichen Leuchtsteine bildeten seine Stängel, während goldenes Harz die eingekerbten Blütenblätter umriss.

Duke berührte ein Blumenmuster auf der ersten Säule am Pool. Eine Platte glitt auf und enthüllte verschiedene Gläser mit bunten Kugeln in der Größe von Riesenperlen. Sie waren auf dem obersten Regal nach Farben geordnet. Fein säuberlich gefaltete Handtücher und Badetücher füllten das untere Regal. Er wählte ein Set mit weißen und blauen Perlen und ließ sie ins Wasser fallen. Ein frischer, fruchtiger Duft wehte uns entgegen.

Hinter Duke schleichend, schnappte sich Kai ein Handtuch und ein großes Badetuch und brachte sie zu mir. Ich biss mir wieder auf die Innenseite der Wangen, um ein Lächeln zu unterdrücken. Er musste sich nicht so anstrengen, um meine Aufmerksamkeit auf sich zu ziehen. Duke zeigte immer noch keine Anzeichen dafür, dass er in irgendeine Art von Konkurrenz um mich treten wollte und selbst wenn er es tat, würde Kai immer noch mein Favorit bleiben.

„Danke, Kai." Ich strahlte ihn an, während ich die Handtücher entgegennahm. „Danke auch dir, Duke", sagte ich und schaute über Kais Schulter zu ihm.

Ich ging zu einer der langen Steinbänke am Pool und legte die Tunika und die Handtücher darauf ab. Ich hob den Kopf und starrte die beiden Valos an, die nebeneinander am Kopfende des Pools standen und mich beobachteten. Ich bewegte mich langsam und fühlte mich unbehaglich.

„Nun, hmmm, ich werde nicht allzu lange brauchen."

„Nimm dir so viel Zeit, wie du brauchst, Lydia", erwiderte Kai und lächelte mich an. „Ich werde auf dich warten."

Keiner von ihnen bewegte sich. Ich blinzelte, meine unterschwellige Botschaft war ihnen entgangen. Als ich immer noch nicht ins Wasser kam, neigte Duke seinen Kopf, die Bewegung erinnerte mich an einen Vogel.

„Wünschst du noch etwas?", fragte Duke.

Meine Finger fummelten an dem Stoff meiner behelfsmäßigen Toga und ich räusperte mich.

„Nein, danke. Ich brauche sonst nichts", entgegnete ich zögerlich. „Ihr könnt beide euren anderen Pflichten nachgehen. Ich komme zu euch, wenn ich fertig bin."

Kais Herzstein flammte auf, so wie er es immer tat, wenn er starke Gefühle empfand.

„Du wünschst, dass ich gehe?", fragte er.

Ich konnte nicht sagen, ob er mehr überrascht oder verletzt klang.

„Was ist, wenn du während deines Bades Hilfe benötigst?", fuhr er fort. „Was ist, wenn du unpässlich wirst?"

„Mir geht es gut", antwortete ich sanft und milderte die Ablehnung mit einem Lächeln. „Ich bin im Moment gut genährt und gut ausgeruht, dank dir."

Obwohl seine Körperhaltung nun entspannt wirkte, zeigte das Stirnrunzeln in seinem Gesicht, dass er das Thema nicht ganz fallen lassen wollte.

„In meiner Kultur ist es nicht angemessen, sich vor anderen auszuziehen", informierte ich sie und meine Haut erhitzte sich verlegen.

Die kristallinen Augenbrauen von Kai und Duke schossen in die Höhe und ihre Augen leuchteten. Hätte ich mich nicht so verlegen gefühlt, wäre ich wahrscheinlich vor Lachen geplatzt.

„Warum?", wollte Duke wissen.

Ich zuckte mit den Schultern und drehte den Saum meiner Toga so stark, dass ein Stück davon abriss.

„Das ist unsere Art. Man zieht sich nur vor seinem Lebenspartner aus."

Kai und Duke tauschten einen Blick aus, ihre rechten Augenbrauen zuckten. Ich brauchte keine Gedanken zu lesen, um zu wissen, dass sie mich für seltsam hielten.

„Ihr bedeckt auch eure Geschlechtsteile", sagte ich, mein Tonfall defensiv, während ich auf ihren Lendenschurz zeigte.

„Wir tragen sie zur Zierde und Bequemlichkeit", erwiderte Duke und steckte seine Finger in versteckte Taschen, die ich vorher nicht bemerkt hatte. „Dann werden wir draußen warten."

Sein spöttischer Tonfall ließ mich meine Zähne knirschen, aber ich antwortete mit einem dankbaren Lächeln.

„Danke. Ich werde mich beeilen."

Kai kniff die Lippen zusammen und folgte seinem Bruder mit sichtlichem Widerwillen nach draußen. Wenn man bedachte, wie ich seit Monaten vor Dr. Sobin, dem medizinischen Personal und den Wachen des *Concords* herumflitzte, wirkte mein prüdes Verhalten jetzt etwas aufgesetzt. Das Lustige war, dass es mir egal gewesen wäre, wenn Duke oder Zak im Raum gewesen wären. Es war Kai, der mich verlegen machte. Sollte er mich jemals nackt sehen – und ich hoffte tatsächlich, dass er das eines Tages tun würde – wollte ich nicht so zerlumpt aussehen.

Ich schlüpfte in das göttlich warme und duftende Wasser und machte mich an die Arbeit, meine Haut zu schrubben und das Vogelnest auf meinem Kopf zu entknoten.

KAPITEL 7
KAI

Was war los mit mir? Die Wiederverbindung mit meinem Herzstein hatte mich in ein emotionales Wrack verwandelt. Die Valos waren ein friedliches Volk. Wir bekämpften uns nicht gegenseitig und beschränkten Rivalitäten auf freundschaftliche Herausforderungen. Dukes Blick auf Lydia hatte nichts Begehrenswertes an sich. Seine Freundlichkeit ihr gegenüber folgte unseren Sitten der Gastfreundschaft. Doch die Aufmerksamkeit, die sie ihm schenkte, ärgerte mich zutiefst. Eine irrationale Aggression raubte mir den Verstand, als Lydias Lippen seine Wange berührten. Ich hatte es als bloßes Zeichen der Dankbarkeit erkannt, aber es ließ meinen Herzstein trotzdem brennen. Ihre aktuelle Bedeckung sah erbärmlich aus. Ich hätte zuerst daran denken sollen.

Dukes massive Muskeln spielten unter der eisblauen Haut seines kräftigen Rückens, als er in Richtung Wohnbereich marschierte. Fast so bullig wie die Bergleute, entwickelten die Erbauer wie Duke muskulöse Körper. Ich erinnerte mich nur zu gut daran, wie Lydias Augen meinen Bruder gemustert hatten. Zum ersten Mal in meinem Leben fühlte ich mich unzulänglich. Als Künstler konnte ich hübsche Dinge für sie anfertigen, aber

Baumeister waren besser geeignet, die exotische Frau mit Bequemlichkeit und Komfort zu versorgen. Sammler und Jäger konnten eine größere Vielfalt an Nahrung und Essenszubereitungen liefern. Und es stand außer Frage, dass Lydia Essen liebte.

Die Erinnerung an ihre warme Haut an meiner, als ich sie fütterte, weckte Empfindungen unter meinem Lendenschurz, die ich längst vergessen hatte. Wer hätte sich vorstellen können, dass ich jemals wieder etwas anderes als Frost willkommen heißen würde? Doch die Wärme ihres Körpers war in meinen gesickert und hatte das Eis, das durch meine Adern floss, zum Schmelzen gebracht. Ihre Weichheit ließ meine Finger vor Verlangen jucken, besonders diese lächerlichen Beulen, die sich überall auf ihr gebildet hatten. Lydias biegsame Kurven schmiegten sich perfekt an meine. Ich wünschte, die Mahlzeit wäre nie zu Ende gegangen, damit sie für immer auf meinem Schoß, in meiner Umarmung, bleiben würde. Die Erinnerung an die Geräusche, die sie beim Essen von sich gab, schürte das Feuer in meinem Inneren.

Wie würde es sich anfühlen, wenn sie ihre Lippen auch auf meine Wange drücken würde? Wie wäre es, wenn sie sich ganz nackt gegen mein eigenes nacktes Fleisch pressen würde?

Wie sah sie unter diesen Lumpen aus?

Ihre Schüchternheit, sich zu entblößen, ließ meine Brauen zucken. Warum verstecken? Ihre Beine, Arme und ihr Gesicht zu zeigen, schien sie nicht zu stören. Was könnte so besonders an ihrem Oberkörper und ihrer Leistengegend sein, dass es bedeckt bleiben sollte?

Ein unangenehmer Gedanke kam mir in den Sinn. Ihre Brüste sahen groß und schwollen unter ihren Bedeckungen aus. Die Brüste unserer Frauen blähten sich nur auf, wenn sie ein Kind bekamen oder während der Stillzeit. Nach ihrer Größe zu urteilen und in Anbetracht von Lydias flachem Bauch, wuchs kein Baby in ihr. Hatte sie irgendwo Nachkommen, die verzweifelt auf die Rückkehr ihrer Mutter warteten? Duke blieb in der Mitte des Wohnbereichs stehen und drehte sich dann zu mir um. Sein ernster Gesichtsausdruck versetzte meinen Gedanken einen Dämpfer.

„Das Weibchen ist seltsam, aber eindeutig keine Schöpferin. Hat sie dir gesagt, woher sie kommt und was sie hierhergebracht hat?"

Ich fuhr mit einer Hand über den Zopf an meinem Hinterkopf, mein Herz erhitzte sich vor Verlegenheit. Lydia und ich hatten uns nun schon einige Male unterhalten, aber ich hatte sehr wenig über sie erfahren. Eifrig, ihr zu gefallen, hatte ich die meiste Zeit geredet und viel über uns ausgeplaudert.

Ich räusperte mich. „Nein. Dafür konnten wir uns nicht gut genug verständigen. Ich habe ihr erklärt, was die Schöpferin getan hat und nur einen Teil des Grundes genannt, warum sie uns die Herzsteine weggenommen hat."

Er beobachtete mich aus verengten Augen. „Einen Teil?"

„Sie weiß nichts von unseren Weibchen."

Duke schürzte die Lippen, seine wulstigen Arme über der Brust verschränkt.

„Glaubst du, dass sie eine Bedrohung für sie sein könnte?"

Ich wich zurück und schüttelte den Kopf hin und her. „Nein. Ich bin mir sicher, dass sie unseren Weibchen nichts antun würde. Aber bis wir einen Weg gefunden haben, die Insel zu betreten, hat es keinen Sinn, sie mit diesem Wissen zu belasten."

Duke legte den Kopf schief und saugte an seiner Unterlippe in seinem typischen verblüfften Ausdruck.

„Was?", fragte ich.

„Was ist mit deinem Hals los?"

Ich blinzelte. „Nichts ist los. Warum?"

„Warum hast du das getan?", fragte Duke und schüttelte den Kopf zur Seite.

Wirklich?

Mein Herzstein wurde wieder heiß. Ich hätte nie gedacht, dass ich so leicht zu beeinflussen war.

„Eine Angewohnheit, die ich von Lydia aufgeschnappt habe. Ihre Leute drücken mit dieser Geste Verneinung und Zustimmung aus, indem sie den Kopf so auf und ab schütteln", sagte ich und nickte mit dem Kopf, wie sie es tat.

Dukes Augenbraue zuckte. Meine folgte ihm. Es war zu lange her, dass wir Grund zum Lachen gehabt hatten.

„Dein Weibchen ist seltsam. Sehr seltsam."

Mein Weibchen.

Sie gehörte nicht mir, aber das klang gut und vor allem, dass er sie als solche wahrnahm. Ich habe ihn nicht korrigiert. Sein wissendes Lächeln zeigte, dass er sich nicht täuschen ließ.

„Ja, das ist sie. Es ist erfrischend."

Die Belustigung verschwand aus Dukes Gesicht und ich machte mich auf das gefasst, was folgen würde.

„Nach ihrem Bad muss Lydia weitere Herzsteine holen", bestimmte er.

Meine Wirbelsäule versteifte sich bei der Endgültigkeit seines Tons.

„Sie ist nicht unsere Sklavin, die wir herumkommandieren können", sagte ich mit belegter Stimme. „Die erste Rettung hat sie sehr ausgelaugt."

Die Linien seines kantigen Kiefers verhärteten sich ebenso wie sein Blick.

„Das hat nichts damit zu tun, sie zu versklaven. Die erste Rettung mag sie ermüdet haben, aber sie sieht jetzt ausgeruht genug aus."

„Morgen früh wird sie noch besser ausgeruht sein."

„Unsere Brüder haben nicht bis morgen früh Zeit", schnauzte Duke. „Ich ging wieder hinunter, während Lydia schlief. Selbst vom Eingang aus kann ich viele Herzsteine flackern sehen, mehr als vor ihrem Ruhezyklus. Bis zum nächsten Sonnenaufgang werden sie tot sein. Sie *muss* zurückgehen, auch auf die Gefahr hin, dass sie sich unwohl fühlt."

Mit geballter Faust wandte ich mich von ihm ab und starrte durch die mattierten Seitenfenster auf den menschenleeren Platz draußen. Seine Worte enthielten eine unbestreitbare Wahrheit. Ich hatte es mit meinen eigenen Augen gesehen, als sie unsere Herzsteine zurückgeholt hatte. Aber ich hatte auch gesehen, wie sie durch das letzte Stück gestolpert war, ausgelaugt bis kurz vor einem Zusammenbruch. Selbst ohne meinen Herzstein empfand ich einen Hauch von Angst ... um sie. Jetzt, da meine Gefühle wieder voll da waren, hatte ich Angst, dass etwas Schlimmes passieren würde.

Trotzdem, ich konnte meine Brüder nicht sterben lassen. Lydia sagte, es wäre nicht so schlimm, wenn sie vorher keine Energie verschwenden würde.

Ich stieß einen Seufzer aus und sah ihn über die Schulter an.

„Du hast recht. Die Flackernden müssen in aller Eile geholt werden. Ich werde mit ihr reden, aber wir müssen vorsichtig sein. Wenn wir sie zu sehr drängen, könnte sie sich weigern, die anderen zu bergen. Es sind noch 150 unserer Leute da unten gefangen."

„Du musst sie überzeugen, Qaezul."

Als ich mich umdrehte, um ihm ins Gesicht zu sehen, flammte mein Temperament auf. „Ich sagte, ich würde mit ihr sprechen."

Duke kniff die Lippen zusammen, schwieg aber. Ich fuhr wieder mit der Hand über meinen Zopf. Es vermittelte mir nicht mehr das Gefühl, das es früher erzeugte. Seit der Veränderung fühlte sich die Beschaffenheit meiner Haut und meiner Haare nicht mehr gleich an.

„Zaktaul begutachtet den Zustand des Gartens", sagte Duke und unterbrach das unangenehme Schweigen zwischen uns.

Dankbar für den Themenwechsel wurde ich hellhörig. Nachdem die Bergleute die Ressourcen in der Höhle erschöpft hatten, hatten sich einige von ihnen den Jägern und Sammlern angeschlossen, um nach dem Weggang der Schöpferin eine neue Aufgabe zu haben. Obwohl Zak nicht so sachkundig war wie die Valos dieser Klasse, konnte er helfen, die Dinge wieder in Gang zu bringen.

„Das Spiegelsystem muss nach Jahrhunderten der Nichtbenutzung repariert werden. Sie richten sich nicht mehr richtig nach der Bewegung der Sonne aus. Die Feldfrüchte bekommen tagsüber zu wenig Licht. Sobald es wieder funktioniert, wird es Lydia mehr Abwechslung bei ihren Mahlzeiten bieten können."

Ich ertappte mich dabei, wie ich bei Dukes Kommentar fast schon wieder den Kopf schüttelte, aber dieses Mal zustimmend. Meine Lydia hatte einen gesunden Appetit und schien offen dafür, neue Dinge auszuprobieren. So wie ihre Fähigkeit sie ständig auslaugte, würde sie eine Abwechslung bei dem, was sie aß, begrüßen, um sich wieder aufzuladen.

„Sie wird sicher sehr dankbar sein", sagte ich voller Dankbarkeit.

„Die Unterstadt ist für Lydias Bedürfnisse nicht geeignet. Sie sollte hierbleiben, oder ich kann eine andere-"

„Nein", unterbrach ich ihn und wurde bei dieser Andeutung stutzig. „Sie bleibt bei mir ... uns. Wir werden sie nicht isolieren."

Ich wandte meinen Blick ab und zupfte an der Taille meines Lendenschurzes, die nicht angepasst werden musste. Duke ersparte mir die Peinlichkeit, mich auf meinen Versprecher hinzuweisen.

„Es sollte ihre Entscheidung sein", konterte er. Ich öffnete den Mund, um zu argumentieren, aber er gab mir keine Gelegenheit zu sprechen. „Wenn *sie* in der Unterstadt bleiben will, werde ich einen Hygieneraum und eine Küche für sie bauen. Erinnere dich an deine eigenen Worte, Qaezul, sie ist nicht unsere Sklavin, die man herumkommandieren kann."

DIE EISSTADT

Ich senkte den Kopf, bestürzt über mein irrationales Verhalten. Ein saurer Geschmack erfüllte meinen Mund.

Was, wenn sie es vorzieht, allein in der Oberstadt zu leben?

Dukes schwere Schritte näherten sich. Er blieb vor mir stehen, hob eine Hand und legte sie auf meine Schulter. Ein mitfühlender Ausdruck milderte die scharfen Linien seiner hohen Wangenknochen und ließ seine großen Augen einen Tick kleiner erscheinen.

„Lydia ist ein faszinierendes Weibchen. Sie scheint ein gutes Herz zu haben und sieht dich mit freundlichen Augen an. Ich missgönne dir die Gefühle nicht, die du empfindest. Sie hat deine Beschützerinstinkte geweckt. Es steht mir nicht zu, dies infrage zu stellen oder herauszufordern. Die Natur wird ihrem Lauf folgen, wie sie es für richtig hält."

Duke legte seine zweite Hand auf meine andere Schulter, seine glühend blauen Augen, eine Nuance dunkler als meine, richteten sich auf mich.

„Aber erinnere dich gut daran, mein Bruder, dass sie eine Fremde ist. Du weißt nichts über sie, außer dass auch sie vom Himmel kam."

Das schmerzte. Ich zuckte zurück, um mich aus seinem Griff zu befreien, aber seine Hände legten sich fester um meine Schultern.

„Die Fremden verließen uns ohne ein Wort und hinterließen Verzweiflung in ihrem Kielwasser. Bis wir wissen, warum sie hier ist, hüte deinen Herzstein gut, damit sie dich nicht vernichtet ... und uns."

„Das wird sie nicht."

„Das weißt du nicht, Qaezul."

„SIE WIRD ES NICHT!"

„Sie wird was nicht?", rief Lydias sanfte Stimme hinter mir.

Dukes Kopf ruckte nach links, um sie anzusehen und ich wirbelte herum. Mein Gehirn hörte auf zu funktionieren. Lava brannte in meiner Brust, mein Herzstein glühte so hell, dass ich fast blind wurde.

So wunderschön ... Obwohl sie ihr zu groß war, floss die Tunika mühelos an ihrem schlanken Körper hinunter. Die Länge des Kleidungsstücks verbarg nichts von ihren langen, schlanken Beinen, obwohl sie fast bis zu den Knien reichte. Der hellblaue Stoff, der perfekt zur Farbe ihrer mandelförmigen Augen passte, brachte diese zum Strahlen. Sie hatte es irgendwie geschafft, ihr Haar zu bändigen, indem sie es zu einem einzigen langen Zopf gebunden hatte, der ihr über die Schulter bis zu den Brüsten fiel.

Ich merkte, dass meine Füße mich zu ihr hinübergetragen hatten, als meine Hand ihren Zopf berühren wollte. Er streichelte meine Handfläche, als ich mit meiner Hand seine Länge hinunterglitt. Das Heben und Senken ihres Brustkorbs beschleunigte sich und der Puls an ihrem Hals pochte stärker. Meine Augen verankerten sich mit ihren und mein Herzstein flammte auf, seine Hitze verbreitete sich durch meine Brust bis hinunter zu meinem Unterleib. Ihre Pupillen weiteten sich und ihre Lippen öffneten sich leicht.

„Du siehst umwerfend aus", flüsterte ich.

Lydias Blick senkte sich auf meine Lippen. Aus irgendeinem Grund reagierte mein Körper mit einer Versteifung meiner Genitalien. Das Feuer in meinem Inneren quälte mich.

Duke räusperte sich und ruinierte den Moment. Lydia blinzelte und trat ein paar Schritte zurück, ein schuldbewusster Blick legte sich auf ihr Gesicht. Die Spitzen ihrer seltsamen, runden Ohren nahmen eine rötliche Färbung an.

„Danke", sagte sie und fummelte an einem der viel zu langen Ärmel ihrer Tunika herum.

Ich brauchte eine Sekunde, um zu verstehen, wofür sie sich bei mir bedankte.

„Ich hoffe, du hast dein Bad genossen", sagte Duke hinter mir.

DIE EISSTADT

Ich trat zurück und drehte mich zur Seite, sodass ich die beiden sehen konnte und warf ihm einen warnenden Blick zu. Er ignorierte mich.

„Ja, danke, Duke." Sie strahlte ihn an und ging in den Wohnbereich. „Und danke für die fabelhaften Kleider."

„Ist mir ein Vergnügen, Lydia."

Duke deutete auf das Innere des Hauses.

„Diese Behausungen haben viele Annehmlichkeiten, die in der Unterstadt fehlen, da die Valos nicht die gleichen Bedürfnisse haben wie du und die Fremden."

Ich verschränkte meine Hände hinter dem Rücken, um ihr wütendes Zusammenballen zu verbergen und zwang meinem Gesicht einen neutralen Ausdruck auf.

„Ja, sie sind ziemlich beeindruckend", bestätigte Lydia zögerlich.

Trotz meiner Bemühungen konnte sie spüren, dass etwas nicht stimmte.

„Möchtest du dich hier oder in einer der anderen Villen niederlassen? Ich kann den Weg für dich frei machen", bot Duke an.

Lydia warf mir einen besorgten Blick zu.

„Ist es das, worüber ihr gesprochen habt, als ich eintraf?", fragte sie.

„Wir haben viele Themen besprochen", antwortete Duke unverbindlich. „Darunter auch dieses, ja."

„Willst du, dass ich hierbleibe?", fragte sie, ihren Blick auf mich geheftet.

„Ich möchte, dass du dort bleibst, wo du dich am glücklichsten fühlen wirst", entgegnete ich.

„Dann bleibe ich lieber bei dir", antwortete sie, ohne zu zögern.

Ich konnte mir ein Grinsen und einen triumphierenden Blick,

der auf Duke gerichtet war, nicht verkneifen. Er schnaubte, seine Augenbraue zuckte.

„Nun gut. Ich werde dann in der Unterstadt einen Hygieneraum und eine Küche für dich bauen."

Lydias Hand flog zu ihrer Brust, ihre Augen weiteten sich. „Oh, nein! Das musst du nicht tun!", verneinte sie kopfschüttelnd.

Duke warf einen verstohlenen Blick in meine Richtung, ein spöttisches Grinsen umspielte seine Lippen, da er die Geste, die ich vorhin gemacht hatte, erkannt hatte.

„Es macht mir nichts aus, wieder hierher zu kommen, wenn ich die Einrichtungen benutzen muss", fügte Lydia hinzu.

„Es ist kein Problem, Lydia", sagte Duke. „Bauen ist meine Aufgabe. Es wird ein paar Tage dauern, bis es fertig ist. In der Zwischenzeit zeige ich dir, wie man die Küche hier bedient, wenn du warmes Essen zubereiten möchtest."

„In Ordnung. Ich danke dir."

Ihre Augen schimmerten vor Dankbarkeit, als wir ihm dabei zusahen, wie er zu dem Podest am Ende des Wohnbereichs ging. Er stieg die drei Stufen hinauf und deutete auf einen weiteren versteckten Schalter, um die unsichtbaren Türen zum Ess- und Küchenbereich zu öffnen. Ich hatte nie gewusst, ob die Fremden alles aus Heimlichkeit oder aus Ordnungsliebe versteckten. Nach allem, was man hörte, hatten sie sich in anderen Städten ähnlich verhalten.

Duke gab ihr eine kurze Führung durch die Küche und zeigte ihr, wie sie den Grill, den Ofen und die beheizten Platten bedienen konnte. Er zeigte ihr auch, wo die polierten Steinteller aufbewahrt wurden, die unsere Handwerker hergestellt hatten und die Metallgeräte, die wir durch den Handel mit der Stadt des Lichts erworben hatten. Bevor er sich verabschiedete, zeigte er ihr die Schlafzimmer und Schränke der Fremden und sagte ihr, sie solle alles auf das Bett legen, was sie für sich heruntergebracht haben wollte.

DIE EISSTADT

Mit einem letzten bedeutungsvollen Blick in meine Richtung drehte sich Duke um und ging. Kaum hatte er das Schlafzimmer verlassen, legte sich das Gewicht von Lydias Blick auf mich.

„Was ist los, Kai?", fragte sie, ihre Stimme war voller Misstrauen. „Warum habt ihr euch meinetwegen gestritten?"

Ich seufzte und gab ihr ein Zeichen, mir in den Wohnbereich zu folgen. Zu viele ablenkende Gedanken gingen mir durch den Kopf, als dass wir in der Privatsphäre des Schlafzimmers hätten bleiben können. Lydia setzte sich auf eine der langen Steinbänke, die mit einem dicken, roten Kissen bedeckt waren. Ich ließ mich neben ihr nieder und drehte meinen Kopf zu ihr hin, wobei ich mir wünschte, ich hätte sie stattdessen wieder auf meinen Schoß ziehen können.

Sie studierte mein Gesicht, als ob sie die Antwort in meinen Zügen finden könnte.

Ich wählte meine Worte mit Bedacht und erklärte ihr den Grund unserer Besorgnis und betonte, dass ihr Wohlergehen zwar an erster Stelle stehe, die Zeit aber gegen uns laufe.

„Natürlich werde ich euch helfen", sagte Lydia und klang ein wenig beleidigt. „Deine Brüder sterben zu lassen, wäre Mord. Warum solltest du auch nur an meiner Bereitschaft zu helfen zweifeln?"

„Wir haben nicht an dir gezweifelt, Lydia", sagte ich mit Überzeugung. „Aber du bist heute Morgen in meinen Armen zusammengebrochen. Ich fürchte um deine Sicherheit. Der Gedanke, du könntest vor Erschöpfung umfallen, zu weit weg, als dass ich dich retten könnte, lässt mein Herz schmerzen."

Ihre Augenlider flatterten und ihre stumpfen, weißen Zähne streiften ihre Unterlippe. Sie streckte ihre zarte Hand nach mir aus und legte sie in einer tröstenden Geste auf die meine, was mir einen angenehmen Schauer über den Rücken jagte.

„Mir geht's gut, Kai. Ich habe mich heute Morgen überanstrengt, aber jetzt weiß ich es besser."

Sie sah auf und zur Seite, ihr Gesicht nahm einen nachdenklichen Ausdruck an.

„Es gab eine ganze Reihe von Herzsteinen mit schwachem oder flackerndem Licht." Sie richtete ihren Blick wieder auf mich, grimmige Entschlossenheit legte sich auf ihre Züge. „Ich muss sie so schnell wie möglich wiederfinden. Wenn ich es langsam angehe und nur beim Tragen der Herzsteine das Einfrieren benutze, sollte ich heute Nacht zwei oder drei Ausflüge machen können."

Meine Brust schwoll von einer Empfindung an, die weit über Respekt und Dankbarkeit hinausging. Stolz kam mir in den Sinn. Lydia war nicht die meine, auf die ich stolz sein konnte und doch hatte sich ein Band zwischen uns entwickelt. Eine Bindung, die ich pflegen wollte, bis sie vollständig erblüht war.

„Danke, Lydia."

Ich nahm ihre Hand zwischen meine beiden Hände, drückte sie sanft und unsere Augen trafen sich. In diesem Moment wollte ich nichts mehr, als in den gefrorenen Tiefen ihrer Augen zu ertrinken. Lydias berauschende Präsenz ließ meinen Herzstein pochen und meinen Verstand zersplittern. Als ihre Lippen meine berührten, bestätigte sich, dass ich nicht halluziniert hatte, als sie sich nach vorne lehnte. Meine Bauchmuskeln spannten sich an, das Verlangen breitete seine Flügel in meinem Inneren aus. Der Kontakt ihres Mundes, weich und warm an meinem, weckte einen Heißhunger tief in mir. Ich ließ ihre Hand los und hob meine an, um ihren Hinterkopf zu umfassen und sie zu fixieren. Ich presste meine Lippen fester auf ihre. Sie ließ es einen Moment lang zu, bevor sie sich zurückzog. Ich kämpfte gegen den Instinkt an, meinen Griff zu straffen und sie loszulassen.

Die zarte Spitze ihrer rosa Zunge leckte über ihre Lippen, dann lächelte sie.

„Ich mag dich, Kai", flüsterte sie. „Du bist ein netter Kerl."

Der Kopf schwirrte und ich klammerte mich an den einzigen zusammenhängenden Gedanken, zu dem ich mich fähig fühlte.

DIE EISSTADT

„Kerl?", fragte ich.

Sie kicherte, während ihre Augen funkelten. „Mann, obwohl du wahrscheinlich männlich sagst. Du bist ein nettes Männchen."

„Du bist eine nette Frau", entgegnete ich und strahlte sie an. Mein Lächeln verschwand, als ihr Blick auf meine entblößten Zähne fiel. Deren Schärfe hatte sie zuvor erschreckt. Ich wollte nicht, dass sie sich jemals vor mir fürchtete und vor allem wollte ich nicht, dass sie ihren Mund nicht mehr mit meinem berührte. Das gab mir ein wunderbares Gefühl.

„Hab keine Angst vor meinen Zähnen, Lydia. Ich verspreche, dich nie zu essen."

Sie lachte wieder. Ich liebte den Klang ihres Lachens, wie das plätschernde Murmeln des Wassers, das den Fluss hinunterlief und in einer sanften Liebkosung über mich floss.

„Ich habe keine Angst vor deinen Zähnen. Sie sind ein Teil von dir. Ich weiß, dass du mir nicht wehtun willst, also tun sie es auch nicht."

Meine Kehle schnürte sich zusammen und meine Brust brannte von der Hitze meines Herzsteins. Sie war nicht von meiner Art, aber noch nie hatte ich eine so starke Anziehung zu einer Frau verspürt. Duke sagte, die Natur würde ihrem Lauf folgen, wie sie es für richtig hielt, aber ich wollte ihr einen Schubs in eine bestimmte Richtung geben.

L ydia war begierig darauf, mit der Suche nach den Herzsteinen zu beginnen und verschob die Durchsuchung des Schlafzimmers und des Kleiderschranks der Fremden auf ein anderes Mal. Sie nahm sich einen Moment Zeit, um einen Blick auf die Schuhe zu werfen, verzichtete aber darauf, da sie viel zu groß für ihre kleinen Füße waren. Während ihres Ruhezyklus würde ich versuchen, ein Paar für sie nachzurüsten, bis meine

Handwerkerbrüder, sobald sie erwacht waren, ihr individuelle Schuhe anfertigen konnten.

Zak und Duke standen an meiner Seite am Eingang der untersten Ebene und waren Zeugen von Lydias Bemühungen. Die Hitze der Umgebung in ihrer natürlichen Form aushaltend, ging Lydia zum Altar der Bergleute, dem am weitesten entfernten auf dem Weg. Erst dort angekommen, überzog sich ihre braune Haut mit Reif, sodass sie fast mit dem eisblauen Stoff ihrer Tunika verschmolz.

Sie bewegte sich schnell und hob eine Anzahl von Herzsteinen auf. Ich konnte aus der Entfernung nicht zählen, wie viele es waren. Sie steckte sie in einen dünnen Lederbeutel, den Duke aus einer der Behausungen der Fremden geholt hatte. Ohne innezuhalten, rannte sie zurück zum Eingang, die Arme um den Beutel geschlungen, den sie an ihre Brust presste. Sie ließ die Kälte los, sobald sie um den Bordstein bog und die letzte Strecke zurücklegte. Trotz der Hitze hielt der gekühlte Beutel die Herzsteine kühl.

Zak nahm ihr die Last ab, tiefer Respekt leuchtete in seinen Augen. Obwohl sie nur acht Herzsteine enthielt, schüttelte Lydia ihre Arme und rollte ihre Schultern, um die Last von ihnen abzuwerfen. Diese Rettung verlangte ihr weit mehr ab, als wir alle geahnt hatten. Zak drehte sich auf den Fersen um und rannte die Treppe hinauf, um sich auf die Suche nach den Besitzern seines kostbaren Pakets zu machen.

„Wie geht es dir?", fragte ich, wobei meine Augen zwischen ihren hin- und herflogen.

Sie lächelte. „Mir geht's gut. Die Dinger sind allerdings schwer. Ich werde mich wohl eher an fünf oder sechs pro Reise halten. Zumindest habe ich alle schwächeren vom letzten Altar mitgenommen. Ich werde meinen Frost auf einer kürzeren Strecke einsetzen müssen, damit ich vielleicht mehr Ausflüge machen kann."

DIE EISSTADT

Ich machte mir keine Mühe, die Sorge auf meinem Gesicht zu verbergen. „Bitte sei vorsichtig, Lydia."

„Keine Sorge, das werde ich."

Sie presste ihre Lippen auf meine. Bevor ich reagieren konnte, zog sie sich zurück und drehte sich zu Duke um, der uns mit weit aufgerissenen Augen anstarrte. Lydia schnappte von ihm eine zweite Ledertasche aus der Hand und ging zurück auf den Pfad. Dukes glühender Blick bohrte sich in mich hinein. Ich warf ihm einen Seitenblick zu und zuckte mit den Schultern, wie es Lydia oft tat, um zu zeigen, dass sie es nicht wusste oder es ihr egal war.

„Sie mag mich eben."

„Du wirst genauso seltsam wie dein Weibchen, Qaezul."

Unfähig, dem Drang zu widerstehen, schüttelte ich den Kopf auf und ab. Er lachte und ich wandte meinen Blick wieder zu *meiner* Frau.

KAPITEL 8

LYDIA

Es brauchte drei weitere Runden, um die am meisten gefährdeten Herzsteine zu bergen. Ich wollte noch eine Tour machen, aber meine Arme fühlten sich an, als wäre ein Betonblock an ihnen befestigt. Meine Beine hätten genauso gut aus Baumwolle sein können und sträubten sich bei jedem Schritt. Es hatte keinen Sinn, es zu übertreiben. Technisch gesehen konnte ich ein paar Tage warten und die restlichen Herzsteine würden in Ordnung sein.

Kai trug mich den ganzen Weg zurück in die Oberstadt und schirmte mich, so gut er konnte, vor den Blicken seiner Brüder ab. Ihre Schreie, als sie sich mit ihrer Seele wiedervereinigten – zumindest nahm ich es so wahr – waren herzzerreißend. Ich habe nicht gefragt, warum er mich direkt zur Villa der Fremden gebracht hat. Bei so vielen Valos, die kurz davor waren, aufzugeben, barg meine Anwesenheit ein zu großes Risiko, sie in den Abgrund zu stürzen, wie den armen Seibkal.

Als wir das Haus betraten, war auf dem Couchtisch im Wohnbereich ein großes Festmahl aufgebaut worden. Die Stühle des Esstisches in der Küche von den Fremden waren mir zu hoch und unbequem. Duke war heraufgekommen, um alles

DIE EISSTADT

für mich vorzubereiten, während ich die anderen Herzsteine holte.

Kai setzte mich auf die lange Bank mit dem roten Kissen und ließ sich an meiner Seite nieder. Trotz seines Widerwillens, mich zu verlassen und so sehr ich ihn auch in meiner Nähe haben wollte, überredete ich ihn, wieder nach unten zu gehen und seinen Brüdern zu helfen. Dreiundzwanzig neu erwachte Valos, verängstigt und desorientiert, wären zu viel für Zak und Duke. Er seufzte, dann warf er einen hoffnungsvollen Blick auf meine Lippen, bevor er mir in die Augen sah. Ich lächelte, dann küsste ich ihn.

Sein Herzstein flammte auf, seine Hitze strahlte gegen meine Brust. Meine Nippel kribbelten. So sehr ich mich auch der Anziehungskraft hingeben wollte, zog ich mich zurück und fuhr mit dem Daumen über seine pralle Unterlippe. Kais Augen leuchteten in einem dunkleren Blauton.

„Ich mag es, wenn du deinen Mund gegen meinen presst", sagte er mit einer ungewohnt tiefen Stimme.

Ich grinste. Er war so verdammt süß.

„Das nennt man einen Kuss. Ich küsse dich auch gerne."

„Ein Kuss ...", wiederholte er und verlängerte das *s* fast zu einem Zischen. „Du kannst mich küssen, wann immer du willst. So oft du willst."

Ich lachte wieder und seine Augenbrauen taten diese entzückende, zuckende Sache.

„Du könntest es bereuen, das gesagt zu haben, wenn ich anfange, es zu oft zu tun", sagte ich neckend.

Er schüttelte seinen Kopf mit solcher Energie, dass ich befürchtete, er könnte ihm vom Hals fallen.

„Niemals zu oft. Du kannst mit mir machen, was du willst und wann du willst. Ich mag deine seltsame Art."

Ein Feuerball explodierte in meiner Magengrube und meine Haut erhitzte sich. Es gab viele Dinge, die ich mit ihm machen wollte.

„Okay", hauchte ich aus und hielt den Saum meiner Tunika fest in meinen Fäusten.

„Ich muss mich jetzt um meine Brüder kümmern. Ich werde zurückkehren, wenn sie sich niedergelassen haben", sagte Kai und stand auf. „Iss, meine Lydia. Du musst wieder zu Kräften kommen."

Meine Lydia.

Diese Besitzergreifung ... die Art und Weise, wie er mich gerade beansprucht hatte, gab mir ein ganz warmes und flauschiges Gefühl.

Die Beine aneinandergepresst versuchte ich das dumpfe Pochen unter mir zu ignorieren, als er wegging. Kais Körper war perfekt, groß und schlank, genau auf der richtigen Seite muskulös, ohne bullig zu wirken. Und sein Hintern ... Der Lendenschurz verbarg auch nicht die schön gerundete Beule darunter. Ich wollte jeden Zentimeter seines Körpers erforschen, vor allem um festzustellen, inwieweit wir zueinander passten. Er mochte ein Eis Valo sein, aber unter seinem kühlen Äußeren schlummerte ein Feuer.

Eine Welle der Müdigkeit ergriff mich, als Kai das Haus verließ. Ich drehte mich zu dem duftenden Essen um, das vor mir ausgebreitet lag. Zu meiner Überraschung waren die Fischsteaks bereits gebraten und lagen auf einer erhitzten Platte. Ich hoffte, Duke hatte sich bei der Zubereitung nicht zu sehr verausgabt. Ich verschlang die sechs Stücke und kaute kaum zwischen den einzelnen Bissen. Als nächstes nahm ich etwas in die Hand, das wie ein Energieriegel aussah. Obwohl ich die Gurahn-Beeren im Inneren sehen konnte, schmeckte es eher herzhaft als süß. Die gerösteten Cerealien und Nüsse knirschten, während ich drauf biss. Wenn auch ein wenig trocken, war es eine weitere nette Erweiterung der Speisekarte.

Ich goss etwas von dem rosa Saft aus einem Glas in einen riesigen Becher. Zu groß, um meine Finger darum zu wickeln, hielt ich den Becher mit beiden Händen wie eine Babyflasche

DIE EISSTADT

und schluckte seinen Inhalt hinunter. Er schmeckte wie rosa Limonade mit einem Hauch von kandiertem Apfel. Ich schaffte die Hälfte einer einfachen Flussfrucht, bevor mein Magen um Gnade flehte.

Meine Augenlider fielen zu. Ein Blick auf die Schlafzimmertür verdeutlichte mir, dass sie nah und doch zu verdammt weit weg war. Wenn ich mich aufraffte, würde ich in zehn Sekunden dort sein. Aber wenn ich hierblieb, konnte ich auf dieser Bank ein Nickerchen machen und würde Kai hören, wenn er zurückkam. Das Bett wäre viel bequemer, aber ich könnte auch verschlafen. Nach fünf Minuten mentalem Tauziehen wollte ich mich selbst treten. Hätte ich meinen faulen Hintern sofort hochgekriegt, als mich der Drang zu schlafen überkam, läge ich jetzt zusammengerollt im Bett, anstatt einzunicken.

Scheiß drauf, ich werde hier einfach ein Nickerchen machen.

Ich legte mich auf das Plüschkissen der Bank. Sie war lang genug, dass ich mich ganz ausstrecken konnte und breit genug, dass ich wahrscheinlich nicht herunterrollen würde. Ein zufriedener Seufzer entrang sich meiner Kehle, als der Schlaf mich einholte.

Ein Vulkan brach in mir aus, setzte mein Blut in Brand und verkohlte meine Haut bis auf den letzten Fetzen. Ich konnte nicht atmen. Jeder Luftzug fachte das Feuer weiter an und setzte mich in Flammen. Mein Gehirn kochte, gefangen in der Enge meines Schädels. Ich kämpfte gegen die Fesseln an, die mich festhielten.

Warum taten sie mir das an? Warum mir?

Eine verzweifelte Stimme sprach unverständliche Worte zu meinem sterbenden Gehirn. Dr. Sobin, nahm ich an. Wenn ich mich nicht abkühlte, würde ich verbrennen. Mit dem letzten Willen, den ich noch hatte, senkte ich meine Temperatur, soweit ich konnte. Anstatt der erhofften Erleichterung ergoss sich flüssiges Feuer über mich.

Ich schrie.

Mein Körper bebte mit heftigem Zittern, zweifellos die

Spasmen des Todeskampfes. Ich würde ihn begrüßen. Alles, nur nicht diese nicht enden wollende Folter.

„Lass mich sterben. Bitte, lass mich sterben."

„NEIN!", schrie Kais Stimme.

Meine Augen schnappten auf. Als ich aus dem schrecklichen Traum erwachte, fand ich mich in einem brennenden Ofen verheddert.

„Nimm es weg!! RUNTER!", schrie ich und kämpfte darum, die schwere, rote Bettdecke zu entfernen, die mich an das massive Bett fesselte.

Mit einer fließenden Bewegung riss Kai sie mir vom Leib und schleuderte sie quer durch den Raum. Sie prallte gegen die Wand und fiel zu Boden. Kühle Luft klatschte auf meine brennende Haut und ich warf mich schluchzend in Kais Arme. Er zischte, sein Körper versteifte sich bei der Berührung, aber er stieß mich nicht weg.

„Meine Lydia", flüsterte er und hielt mich fest. „Du darfst nicht sterben. Ich werde dich nicht sterben lassen."

Um ihn herum bildete sich eine Eisschicht, die mich weiter abkühlte. Ich begrüßte sie und drückte mich noch fester an ihn.

„Ich habe bei lebendigem Leib gebrannt."

Tränen erstickten mich. Ich lag wieder auf dem gefürchteten Operationstisch, der Gnade dieses herzlosen Monsters ausgeliefert, das es wagte, sich Wissenschaftlerin zu nennen.

„Es tut mir so leid, meine Lydia", erwiderte Kai, seine Stimme gebrochen vor Schuldgefühlen. „Ich wollte dir nie wehtun."

Ich hob mein Gesicht und sah ihn durch meine Tränen hindurch an. Kummer verzerrte seine Züge.

„Es ist nicht deine Schuld. Ich hatte einen Albtraum", erklärte ich zwischen meinem Schluchzen.

Kai schüttelte den Kopf und setzte sich an den Rand des Bettes, wobei er mich auf seinen Schoß zog.

„Du bist auf der Bank eingeschlafen. Ich habe dich hierher-

DIE EISSTADT

gebracht, damit du es bequemer hast. Du hast ein paar Mal gezittert, also habe ich dir diese Decke übergezogen", sagte er und deutete auf die Decke auf dem Boden. „Die Fremden haben sie immer benutzt."

Ich runzelte die Stirn über die weiße Decke auf dem Boden. Trotz meines Schocks hätte ich schwören können, dass sie eine andere Farbe gehabt hatte, als ich aufwachte.

„Ich dachte, sie wäre rot ...", flüsterte ich verwirrt.

„Das war sie", bestätigte Kai, Schuldgefühle brannten in seinem Blick. „Sobald ich sie über dich gelegt habe, hat sie die Farbe gewechselt. Duke sagte, die Decke passt sich an, um deine Körpertemperatur auf dem richtigen Niveau zu halten. Zuerst ging es dir gut, aber dann hast du angefangen, dich hin und her zu wälzen. Dann färbte sich die Decke in einem dunkleren Rotton. Zuerst dachte ich, das sei das Problem, also hätte ich sie fast entfernt, aber dann hast du angefangen, im Schlaf zu reden. Du hast jemanden angefleht, aufzuhören, hast gefragt, warum man dir das antut. Wer hat dir wehgetan, meine Lydia?"

Natürlich, das ergab Sinn. Die Decke musste auf die Temperatur der Fremden eingestellt gewesen sein. Da sie größer waren, hatten sie wahrscheinlich auch eine höhere Körpertemperatur als ich. Wenn die Decke versucht hätte, meine Temperatur auf deren Standard zu regulieren, hätte ich meine gesenkt, um die zu erreichen, die mein Körper als richtig ansah. Die Decke hätte sich weiter erwärmt, um das zu kompensieren, und dann wäre es in einem Teufelskreis immer weiter gegangen, bis sie mich fast gekocht hätte, sobald ich in meine unterste Froststufe gegangen wäre.

Ich schauderte und fragte mich, wie weit es gegangen wäre, wenn Kai mich nicht geweckt hätte.

Seine Arme legten sich um mich. „Du bist in Sicherheit. Ich werde nicht zulassen, dass dir jemand etwas antut."

„Ich weiß." Ich schmiegte mich an ihn und lehnte meinen

Kopf an seine Schulter. „Einige sehr böse Menschen haben mir wehgetan, haben an mir experimentiert, um mich zu verändern."

Kais harter Körper versteifte sich. „Die Schöpfer haben dich auch erwischt?" Als ich den Kopf schüttelte, spürte ich die seltsame Weichheit seiner Haut an meiner Wange reiben. „Nein, nicht die Schöpfer. Andere Menschen wie ich."

„*Menschenz*?", fragte Kai.

„Meine Spezies. Du bist ein Valo, ich bin ein Mensch."

„Ich verstehe. Warum sollten dir deine eigenen Leute etwas antun?"

Ich hob meinen Kopf, um ihn anzusehen, seine zartblaue Haut sah im gedämpften Licht des Schlafzimmers fast weiß aus.

„Menschen sind nicht schlecht, aber manche von ihnen können sehr grausam und herzlos werden, wenn sie von Gier oder Machthunger getrieben werden. Und wenn das passiert, verletzen sie jeden, sogar Unschuldige, um ihre Ziele zu erreichen."

„Vor der Änderung hatten wir manchmal dysfunktionale Leute, die nicht erlöst werden konnten oder wollten. Sie wurden aus den Stämmen verbannt, um die Gnade von Sonhadra zu suchen."

„Die Menschen bedienen sich eines ähnlichen Prinzips, aber wir verbannen die Leute nicht, wir stecken sie ins Gefängnis. Je nach Schwere des Verbrechens kann die Person dort für eine kurze Zeit oder für den Rest ihres Lebens festgehalten werden. Sie haben mich in so ein Gefängnis gesteckt, draußen im Weltraum, wo ich bleiben sollte, bis ich sterbe."

„Was ist ein Gefängnis?"

Ich schürzte die Lippen und grübelte.

„Weißt du, was ein Käfig ist?", fragte ich.

„Eine Falle mit Stäben, die die Jäger benutzen, um Raubtiere oder Beute zu fangen."

Ich lächelte. „Ja, genau. Ein Gefängnis ist eine Behausung

mit vielen Käfigen, in die man Menschen steckt, um sie zu bestrafen."

Kai wich zurück, um auf mein Gesicht hinunterzusehen, wobei das Glühen seiner Augen einen Schatten auf die scharfen Kanten seiner Wangenknochen warf.

„Das ist sehr grausam! Sie hätten dich für den Rest deines Lebens in einen Käfig gesperrt? Warum?"

Obwohl ich ihm keine Sorgen bereiten wollte, machte mich Kais Bestürzung und Aufregung innerlich ganz kribbelig. Ich liebte es, dass er sich genug um mein Wohlergehen sorgte, um in meinem Namen Empörung zu zeigen. Es fühlte sich großartig an, gewollt und beschützt zu werden, besonders von jemandem, der so süß war wie mein Valo.

„Damals auf der Erde, meiner Heimatwelt, habe ich für ein Pharmaunternehmen gearbeitet. Wir schufen Medizin, um Menschen zu heilen – oder zumindest war das der Auftrag. Die Wissenschaftler dort machten alle möglichen Experimente, um Heilmittel für schwere Krankheiten zu finden. Manchmal gingen diese Experimente schief und es kam zu Tragödien. Vor etwas mehr als einem Jahr ereignete sich ein solcher Unfall, ein Virus trat aus und tötete fast jeden in meiner kleinen Stadt."

Mein Magen krampfte sich zusammen, als ich mich an den Vorfall erinnerte, der mein Leben zerstört und es auf diesen höchst unvorhersehbaren Kurs gebracht hatte.

„Aber es hat dich nicht umgebracht. Warst du weg?"

„Nein, ich war mittendrin im Geschehen. Alle wurden in kürzester Zeit sehr krank. Die meisten Menschen starben innerhalb von zwei oder drei Tagen. Die anderen überlebten noch eine Woche lang. Sie hatten unsere Stadt unter Quarantäne gestellt. Den Zugang zur Stadt von außen blockiert und die Menschen daran gehindert, die Stadt zu verlassen, um die Epidemie einzudämmen", präzisierte ich, als Kai mich verwirrt ansah. „Alle starben, außer denen, die es rechtzeitig in die Schutzräume geschafft hatten und mir. Aber ich hatte es nicht zu den Schutzräumen geschafft. Mein Körper weigerte sich, das Virus gewinnen zu lassen. Laut dem medizinischen Bericht fielen meine Vitalfunktionen sehr tief, als ob mein Körper einen Winterschlaf hielt, während er mit der Bedrohung kämpfte. Dann stieg meine Temperatur auf abnorm hohe Werte, die mich hätten töten sollen, aber stattdessen tötete es nach und nach das Virus. Es dauerte drei Wochen, aber schließlich gewann mein Körper den Kampf und ich wachte auf, schwach, aber geheilt."

„Meine Lydia ist stark", resümierte Kai mit vor Stolz triefenden Stimme.

Ich liebte die besitzergreifende Art, mit der er mich beanspruchte. Meine Lippen verzogen sich in einem zufriedenen Lächeln. Ich schmiegte mich stärker an ihn und fuhr mit meinen Fingerspitzen die Umrisse seines Herzsteins nach. Sein Leuchten wurde heller und er erwärmte sich unter meiner Berührung.

„Der größte Teil meiner Familie war nicht in der Stadt, sodass sie zum Glück verschont blieb. Nach dem Aufwachen wollte ich zu ihnen gehen und die schrecklichen Verluste betrauern, bevor ich mich entscheide, wie es mit meinem Leben weitergehen soll. Stattdessen wurde ich ins Gefängnis geworfen und beschuldigt, Teil einer Gruppe von Rebellen und Radikalen zu sein, die die Tragödie absichtlich herbeigeführt haben."

Kais kühle Handfläche streichelte in einer tröstenden Geste meine Hand und milderte die Wut, die sich in meine Stimme schlich.

„Warum haben sie dich fälschlicherweise beschuldigt?"

„Weil sie jemanden brauchten, dem sie die Schuld geben konnten und sie wollten mich in ihrer Gewalt haben. Ich hätte die Epidemie nicht überleben dürfen. Irgendetwas in meinen Genen machte mich anders und sie wollten vollen Zugriff darauf. Die Pharmafirma, für die ich arbeitete, war Teil einer größeren Gruppe von Unternehmen, darunter auch die Orchid Company, die sich darauf spezialisiert hatte, Menschen mit einzigartigen genetischen Merkmalen wie mich zu finden und von der Bildfläche verschwinden zu lassen."

Ich rutschte auf Kais Schoß hin und her. Seine Hand glitt hinunter zu meinem nackten Oberschenkel und ruhte knapp über meinem Knie. Meine Haut kribbelte.

„Der Prozess war eine Farce. Sie fabrizierten genug Beweise gegen mich, um mich lebenslänglich zu verurteilen, ohne eine Chance auf Begnadigung. Sobald ich im *Concord* ankam, einem Raumschiffgefängnis, in dem die schlimmsten Verbrecher festgehalten werden, verlor ich alle meine Rechte und Privilegien als Mensch."

Ich erklärte ihm die Schrecken des Lebens an Bord des Schiffes und wie ein Wurmloch – wahrscheinlich – das Schiff in die Anziehungskraft von Sonhadra gezogen hat und wir hier eine Bruchlandung machten. Er wurde so aufgeregt, dass ich ein paar Mal innehalten musste, um ihn zu beruhigen. Als ich ihm von den Kreaturen erzählte, die mich jagten und wie ich wegen einer Pilzvergiftung fast ertrunken wäre, verlor er beinahe die Kontrolle.

„Wir haben hier auch Pilze, aber nicht die lila", sagte Kai, immer noch aufgeregt. „Ich habe noch nie gehört, dass irgendein Pilz krank macht, auch nicht die, die du gegessen hast. Du wirst hier nichts wieder essen, ohne vorher eine kleine Kostprobe zu nehmen. In der Tat werden wir dir kein neues Essen geben, ohne einen Test, um sicher zu gehen, dass es dir nicht schadet."

Ich sträubte mich gegen die Endgültigkeit seines Tons und hätte fast widersprochen. Obwohl meine gefräßige Natur bei dem Gedanken rebellierte, blieben seine Bedenken berechtigt. So wie ich mich in den letzten Tagen überanstrengt hatte, könnte mich eine weitere Lebensmittelvergiftungskrise gänzlich außer Gefecht setzen. Im Gegensatz zu Quinn hatte meine Wissenschaftlerin mich nicht unsterblich gemacht. Somit würde ich eine starke Vergiftung oder einen Schnitt durch meine Kehle, wie jeder andere, nicht überleben.

„Gut", murmelte ich.
Kai grinste und hob seine Hand von meinem Oberschenkel, um mir in die schmollende Lippe zu kneifen. Das brachte mich zum Lächeln. Alles an ihm brachte mich zum Lächeln. Nun ... Vielleicht nicht diese verrückten Haifischzähne von ihm, aber selbst die wuchsen mir mit der Zeit ans Herz. Eine Zukunft auf Sonhadra klang gar nicht mehr so schrecklich. Aber würden die anderen Valos mich auch so akzeptieren wie Kai es tat?

„Wie geht es deinen Brüdern?"

„Es geht ihnen gut. Wir haben dieses Mal keine Verluste erlitten."

Ein tiefer Atemzug entkam mir und eine Last, von der ich nicht wusste, dass ich sie trug, fiel ein wenig von meinen Schultern. Die Vision von Seibkal, der seinen Herzstein zerschlägt, verfolgte mich immer noch.

„Sie sind ein bisschen verwirrt, aber sehr dankbar für deine Hilfe." Er streichelte mein Haar, seine Hand kam auf meiner Wange zum Liegen. „So wie ich."

Ich drehte mein Gesicht, um seine Handfläche zu küssen, dann sah ich ihn wieder an. Seine Augen waren auf meine Lippen gerichtet. Ich beugte mich vor und rieb meine Nase an seiner kleinen Beule, bevor ich seine Lippen küsste. Ein Stöhnen dröhnte durch seine Brust, als ich an seiner dickeren Unterlippe saugte. Ich knabberte ein wenig daran, bevor ich sie losließ. Seine Zunge, eine blassere Schattierung von Eisblau, lugte hervor, um seine Lippe zu lecken.

„Ich mag diese Sache mit dem Küssen wirklich", brummte er.

Ich brach in Gelächter aus und öffnete den Mund, um zu antworten, verrenkte mir stattdessen in einem Gähn-Anfall beinahe den Kiefer. Kai starrte mich mit großen Augen und offenstehendem Mund an. Kein Wunder, schließlich hatte ich ihm einen Blick auf meine Mandeln gewährt, bevor ich es schaffte, mir die Hand vor den Mund zu halten. Meine Ohren und Wangen wurden heiß.

„Tut mir leid", sagte ich und verzog eine Grimasse. „Das passiert manchmal bei Menschen als Zeichen, dass wir müde sind. Wir haben keine Kontrolle darüber."

Kai blinzelte, dann führten seine Augenbrauen wieder ihren kleinen Tanz auf.

„Machst du dich etwas über mich lustig?", fragte ich in gespielter Empörung.

„Vielleicht", sagte er und lächelte. „Die Menschen sind seltsam."

„Du hast keine Ahnung", murmelte ich.

„Schlaf, meine Lydia. Ich werde Wache halten."

Er stand auf, hielt mich immer noch an seine Brust gedrückt und drehte sich dann um, um mich auf das Bett zu legen. Ich schnappte seine Hand, als er sich aufrichtete.

„Wird es dir nicht langweilig?", fragte ich.

„Nein, wird es nicht."

Ich biss mir auf die Lippe, um nicht zu stark aufzutreten.

Scheiß drauf. Im schlimmsten Fall sagt er nein.

„Wenn du Wache halten willst, würdest du dich neben mich legen?"

Sein Herzstein flammte auf und sein Mund öffnete und schloss sich ein paar Mal, bevor er herausplatzte: „Das würde ich sehr gerne."

Ich grinste und schob mich zur Seite, um Platz für ihn zu machen. Trotz seiner Größe war das Bett gigantisch, groß genug, um vier Valos bequem unterzubringen. Kai legte sich auf den Rücken. Ich schlang einen Arm um seine Taille und vergrub mein Gesicht in seiner Halsbeuge. Sein eigener Arm legte sich um meinen Rücken und hielt mich an ihm fest.

„Schlaf gut, meine Lydia", sagte Kai. „Ich werde auf dich aufpassen."

Ich küsste seinen Hals und schloss die Augen, lächelte über das schnurrende Grollen in seiner Brust.

Am nächsten Morgen zwang mich Kai, meine Rettungsbemühungen nach dem zweiten Gang zu beenden. Ich wurde zu schnell müde und die Dringlichkeit war vorbei. Die verbliebenen Herzsteine glühten stark genug, sodass ich nichts überstürzen musste. Wir einigten uns darauf, dass ich jeden Morgen zwei Runden durchführen würde, für insgesamt zwölf neu erweckte Valos pro Tag. Bei diesem Tempo würde es sechs weitere Tage dauern, alle Herzsteine von den Altären entlang des Hauptpfades zu holen. Der riesige Haufen auf der zentralen Insel blieb das Problem.

Sowohl die Unter- als auch die Oberstadt boomten vor Aktivität. Die Valos blieben in meiner Gegenwart nervös, besonders die Jägerklasse. Als ich Kai nach dem Grund fragte, erklärte er, dass Tarakheen ihre moralischen und spirituellen Überzeugungen mit Füßen trat. Obwohl sie Allesfresser waren, hatten ihre Stämme einen großen Respekt vor dem Leben. Man jagte nicht zum Vergnügen oder für frivole Zwecke. Man sollte keine säugende Mutter töten, nur weil ihr Fell eine einzigartige Farbe hatte und direkt nach der Geburt am weichsten war. Man jagte eine Spezies nicht bis an den Rand der Ausrottung, nur um eine winzige Drüse aus ihrer Leiche zu ernten, um sie in einem Labor zu verwenden und den Rest wegzuwerfen.

Die Stämme nahmen ein Leben nur, um sich zu schützen und zu versorgen. Sie benutzten und verzehrten alles, was sie erlegt hatten, bis hin zur Herstellung von Werkzeugen und Gebrauchsgegenständen aus den Zähnen und Knochen. Die Jäger waren unter den ersten, die die Saat der Rebellion säten. Als sie ihre Herzsteine zurückbekamen, brach die Erinnerung an alles, was sie unter dem Zwang der Schöpferin getan hatten, über sie herein. Es war eine enorme Menge an Schuld, die sie verarbeiten mussten, auch wenn sie es nicht aus freien Stücken getan hatten. Sie vertrauten keinem weiteren Fremden vom Himmel, der ein wenig zu sehr wie ihr Schöpfer aussah, obwohl sie wussten, dass ich keiner war.

Deshalb machte ich mich, abgesehen von meinen Rettungsmissionen, in der Unterstadt rar. Es war ätzend, sich isoliert zu fühlen, aber Kai gab sich alle Mühe, mich zu unterhalten und führte mich durch die Oberstadt. Die Schöpferin und ihr Team hatten eine Schwäche für versteckte Schalter und Räume. Wir machten es zu einem Spiel, bei dem wir versuchten, so viele wie möglich davon selbst zu entdecken, ohne von Duke darauf hingewiesen zu werden.

Heute Morgen, als ich meine zweite Runde beendete und weniger als zwei Dutzend Herzsteine entlang der Außenmauern übrigblieben, dämmerte es mir, dass ich nie nachgefragt hatte, wem die auf der Insel befindlichen gehörten. Die meisten der Nischen standen nun leer. Es waren weit mehr Herzsteine übrig als schlafende Valos. Wo waren die restlichen?

Nachdem ich die zweite Tasche an Duke übergeben hatte, fragte ich Kai danach. Er schaute einen Moment lang besorgt, dann schien er eine Entscheidung zu treffen. Er nahm meine Hand und führte mich die Treppe hinauf, dann machte er eine Eisplattform, um uns auf die Ebene der Erbauer im zweiten Stock zu bringen. Unter den misstrauischen Blicken seiner Brüder marschierten wir nach hinten. Mein Magen verkrampfte sich, als wir uns einer Tür näherten – der ersten, die ich in der Unterstadt gesehen hatte –, die aus dickem, undurchsichtigem Eis bestand. Kai berührte mit einer Hand die gefrorene Oberfläche, die sich ablöste und sich wie ein glänzender Vorhang über den weißen Türrahmen aus Stein legte.

Mein Atem blieb mir in der Kehle stecken.

Mit zitternden Knien trat ich in den runden Raum. Obwohl er in Form und Größe identisch mit der Begrüßungshalle im obersten Stockwerk war, fühlte sich dieser Raum klaustrophobisch an. Das Sonnenlicht, das vom Spiegelsystem reflektiert wurde, wärmte meine Haut, während die frostige Luft, die durch die Lüftungsschlitze in den verzierten Wänden hereinströmte, mich bis auf die Knochen abkühlte.

Ungefähr vierzig Nischen säumten die gesamte Länge der Wand. In ihnen starrten weibliche Valos in die Ferne, gefangen in ihrem ewigen Schlummer. Ein Dutzend weitere Nischen, aufgeteilt in zwei Sechser-Gruppen, umrahmten einen Steinaltar in der Mitte. Hinter dem Altar stand eine einzelne Nische, die über ihn wachte.

Meine Beine entwickelten einen eigenen Willen und trugen mich zum Altar, Galle stieg in meiner Kehle auf. Meine Hand schoss zu meinem Mund, um meinen schmerzhaften Schrei zu unterdrücken.

Nicht ein Altar.

Ich schluckte den bitteren Geschmack in meinem Mund hinunter, als ich in die Wiege starrte. Winzige Hände, halb zu Fäusten geformt lagen auf jeder Seite des kleinen Körpers eines Säuglings. Seine nackten Füße waren nach innen gestreckt, während er auf dem Rücken lag, leere, eisblaue Augen starrten an die Decke. In seiner kleinen, knochigen Brust pulsierte ein flackernder Herzstein, der von einer durchsichtigen Hautschicht bedeckt war.

Tränen schossen mir in die Augen. Ich klammerte mich an den Rand der Steinwiege, um mich abzustützen und wandte meinen ungläubigen Blick zu Kai.

„Babies? Die Schöpferin hat das auch mit Babys gemacht?"

Kai riss seinen Blick von dem Kind los und starrte mich an. Die Schultern verdeutlichten seine Anspannung, ein Muskel tickte nervös an seiner Schläfe. Am Rande meines Sichtfeldes bemerkte ich die Gruppe von Valos, die sich hinter ihm versammelt hatte. Sie beobachteten mich genau und sendeten laute Wellen von Besorgnis und Aggressivität aus. Ich war zu stark in meiner Verzweiflung über ihr Schicksal gefangen, um mich vor ihnen zu fürchten.

„Die Schöpferin hat das Kind nicht gemacht. Es wurde nach der Veränderung geboren", sagte Kai mit einer hasserfüllten Stimme.

Er ging auf die Wiege zu und streichelte den kahlen Kopf des Babys.

„Seine Geburt war der endgültige Auslöser, der Tarakheen veranlasste, uns die Herzsteine wegzunehmen."

Ich biss die Zähne zusammen. Was für eine Schlampe würde einem Kind so etwas antun?

„Aber er hat doch seinen Herzstein", argumentierte ich und betrachtete die nackte Gestalt des Kindes. „Warum hält er Winterschlaf?"

„Wir sind uns nicht sicher. Er wurde an dem Tag reaktionslos, als Tarakheen den Herzstein seiner Mutter entfernte. Er war der erste, der in diesen Zustand verfiel." Kai hob den Kopf, um die einzige Frau zu betrachten, die über der Wiege stand. „Das ist seine Mutter, Riaxan'dak Var O'Tuk. Vor ihrer Schwangerschaft war sie eine großartige Jägerin und eine erstaunliche Sammlerin. Keiner konnte Liexor so fangen wie sie. Das ist eine Art Schalentier", präzisierte er auf meinen fragenden Blick hin.

Kai ging auf Riaxan zu und rückte die mehrreihige Halskette aus Edelsteinen und Perlen zurecht, die über ihre kleinen, nackten Brüste herabhing.

„In den Tagen vor der Geburt, als ihre Brüste zum Stillen anschwollen, wurde ihr vom Geruch der Fische übel, also hörte sie auf, nach ihnen zu fischen."

Diese Bemerkung ließ mich innehalten. Als ich mich im Raum umschaute und die anderen Frauen betrachtete, stellte ich zu meinem Entsetzen fest, dass sie alle flachbrüstig waren wie die Männchen. Aber ihr Knochenbau, ihre feineren Gesichtszüge und ihre kurvigeren Körper schrien nach Weiblichkeit – zumindest nach menschlichen Maßstäben.

„Zwei andere Sammler übernahmen die Aufgabe, waren aber bei weitem nicht so erfolgreich. Tarakheen war gierig nach Liexor. Als wir die Nachfrage wiederholt nicht befriedigen konnten, schickte sie einige der Fremden, um nachzuforschen." Ich umarmte meine Körpermitte, weil ich ahnte, wohin das führen würde.

„Wir hatten die Existenz des Babys geheim gehalten. Es war einfach gewesen, da die Fremden nie hierherkamen und uns nicht viel Aufmerksamkeit schenkten. Es war unter ihrer Würde. Aber mit den ersten Anzeichen der Rebellion, die sich bereits unter den Jägern zeigte, wurden Tarakheens Leute wachsamer. Sie hörten die Schreie des Babys und meldeten es ihr."

Kais Hand glitt mehrmals über seinen Zopf, als er mit einem gequälten Gesichtsausdruck die Ereignisse erzählte. Ein paar der anderen Männer murmelten leise vor sich hin, Wut stand ihnen ins Gesicht geschrieben.

„Sie verlangte, das Baby zu sehen. Als wir uns weigerten, benutzten die Fremden die Geräte an ihren Handgelenken, um uns zu kontrollieren. Der Schmerz war schrecklich, als würden krallenartige Hände unsere Herzsteine zerquetschen und unsere Seelen aus unseren Körpern reißen."

Kais Hand bedeckte seinen Herzstein, als ob er den Schmerz noch spüren könnte.

„Tarakheen wurde wütend. Sie schrie Riaxan an, weil sie sie nicht respektierte, indem sie Leben schenkte. Diese Stadt hatte nur eine Mutter: sie. Keine andere würde Nachkommen gebären, bis sie ihr eigenes zur Welt gebracht hatte. Sie wurde noch wütender, als sie bemerkte, dass der Herzstein des Babys nicht entfernt oder kontrolliert werden konnte. In ihrer Wut riss sie Riaxans Herzstein heraus und befahl ihren Leuten, ihn aus jeder Frau zu entfernen."

„Sie hat mir meine Gefährtin, mein Kind und alle unsere Weibchen aus purer Bosheit weggenommen!", spuckte ein großer, stämmiger Valo, der unter den Beobachtern stand. „Und dann nahm sie uns den Verstand, damit wir uns nicht wehren konnten."

Seine Hände, zu Fäusten geballt an seinen Seiten, zitterten vor kaum unterdrückter Wut. Aber es waren der Schmerz und die Sehnsucht, die seine Züge verzerrten, die mir das Herz zerrissen. Wieder stiegen mir Tränen in die Augen über die egoistische Grausamkeit dieser Frau.

„Das ist so falsch ... Wir müssen sie rausholen, Kai." Meine Stimme bebte vor Emotionen. „Ich brauche einen Weg auf die Insel."

Er ging auf mich zu und nahm mein Gesicht in seine kalten Hände. „Wir suchen einen und wir werden ihn finden."

Kai zog mich in seine Umarmung und ich umarmte ihn zurück, mein Herz brach bei dem Gedanken an diesen winzigen Körper, der in einem endlosen Schlaf gefangen war, bevor sein Leben überhaupt begonnen hatte.

Ich drehte meinen Kopf zur Seite und nahm Blickkontakt mit Riaxans Gefährten auf.

„Ich werde sie zurückholen. Das verspreche ich dir. Ich werde sie alle zurückholen."

KAPITEL 9

KAI

Meine Finger kämmten durch Lydias dichte schwarze Locken. Ich bewunderte wieder einmal die weiche, federnde Textur. Es hatte viel Überredungskunst gebraucht, um sie zu überzeugen, sie nachts ungebunden zu lassen, damit ich mit ihnen spielen konnte. Sie sagte, sie würden zu riesig und bauschig, wie eine riesige schwarze Sonne um ihren Kopf, wenn sie nicht in einem ordentlichen Zopf kontrolliert würden. *Das war Unsinn.* Meine Lydia war wunderschön, besonders mit ihrer widerspenstigen Mähne. Ich drückte sie fester an mich und schnurrte vor Zufriedenheit. Meine Nächte mit Lydias warmem Körper an meinem zu verbringen, erwies sich als die lustvollste Qual. In den letzten vier Tagen war es zu unserem neuen Ritual geworden. Ich konnte mir nicht mehr vorstellen, einen ganzen Tag ohne diese besonderen Stunden nur mit uns beiden zu verbringen. Ihr Atem fächelte meiner Brust zu, mein Herzstein passte sich ihrem Herzschlag an und ihre Haut streichelte meine bei jeder ihrer Bewegungen.

Und Lydia bewegte sich viel.

DIE EISSTADT

Sie wälzte sich nicht hin und her, sondern zappelte, rieb ihr Gesicht an meinem Hals, fuhr mit ihrer Hand meine Brust auf und ab und schlang ihr Bein um meines. Manchmal dachte ich, sie würde versuchen, auf mich zu klettern.

Ich liebte es.

Andere Male, wie jetzt, rutschte ihre Tunika hoch und legte die Kurve ihres Hinterns frei. Das entfachte mein Feuer und ließ meinen Stab hart werden. Ich wusste, dass sie auch keine Rute hatte, weil sie sich oft an mir rieb und ich nichts zwischen ihren Beinen spürte. Nun, einmal habe ich Feuchtigkeit und den berauschenden Duft ihres Moschus vernommen, während sie aufgeregt und intensiv träumte. Sie war unruhig gewesen und hatte ein paar Mal meinen Namen gesagt. Meine Fantasie überschlug sich, als ich überlegt hatte, wovon sie wohl geträumt haben mochte. Ich hatte mich nicht getraut, sie am Morgen danach zu fragen.

Lydia regte sich, ihre Hand glitt an meiner Schulter hinunter, um meinen Herzstein zu umfassen. Sie atmete tief ein, bevor sie einen Seufzer ausstieß. Mein Puls beschleunigte sich vor Erwartung, sie war aufgewacht. Lydia drückte sich an mich, drehte ihren Kopf und küsste meine Brust. Das trug nicht dazu bei, meine Erregung zu mindern. Ich überlegte, ob ich aus dem Bett steigen sollte, um meinen Zustand zu verbergen, oder an Ort und Stelle liegen bleiben sollte. Was Nacktheit und Sexualität betraf, wusste ich nicht so recht, wo sie stand.

Ich erinnerte mich noch daran, wie peinlich es ihr war, sich vor uns auszuziehen, als wir ihr das erste Mal das Bad zeigten. Dennoch hatte sie keine Probleme, Körperkontakt mit mir aufzunehmen, mich zu berühren und zu küssen. Sie schien es sogar zu genießen und nutzte jede Gelegenheit, dies zu tun. Das gefiel mir. Ich wollte mehr mit ihr machen, fürchtete aber, sie könnte daran Anstoß nehmen.

Nacktheit und Sexualität waren für mein Volk natürlich. Solange die Verbindung zwischen erwachsenen Personen stattfand und beide freiwillig ihr Einverständnis gaben, war alles in

Ordnung. Jeder daraus resultierende Nachwuchs würde als Grund zur Freude innerhalb des Stammes begrüßt werden, egal ob sich das Paar entschied, Lebenspartner zu werden oder nicht. Die Vorstellung, dass Lydias Bauch mit meinem Nachwuchs anschwellen könnte, ließ meinen Herzstein in Flammen aufgehen.

„Jemand flackert auf", flüsterte Lydia gegen meine Brust.

„Woran hast du gedacht?"

Ihre Fingerspitzen zeichneten kleine Kreise auf meinem Herzstein. Sie küsste meine Brustwarze, dann hob sie den Kopf und sah mich an.

„An dich", antwortete ich.

Sie hob eine Augenbraue. „Oh? Was ist mit mir?"

Ihre Finger wanderten zu meiner anderen Brustwarze und setzten ihre kreisende Bewegung um sie fort. Ich knirschte mit den Zähnen und unterdrückte das Stöhnen, das in meiner Kehle aufstieg.

„I... Deine Tunika... Ist im Schlaf hochgerutscht."

Sie warf einen Blick auf ihr entblößtes Hinterteil, dann sah sie mich wieder an, ihre blassblauen Augen verdunkelten sich.

„Stört es dich?"

Ihre Stimme verwandelte sich in ein heiseres Flüstern. Meine Rute pochte als Antwort. Ich wusste nicht recht, wie ich darauf erwidern sollte. Sie runzelte die Stirn, als ich mit der Antwort zögerte.

„Nacktheit stört mich und mein Volk nicht. Es ist natürlich."

„Aber?", beharrte sie.

„Bei dir fühle ich etwas", sagte ich und beäugte sie misstrauisch.

„Gute Dinge, hoffe ich?"

Ihr nacktes Bein schob sich über meines, ihr Schenkel streifte meinen Sack.

„Ja", sagte ich mit erstickter Stimme. „Aber ich weiß, dass es dein Volk beleidigt."

Sie kicherte und schüttelte den Kopf. „Nacktheit beleidigt mein Volk nicht. Wir zeigen uns nur nicht gerne nackt in der Öffentlichkeit. Aber es macht mir nichts aus, vor dir nackt zu sein."

Meine Bauchmuskeln zogen sich zusammen, als ihre Handfläche meinen Bauch hinunterglitt, um direkt unter meinem Nabel zu ruhen.

„Nur vor dir", flüsterte sie, bevor sie ihren Hals streckte, um meine Lippen zu küssen.

Unfähig, weiter zu widerstehen, glitt ich mit meiner Hand ihren Rücken hinunter, um das nackte Fleisch ihres runden Hinterns zu greifen.

So weich und warm ...

Lydia kletterte auf mich, ihre Brüste berührten meine Brust. Ihr Gewicht und ihre Wärme umhüllten mich und verbrühten mein Inneres vor Verlangen. Sie ließ ihre Hände hinter meinen Kopf gleiten und knabberte an meiner Unterlippe, bevor sie sie in den Mund saugte. Ich liebte es, wenn sie das tat, oder irgendetwas anderes, bei dem sie mich berührte.

„Da freut sich aber jemand, mich zu sehen", sagte sie und ihr Atem streichelte meine Lippen.

Die Hüften bewegten sich von einer Seite zur anderen und sie rieb ihren Unterleib an meiner Erektion. Die Hitze breitete sich weiter aus und ein Stöhnen der Lust grollte in meiner Brust. Ich packte ihre andere untere Backe mit meiner linken Hand und drückte sie fest an mich, wobei ich mein Verlangen nicht vor ihr versteckte.

Lydia unterbrach den Kuss, ihr Mund wanderte an meiner Kieferpartie entlang zu meinem Ohr. Die warme Nässe ihrer Zunge zeichnete seine Konturen nach und schürte das Feuer in mir. Ich schob eine Hand unter ihre Tunika, die Wölbung ihres Rückens hinauf. Sengende Hitze traf meine Handfläche. Sie war meine Sonne, sie gab mir Leben, entzündete meinen Herzstein und ließ das Eis in meinen Adern schmelzen.

Sie zitterte und auf ihrer Haut bildeten sich diese seltsamen kleinen Beulen durch die Frische meiner Berührung. Sie kitzelten meine Handflächen, als ich mit meinen Händen über das faszinierende Phänomen fuhr. Lydia drückte sich von mir weg und setzte sich auf ihren Hintern, unsere Geschlechter befanden sich in einer Linie. Die Augen auf meine gerichtet, griff sie nach dem Saum der gelben Tunika, die sie gestern Abend im Bett getragen hatte, zog sie hoch und über den Kopf. Mit einer Bewegung ihres Handgelenks warf sie sie zu Boden. Mein Blick schweifte über sie, fasziniert von der warmen braunen Farbe ihrer Haut und dem dunkleren Kreis um ihre großzügigen Brüste. Ich hatte noch nie so große gesehen. Rund und keck verhöhnten mich ihre harten Knospen, indem sie direkt auf mich zeigten.

Als hätte sie meine Gedanken gelesen, ergriff Lydia meine Hände, die auf ihren Hüften ruhten und brachte sie zu ihrer Brust. Ich schloss sie um die perfekten Kugeln. Ein leises Stöhnen entkam zwischen Lydias prallen Lippen. Sie erzitterte und lehnte sich in meine Berührung. Nachdem sie sich über unsere Weibchen informiert hatte, hatte sie mir erzählt, dass die Brüste von Menschenfrauen zwischen den Schwangerschaften nicht abflachen. Obwohl ich erleichtert war, zu wissen, dass in ihrer Heimatwelt kein Kind nach ihr verlangte, fand ich diese Tatsache immer noch seltsam. Jetzt aber schätzte ich diese Eigenart meiner Frau.

Ich setzte mich auf, beugte sie nach hinten und bedeckte ihren Hals und ihre Brust mit Küssen. Ich rieb mein Gesicht an ihrer Haut und atmete ihren betörenden, frischen Duft ein. Dem Ruf ihrer verlockenden Nippel folgend, saugte ich eine ihrer Brustwarzen in meinen Mund. Vorsichtig, um sie nicht zu verletzen, knabberte ich an ihr, bevor ich sie mit meiner Zunge beruhigte. Die salzige Süße ihrer Haut machte mich hungrig auf mehr.

Sie erzitterte erneut und flüsterte meinen Namen.

DIE EISSTADT

Ich drehte uns um, sodass sie auf dem Rücken lag. Ihre Brust hob sich schneller, im Einklang mit ihrer Atmung. Meine Hand streichelte ihren Körper hinunter zu dem kleinen Haarbüschel zwischen ihren Beinen. Das Geheimnis dessen, was sich dort verbarg, hatte meine Fantasie für unzählige Stunden beflügelt, wenn sie an meiner Seite schlief oder wenn ich draußen wartete, während sie badete. Der Gedanke, dass wir vielleicht nicht zusammenpassen könnten, verkrampfte mein Inneres.

Ich kroch rückwärts, spreizte ihre Beine und ließ mich zwischen ihnen nieder. Sie beobachtete mich aus halbgeschlossenen Augen und öffnete leicht ihre Lippen. Der köstliche Duft ihres Moschus kitzelte meine Nase und ließ meine Rute unter meinem Lendenschurz zucken. Meine Fingerspitzen zwirbelten um die weichen Locken und Lydias Bauch bebte. Als ich meine Hand tiefer gleiten ließ, war ich überrascht von dem kleinen Knubbel, der mich begrüßte. Ich fuhr mit dem Daumen darüber und Lydia erschauderte, ihr Stöhnen hallte in meinen Ohren wider. Fasziniert rieb ich ihn schneller und fester. Weiteres kehliges Stöhnen begleitete mein Tun. Ihre Beine erzitterten und sie umklammerte die Decke, die das Bett bedeckte.

Lydias Essenz sickerte aus der Öffnung zwischen ihren dunklen, violetten Falten. Ohne meine Liebkosungen an ihrer Perle zu unterbrechen, glitt ich mit zwei Fingern in sie hinein und war erleichtert, ihr Inneres ähnlich vorzufinden wie unsere Frauen. Ihr Kanal zog sich um meine Finger zusammen. Obwohl sie eng war, sollte sie in der Lage sein, mich, ohne allzu große Schwierigkeiten aufzunehmen. Mein Inneres zog sich zusammen mit dem brennenden Drang, mich in ihr zu vergraben. Ich schlang meine Hand um den Ansatz meines Stabes und drückte ihn fest zusammen, um ihn zum Schweigen zu bringen.

Lydias Kopf bewegte sich unruhig auf dem Kissen nach links und rechts, ihre weichen Locken waren feucht vor Schweiß. Ihre stumpfen Zähne bissen in ihre Unterlippe. Ich würde sie zuerst zur Vollendung kommenlassen. Mehr Essenz sickerte aus ihr heraus. Unfähig zu widerstehen, zog ich meine Finger zurück und ersetzte sie durch meinen Mund. Ihr Rücken wölbte sich. „Kai!", schrie sie mit erstickter Stimme.

Der Geschmack von ihr, herb und ein wenig salzig, brachte meinen Kopf zum Schwirren. Ich konnte nicht genug davon bekommen. Als ich meine Lippen um ihre kleine Erhebung legte und daran saugte, schloss sich Lydias Hand zu einem festen Griff um den Zopf an meinem Hinterkopf und drückte mein Gesicht an ihren Kern. Ich brauchte keine Worte, um zu verstehen, was sie brauchte. Ich hörte nicht auf, bis ihr Körper krampfte und dann bebend von den Spasmen der Ekstase, zusammenbrach.

Sie sah so schön aus in dem Zustand der Erlösung. Ihre braune Haut glitzerte wie polierte Velaxsteine. Ich kniete mich hin und zog meinen Lendenschurz aus. Bei dem entfachten Verlangen war das Gefühl des Stoffes, der über meine Haut glitt, beinahe scheuernd. Lydias halb benommener Blick glitt über mich hinweg und blieb an meiner Rute hängen. Die Art und Weise, wie sie sich über die Lippen leckte und dann lächelte, muss sie ihr in ihrer Form vertraut vorgekommen sein. Sie spreizte ihre Beine weiter und öffnete einladend ihre Arme.

Meine weibliche ...

Ein zartes Gefühl zerrte an mir. Mein Herzstein verbrannte meine Brust, die Hitze breitete sich in einer Welle von Lust-Schmerz in meinen Gliedern aus. Ich kroch wieder hoch und legte mich über sie. Ich zischte bei der Berührung ihrer brennenden Haut. Es tat weh und fühlte sich doch so gut an, sie an mir zu spüren. Lydia schlang ihre Arme um mich und ich sog bei der sengenden Berührung die Luft durch die Zähne ein. Ihre Augen weiteten sich, als sie die Ursache verstand und sie senkte ihre Temperatur.

„Nicht!", flüsterte ich an ihren Lippen. „Ich will dich so, wie du bist."

Sie runzelte die Stirn, ein besorgter Ausdruck zeigte sich auf ihrem Gesicht. „Ich will dir nicht wehtun."

DIE EISSTADT

Ich lächelte. „Mach dir keine Sorgen. Ich will deine Hitze. Ich will deine Flamme. Ich will alles von dir."

Ich schob mich in sie hinein. Das feuchte Inferno ihres engen Kanals verschlang mich. Mit zunächst langsamen Stößen begann ich, mich in ihr zu bewegen. Jeder Stoß drohte mich in Brand zu setzen, während ihre Handflächen eine flammende Spur auf meinem Rücken hinauf und hinunter malten. Ich hielt die Sonne in meinen Armen und wollte sie nicht mehr loslassen. Was machte es schon, wenn sie mich zu Asche verbrannte? Ich verlor mich in ihrer Flamme, ihr raues Stöhnen erfüllte meine Ohren, eine fast unerträgliche Lust verzehrte mich. In diesem Augenblick war sie mein und ich war ihr.

Der Schrei ihrer Erlösung und das krampfhafte Festhalten ihres Kanals ließen mich über die Klippe springen. Ich stieß in sie, während mein Samen in glückseligen Schüben in sie floss und den Ofen langsam abkühlte, der mich ergriff.

Ich rollte mich auf den Rücken und zog sie über mich. Lydias rasendes Herz pochte gegen meine Brust, ihr heißer, schwerfälliger Atem wehte an meinem Hals. Ich hielt sie fest und beobachtete die Dampfschwaden, die von ihrer Haut aufstiegen, an den Stellen, an denen wir uns berührten.

Meine Sonne ... meine Iwaki ... meine Gefährtin ...

In diesem Augenblick veränderte sich etwas. Ich wusste nicht, was, aber ich spürte es in meinem Herzstein.

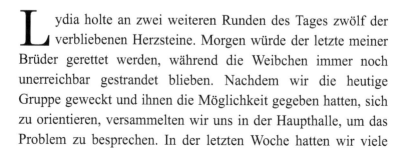

Lydia holte an zwei weiteren Runden des Tages zwölf der verbliebenen Herzsteine. Morgen würde der letzte meiner Brüder gerettet werden, während die Weibchen immer noch unerreichbar gestrandet blieben. Nachdem wir die heutige Gruppe geweckt und ihnen die Möglichkeit gegeben hatten, sich zu orientieren, versammelten wir uns in der Haupthalle, um das Problem zu besprechen. In der letzten Woche hatten wir viele

Diskussionen darüber geführt, wie wir Lydia unbeschadet auf die Insel und wieder zurückbringen konnten.

Die Hitze hinderte uns daran, nahe genug heranzukommen, um eine richtige Brücke zu bauen und Lydia hatte nicht die nötige Kraft, um Steinplatten zu tragen. Selbst wenn wir unsere Kräfte bündeln würden, würde eine Eisbrücke nicht halten – wir haben es versucht – und die Dampfmenge, die durch das Schmelzen des Eises über der Lava entsteht, würde Lydia ernsthaft schaden, ganz zu schweigen von den Herzsteinen.

Nach reiflicher Überlegung einigten wir uns darauf, so viele Steinplatten wie möglich an einem Ort zu stapeln und zu hoffen, dass der Lavasee nicht zu tief war. Es würde schwierig werden. Um ehrlich zu sein, hatten wir nicht viel Hoffnung, dass es funktionieren würde, aber da wir keine anderen Möglichkeiten hatten, mussten wir es zumindest versuchen. Nachdem sich alle einig waren, machten wir uns auf den Weg zum Steinbruch. Zu Fuß war es eine lange Reise, aber nicht für die nördlichen Valos.

Ich konnte es kaum erwarten, Lydia zum Rutschen zu bringen.

Als wir zum Ausgang marschierten, pochte mein Herzstein vor Rührung, von meinen Brüdern umgeben zu sein. Dreiundachtzig von uns, stark, ganz und wieder einmal angetrieben von Ziel und Hoffnung, dank der schönen Frau an meiner Seite.

Mein Weibchen.

Sie lächelte zu mir hoch und meine Hand legte sich um ihre.

Obwohl sie ihre Wachsamkeit noch nicht ganz abgelegt hatten, wurden meine Brüder in ihrer Nähe ruhiger. Sie konnten die Veränderung in meiner Beziehung zu Lydia spüren und wussten nicht, wie sie damit umgehen sollten. Fairerweise musste man sagen, dass ich auch nicht genau wusste, wo wir standen. Sie mochte mich genug, um sich mit mir verbinden zu wollen, aber war das alles? Hatte sie mich gewählt, weil ich der erste war, der ihr hier begegnete? Würde sie meiner überdrüssig werden und sich einem anderen zuwenden?

DIE EISSTADT

Ich wollte mich mit diesen Gedanken nicht beschäftigen. Sie ließen meinen Herzstein auf höchst unangenehme Weise brennen. Wir stiegen die Treppe zur Oberfläche hinauf und stellten uns auf der offenen Ebene auf, die sich vor der Stadt ausbreitete. Lydia warf mir einen erwartungsvollen Blick zu und fragte sich, was passieren würde. Ich grinste, nicht mehr besorgt, meine scharfen Zähne zu zeigen, seit sie mir beigebracht hatte, mit unseren Zungen zu küssen. Das war eine weitere ihrer seltsamen menschlichen Eigenarten, die ich sehr genoss.

Ich stampfte meine Füße fest in den Boden, den linken Fuß nach vorne, den rechten Fuß zur Seite gerichtet. Ich beschwor den Frost und baute ein Eisbrett unter meinen Füßen, breit und dick genug, damit Lydia mit mir gleiten konnte, wobei ich einen Abstand zwischen den Füßen beibehielt, um die Balance zu halten. Ihre Augen weiteten sich und sie warf verstohlene Blicke auf die anderen, die ebenfalls kleinere Versionen des Eisbretts unter ihren eigenen Füßen gebaut hatten. Ich zog sie auf mein Brett, schlang einen Arm um ihre Taille und hielt sie an mich gedrückt.

„Halt dich fest", sagte ich gegen ihre Lippen, bevor ich ihr einen sanften Kuss auf den Mund drückte.

Sie umarmte mich und presste ihre Brust an meinen Herzstein. Einen Moment lang fragte ich mich, ob die Stiefel, die Zak aus dem alten Schuhwerk der Fremden für sie angefertigt hatte, nicht zu rutschig für das Eisbrett sein könnten. Als Vorsichtsmaßnahme webte ich eine dünne Eisschicht um ihre Füße, stark genug, um sie vor dem Ausrutschen zu bewahren, aber dünn genug, um nachzugeben, falls sie fiel, damit sie ihre Knöchel nicht verletzte.

Lydia quietschte überrascht auf und ihr Griff um mich wurde fester, als ich einen Froststoß gegen die Feuchtigkeit in der Luft stieß, der uns vorwärtstrieb. Mit jedem Stoß erhöhte sich unsere Geschwindigkeit, das Brett glitt über die meist glatte Oberfläche der gefrorenen Ebene. Bald peitschte der scharfe Wind um uns herum. Lydias Lachen klang deutlich in meinen Ohren.

„Das ist fantastisch!", rief sie zwischen Lachanfällen. „Schneller! Mach schneller!"

Stolz und Glück erfüllten meinen Herzstein, als ich nachgab. Eine dünne Schicht aus Frost überzog ihre Haut und machte sie so weiß wie der Schnee, der den Boden bedeckte. Ich hatte sie schon öfter so gesehen, aber noch nie ihren Körper in diesem Zustand an meinem gespürt. So sehr ich das Brennen ihrer Hitze auch liebte, dies machte mich sprachlos. Die Kälte verlieh ihrer Haut eine etwas härtere Note, sodass sie sich wie ein Valo anfühlte. Würde sie auch innerlich kalt sein?

Meine Rute versteifte sich bei dem Gedanken. Ich wünschte mir fast, ich hätte ihr heute Morgen erlaubt, es zu tun, als sie es wollte. Aber ich konnte nicht bereuen, was wir geteilt hatten, auch nicht die sengende Wärme von ihr. Es würde andere Zeiten geben ... hoffte ich.

„Lasst uns ihn überholen!", rief Lydia und deutete auf Neixor, der etwas vor uns lag.

Da sie nur ihr eigenes Gewicht zu tragen hatten, waren die anderen voraus, einige mit einem beachtlichen Abstand. Da ich meiner Frau gefallen wollte, erhöhte ich das Tempo. Innerhalb von Sekunden holten wir auf und überholten ihn. Lydia quietschte im Siegesrausch und zeigte auf das nächste Ziel. Beim vierten Valo, den wir überholten, war ich voll dabei und genoss das Spiel. Die anderen hatten das Spiel in kürzester Zeit durchschaut und kämpften gegen uns und gegeneinander. Als wir den Steinbruch erreichten, lachten wir alle und hatten gute Laune. Es war zu lange her, dass wir so unbeschwert gewesen waren.

Ein weiteres Geschenk meiner Frau an mein Volk.

Ich löste ihre Füße von der Eisdecke und entwirrte das Eisbrett. Obwohl weit von E'Lek entfernt, verlief dieser Abschnitt der Klippe tief und breit. Das Sammeln von Steinen daraus würde die Stabilität des Bodens dahinter und die zahllosen Lebensformen, die auf dem Plateau lebten, nicht gefährden.

Ich streichelte Lydias Rücken durch die rote Tunika, die sie heute trug, da sie die wärmeren Mäntel abgelehnt hatte, die die Fremden auf ihren Reisen durch das Land trugen. Mit vor Aufregung funkelnden Augen beobachtete sie, wie meine Brüder auf die steinerne Klippe zusteuerten. Ihre Körper schwollen an, wurden größer und massiger, als sie ihre Kampfgestalt annahmen.

„Hab keine Angst, meine Lydia."

Das hatte sie nicht.

Mit vor Ehrfurcht geschürzten Lippen huschte ihr Blick hin und her und nahm die massigen Formen meiner Brüder auf.

„*Wansinnn...*", flüsterte sie.

Ich kannte die Bedeutung dieses Wortes nicht, aber aus ihrem Tonfall entnahm ich, dass es Bewunderung ausdrückte. Sie wandte mir ihre leuchtenden Augen zu, mit einem erwartungsvollen Blick auf ihrem Gesicht. Ein plötzlicher Anfall von Schüchternheit verzog meinen Magen. Ich glitt mit der Hand über meinen Zopf und fühlte mich verunsichert. Lydia hatte meine Kampfform schon einmal gesehen, wenn auch unter tragischen Umständen. Was, wenn sie sie nicht mochte oder sie hässlich fand? Was, wenn sie sie wieder erschreckte?

Ihr Körper mochte zerbrechlich sein, aber meine Lydia war stark.

Sie war wirklich stark, klug und mutig. Eine schwache Person hätte nicht überleben können, was sie seit dem Verrat ihres Volkes und dem Absturz auf Sonhadra durchgemacht hatte.

Ich trat ein paar Schritte zurück und beschwor meine Kampfform herauf. Das elastische Band meines Lendenschurzes dehnte sich, um meine breiter werdende Taille aufzunehmen. Lydia schien zu schrumpfen, während ich zwei Köpfe über sie hinauswuchs. Sie musste ihren Kopf ganz nach hinten werfen, um zu mir aufzuschauen. Das laute, klirrende Geräusch des Eises, das sich ausdehnte und mich neu formte, hörte auf, als sich die letzte Eisplatte auf meiner Schulter niederließ.

Ich stand still, mein Herzstein pochte, während ich ihre Reaktion abwartete. Furchtlos trat Lydia vor und hob ihre kleinen Handflächen an meine Brust. Nachdem sie ihren Frost abgestreift hatte, schaute ich fasziniert auf ihre schöne dunkle Haut, die über meine blassblaue Panzerung strich. Ich wünschte, meine Kampfrüstung würde die Wärme und Sanftheit ihrer Berührung nicht blockieren. Sie erlaubte mir nur wahrzunehmen, an welchen Stellen ihre Hände mich berührten und mit wie viel Kraft, aber mehr nicht.

Sie griff nach oben, nahm mein Gesicht in ihre Hände und erhob sich auf die Zehenspitzen. Ich beugte mich herunter und sie presste ihre Lippen auf meine. Mein Herzstein flammte unter der dicken Eisschicht auf, die ihn abschirmte. Vorsichtig, um sie nicht mit den eisigen Stacheln an meinen Armen und Schultern zu verletzen, zog ich sie in meine Umarmung und erwiderte ihren Kuss.

„Meine Lydia", flüsterte ich, als sie sich zurückzog.

„Mein Kai", antwortete sie mit einem zärtlichen Blick in den Augen.

Ein Feuerball explodierte in meiner Brust und verbreitete diese angenehme Hitze in meinen Gliedern, bis in die Knochen. Ich strahlte sie an, weil sie mich beanspruchte.

Sie starte mich an, ihre Augen weiteten sich vor Schreck.

„*Wehe*, du frisst mich mit denen!"

Ich brach in Gelächter aus und ihre hellen Töne schlossen sich den meinen an. In dieser Form war alles größer, furchteinflößender. Ich konnte mir nur vorstellen, wie meine spitzen Zähne für sie aussehen mussten, wenn man bedachte, dass ich damit die Wirbelsäule von Kreaturen durchtrennen konnte, die dreimal so groß waren wie sie.

„Fürchte dich nicht, meine Lydia. Ich sorge mich zu sehr um dich, um dich zu essen."

DIE EISSTADT

Trotz ihrer Bemühungen, es zu verbergen, warfen meine Brüder verwirrte Blicke in unsere Richtung. Ich konnte es ihnen nicht verdenken. An ihrer Stelle hätte auch ich mich gefragt, warum ein Valo seinen Mund so gegen ein anderes Wesen richten würde.

Ich baute einen breiten Eisblock, auf dem Lydia sitzen konnte, wenn sie müde werden sollte und verließ sie mit viel Widerwillen, um meinen Brüdern zu helfen. Als nördliche Valos besaßen wir alle eine große Affinität zum Wasser. Wir konnten es spüren, selbst als bloße Feuchtigkeit in der Luft, es manipulieren und seine Temperatur kontrollieren. Um damit Steinblöcke abzutrennen, brauchte man keine Kraft, sondern Finesse und Präzision.

Ich stand vor der Felswand des Steinbruchs, neben der Felsspalte, in der ich graben würde. Ich drückte Feuchtigkeit hinein und fror genau die benötigte Menge, bis das anschwellende Eis den Stein zerbrach. Ich löste das Eis und wiederholte den Vorgang, indem ich tiefer in die Spalte schnitt, um einen Block mit den entsprechenden Abmessungen herauszuarbeiten.

Während der Arbeit behielt ich Lydia im Auge, nicht nur um sicherzugehen, dass ihr nichts passierte, sondern weil ich dem Drang nicht widerstehen konnte, sie anzustarren. So seltsame Kreaturen, diese Menschen.

Sie hatte drei Schneekugeln aufeinandergestapelt, eine auf der anderen. Die unterste war die größte, die oberste die kleinste. Mit Steinsplittern, die sie auf dem Boden gefunden hatte, machte sie auf die kleine Kugel etwas, von dem ich annahm, dass es Augen, eine Nase und ein Mund war. Die Bedeutung der Augen, die sie in einer geraden Linie auf die mittlere Kugel machte, verstand ich nicht. Danach blickte sie sich noch eine Weile im Steinbruch um, auf der Suche nach etwas. Als ich sie fragte, erkundigte sie sich, ob es in der Nähe irgendwelche toten Bäume gäbe. Sie brauchte zwei Äste für Frostys Arme. Anscheinend war dieser Schneehaufen männlich und berühmt bei den

Menschen. Ich machte ihr zwei dünne Äste aus Eis, die sie fröhlich an die Seiten der mittleren Kugel klebte, damit sie Frosty als Arme dienen konnten.

Wer gab einem Schneehaufen einen Namen?

Seltsame Menschen.

Bei so vielen von uns und vor allem bei fast zwei Dutzend Bergleuten und Baumeistern, dauerte es nicht lange, bis wir unsere vereinbarte Ladung an Steinblöcken und -platten zusammen hatten. Da eine Reihe von Kreaturen unter der Erde wühlte, wollten wir keine Höhleneinstürze riskieren, indem wir weitaus größeres Gewicht trugen, als wir eigentlich hätten haben dürfen.

Als wir bereit waren, den Rückweg anzutreten, fand ich Lydia auf dem Rücken liegend, mit Armen und Beinen im Schnee flatternd. Noch bevor ich sie dazu befragen konnte, stand sie auf und fragte mich, ob mir ihr Schneeengel gefalle, wobei sie auf die Spur zeigte, die sie auf dem Boden hinterlassen hatte. Das Glitzern in ihren Augen verriet mir, dass sie mich absichtlich verwirren wollte. Trotzdem schwor sie, dass es eine übliche Sache war, die Menschen im Schnee machten.

Sehr seltsame Leute.

Für den Rückweg legten wir unsere Steinplatten und -blöcke auf ein dickeres Eisbrett. Wir verteilten uns und zogen in getrennten Wellen los, um das schwere Gewicht unserer Steine und Kampfformen zu verteilen. Da wir in dieser Form stärker waren, würde es einfacher sein, die Steine nach Hause zu tragen. Das bedeutete auch, dass es dieses Mal kein Rennen geben würde. An den enttäuschten Gesichtern meiner Brüder konnte ich ablesen, dass das Rennen eine regelmäßige Aktivität unter uns werden würde. Ich konnte mir schon Variationen mit Teams und Zielen ausdenken. Xinral brachte mich vorhin auf die Idee, als er sich mit Hyezev zusammentat, um Dukes Schwung zu bremsen, als dieser versuchte, sie zu überholen. Das würde Spaß machen!

Spaß. Ein Wort, das wir seit Jahrhunderten vergessen hatten. Wir waren mal ein verspieltes Volk. Die Nördlichen Valos würden es wieder sein.

Ich setzte Lydia oben auf meinen Stapel von Steinblöcken und machte Griffe an der Seite des Steins vom Eisbrett, damit sie sich bei Bedarf daran festhalten konnte. Da wir uns nicht so schnell bewegen würden, würde sie sie wahrscheinlich nicht brauchen.

Wir hatten noch nicht einmal die Hälfte der Strecke erreicht, als die führenden Valos vom Kurs abbogen. Sie winkten uns zu, aber ich verstand ihr Signal nicht. Die Jäger, die mir am nächsten waren, brachen als erste ab und gaben den anderen in der Nähe ein Zeichen, ihnen zu folgen. Ich folgte ihnen. Sekunden später hörte ich ein dumpfes Klopfen und dann die erste Vibration.

Orzarix.

Ich schaute auf Lydia hinunter, die auf den Steinen saß. Die Augen geschlossen, ein zufriedenes Lächeln auf den Lippen, überließ sie ihr Gesicht der Liebkosung der Sonnenstrahlen und der kühlen Brise, die an uns vorbei peitschte. Mein Magen verzog sich vor Angst. Sie war zu zerbrechlich und wehrlos. Wenn die Bestie hinter ihr her wäre, hätte sie keine Chance. Angestachelt von der Angst, beschleunigte ich das Tempo und ließ das Eisbrett vorwärts taumeln.

Erschrocken über die plötzliche Bewegung öffnete Lydia ihre Augen und warf mir einen fragenden Blick zu. Sie griff nach den Eisgriffen und wurde bei dem lauteren Klopfen und der stärkeren Vibration hellhörig.

„Was war das?", fragte sie, ihr Kopf ruckte suchend nach links und rechts. „Warum verstreuen sich alle?"

„Ich werde dich beschützen", schwor ich.

Wie um diese Aussage infrage zu stellen, explodierten Eis und Schnee in kurzer Entfernung vor uns, begleitet vom donnernden Brüllen eines Orzarix. Die sechs massiven, tödlichen weißen Hörner auf dem albtraumhaften Kopf, der aus dem

Krater herauskam, wiesen das Tier als Alphamännchen aus. Seine beiden Vorderpfoten ragten aus dem Loch und gruben ihre bösartigen Krallen in den gefrorenen Boden, um Halt zu finden. Die Kreatur zog sich in einem Schauer aus Eis und Schnee hoch, dann brüllte sie wieder so laut, dass es wehtat. Lydia schlug sich die Hände über die Ohren und schrie vor Schmerz auf. Das Gebrüll stoppte und die Bestie drehte ihren Kopf, um in unsere Richtung zu schauen. Das Überleben auf Sonhadra hing stark von der Tarnung ab. Meine Brüder und ich und sogar die weißen Steine, auf denen mein Weibchen saß, verschmolzen mit dieser gefrorenen Einöde. Lydia, mit ihrer dunklen Haut und der roten Tunika, hätte kein leichteres Ziel abgeben können. Die gelben Augen des Orzarix blieben auf ihr haften. Sein Mund verzog sich zu einem tödlichen Grinsen, während er zwei Reihen tödlicher Zähne und ein Paar riesiger Reißzähne entblößte.

KAPITEL 10

LYDIA

Mein Herz blieb beim Anblick der höllischen Kreatur stehen. Fünf oder sechs Meter lang, ähnelte die Bestie einer Kreuzung aus Gorilla und Säbelzahntiger, das Maul voller Dolchzähne. Selbst aus der Ferne hypnotisierte mich das flüssige Gold seiner Augen. Das Eis und der Schnee, die an seinem langen, zotteligen weißen Fell klebten, flogen, als es sich wie ein nasser Hund schüttelte. Mein Magen krampfte sich vor Schrecken zusammen und der saure Geschmack von Angst erfüllte meinen Mund, als es seinen schuppenbedeckten Affenschädel senkte. Sechs riesige Hörner zeigten auf mich, zwei oben auf seinem Kopf und die restlichen vier in zwei Paaren auf jeder Seite seiner Schläfen wie bei einem Stier.

Es stürmte auf uns zu.

Ich schrie auf, als starke, kalte Arme mich von den Steinblöcken wegzerrten und mein Beschützer losrannte. Die Stacheln und kristallinen Ausstülpungen an Kais Kampfrüstung gruben sich in meinen Rücken und hinter meine Beine. Es war mir scheißegal. Ich wollte nur, dass wir verdammt noch mal von dem Monster wegkamen. Kai rannte blitzschnell, der Wind pfiff in meinen Ohren. Trotzdem hörte ich das Stampfen der Beine der

Kreatur näherkommen. Mein Herz hämmerte in meiner Kehle und meine Zähne klapperten so stark, dass ich dachte, sie könnten brechen. Ich wusste nicht, ob Angst oder das brutale Drängeln von Kais Bewegungen die Ursache war. Ich wollte sehen, was los war und reckte meinen Hals, um ihm über die Schulter zu schauen.

Die anderen Valos rannten auf die Kreatur zu, um sie abzufangen. Selbst in ihrer verwandelten Form konnte ich ihre Gesichter erkennen. Die Jäger führten den Gegenangriff an, dicht gefolgt von den Erbauern. Die Handwerker standen hinten still, ihre Hände bewegten sich mit den Handflächen nach oben. Die Geste beschwor Stacheln und Wände aus Eis vor der Bestie herauf. Sie krachte mit minimaler Anstrengung durch sie hindurch und erlitt keinen sichtbaren Schaden. Aber es verlangsamte sie ... Zumindest ein wenig.

In den Händen der Erbauer bildeten sich dicke Eisspeere, die sie auf das Gesicht des Monsters schleuderten. Wie die Stacheln zersplitterten sie bei Kontakt, ohne Spuren zu hinterlassen. Ich konnte nicht sagen, ob sie es verletzten oder ob die Splitter in seine Augen stachen, aber die Kreatur wurde immer langsamer und winkte mit einer massiven Pfote vor den ankommenden Geschossen. Geblendet sah sie nicht, wie die Jäger in einem perfekt koordinierten Angriff auf sie zustürmten. Die Kreatur bäumte sich auf und kippte durch die Wucht des Aufpralls um. Die Hände zu riesigen, mit Eisstacheln bedeckten Felsbrocken geballt, schlugen die Valos auf seinen Unterleib ein. Brüllend, zweifellos vor Schmerz und Wut, schlug die Bestie nach ihren Angreifern und zwang sie, zurückzuweichen, damit sie sich auf die Vorderseite rollen konnte.

Die Erbauer fingen wieder an, das Gesicht des Monsters mit Eisspeeren zu beschießen. Während sie versuchte, ihre Augen zu schützen, kämpfte die Kreatur darum, wieder auf die Beine zu kommen. Jedes Mal, wenn es ihr fast gelang, rammten ein oder mehrere Jäger ihre Stützbeine, um sie wieder zu Boden zu zwingen. Die ganze Zeit über schlugen die Handwerker auf ihren Unterleib ein, indem sie Eisstacheln unter die Bestie beschworen.

Die Welt hörte auf zu beben, als Kai auf der Spitze eines kleinen Hügels anhielt, einer der wenigen Erhebungen dieser Art in der ansonsten flachen Landschaft. Er stellte mich auf die Füße und untersuchte mich von oben bis unten auf Verletzungen.

„Mir geht es gut", sagte ich und reckte den Hals, um das Geschehen zu beobachten.

Obwohl das stimmte, hüpfte mein Gehirn immer noch in meinem Schädel von dem steinigen Lauf und meine Haut fühlte sich an den Stellen empfindlich an, an denen sich Kais Stacheln eingegraben hatten. Dann kam mir ein furchtbarer Gedanke in den Sinn. Er würde mich jetzt verlassen, um den anderen zu helfen. Mein Kopf ruckte zu ihm hoch, während ich die saure Galle der Angst herunterschluckte.

Meine Gedanken lesend, streichelte Kai meine Wange, um mich zu beruhigen. „Beruhige dich, meine Lydia. Ich werde nicht von deiner Seite weichen. Es gibt genug von meinen Brüdern, die das auch ohne meine Hilfe schaffen."

Ich wusste nicht, ob er es bedauerte, nicht bei ihnen sein zu können, aber Erleichterung durchflutete mich. Er zog mich in seine Umarmung, mein Rücken ruhte an seiner Brust. Irgendetwas fühlte sich komisch an. Es dauerte einen Moment, bis ich es begriff.

„Du bist nicht aus der Puste!"

„Nein. Die Valos brauchen seit der Veränderung keine Luft mehr."

Heilige Scheiße!

Ich öffnete den Mund, um eine weitere Frage zu stellen, aber das wütende Brüllen der Kreatur forderte meine Aufmerksamkeit. Trotz des Schreckens, den sie in mir auslöste, füllte sich mein Herz mit Mitleid für die Kreatur. Sie musste schreckliche Schmerzen von den Schlägen haben, die die Valos auf sie niederprasseln ließen. Ich wünschte, sie könnten es schnell beenden.

„Nichts, was sie tun, scheint ihr zu schaden", dachte ich laut nach. „Sie machen sie nur noch wütender."

„Sie machen ihn mürbe", erklärte Kai.

„Ihn?", fragte ich.

„Er ist ein Alphamännchen. Ein voll ausgewachsener Orzarix, wie man an den sechs Hörnern auf seinem Kopf erkennt. Das Fell verbirgt fast undurchdringliche Schuppen. Der einzige Weg, ihn zu töten, ist, ihn so zu ermüden, dass ihm die Puste ausgeht. Dann öffnen sich um seinen Hals und Nacken drei Reihen von Schuppen wie die Kiemen eines Fisches. Das sind seine verwundbaren Stellen."

Mich schauderte es. Wäre ich auf dem Weg in die Stadt einem von ihnen begegnet, hätte es mich bei lebendigem Leib gefressen. Das verdammte Ding war fast unmöglich zu töten.

„Gibt es viele von denen, die hier herumlungern?"

Kais Lachen vibrierte gegen meinen Rücken. „Nein. Sie kommen nie in die Nähe von E'Lek. Nichts wird dich fressen, meine Lydia."

Gott sei Dank.

„Es wird bald vorbei sein. Es sind viel zu viele meiner Brüder, die sie niederhalten. Normalerweise kämpfen nur drei oder vier Jäger gegen sie. Es kann dann einen halben Tag dauern, einen Orzarix zu besiegen."

Kais Worte erwiesen sich als prophetisch, als sich weniger als zehn Minuten später das Fell um den Hals der Alpha-Bestie wie Rüschen aufstellte. Blitzschnell sprang Riaxans Gefährte – Toerkel, wie er wohl hieß – auf den Rücken der Kreatur. Seine Hand verlängerte sich zu einer langen Klinge, die er zwischen die *Kiemen* stieß.

Der Orzarix erstarrte, ein überraschter Ausdruck zeigte sich auf seinem Gesicht. Seine Augen und sein Kopf nahmen ein kristallines, eisiges Aussehen an. Seine Beine bebten, bevor sein massiger Körper zu Boden sackte und eine Schneewolke in die Luft warf.

„Sauberer Tod", sagte Kai und klang zufrieden.

„Es blutet immer noch nicht", stellte ich verwirrt fest, obwohl ich erleichtert war, dass mir ein Blutbad erspart blieb.

„Das wird es nicht", informierte mich Kai und hob mich auf, um wieder den Berg hinunterzugehen. „Toerkel hat sein Gehirn eingefroren. Sofortiger Tod, keine Schmerzen im Todeskampf."

Wir schlossen uns den anderen wieder an und jeder holte seine Steinplatten, die hier und da für den Kampf zurückgelassen worden waren. Vier Jäger verteilten ihre Steine unter ihren Brüdern, damit sie frei waren, um den Orzarix zurück in die Stadt zu schleppen. Ich erinnerte mich nur zu gut daran, dass Kai mir gesagt hatte, sein Volk würde nichts verschwenden. Da sie nicht aßen, erwartete ich, dass meine Diät in naher Zukunft eine Menge verdammt gruseliger Monstersteaks beinhalten würde.

~

Es dauerte fünf weitere Tage des Steinsammelns, bevor die Valos zuversichtlich waren, dass wir genug Material hatten, um die Brücke zu bauen. Kai verbot mir, bunte Kleidung zu tragen, wenn wir die Umgebung der Stadt verließen. Weiße Tuniken und das Bedecken meiner dunklen Haut mit einer Frostschicht erlaubten es mir, mit der gefrorenen Landschaft zu verschmelzen, wie es die Valos taten. Zum Glück begegneten wir keinem weiteren Orzarix. Ich brauchte keinen weiteren Schrecken und ich würde ein Leben lang benötigen, um das ganze Fleisch des ersten zu essen.

Wie vorhergesagt, wurde es Teil meiner täglichen Mahlzeit und ich experimentierte mit verschiedenen Arten, es zuzubereiten. Es machte mir aber nichts aus. Es schmeckte wie Ziegenfleisch. Etwas Currysauce und Naan hätten es noch besser gemacht!

Die Handwerker und Jäger bearbeiteten immer noch jeden Teil der Kreatur, wobei die Behandlung des Fells den größten Teil ihrer Zeit in Anspruch nahm. Nachdem die letzten Männchen erwacht waren, gaben diese fünf Tage den Valos die Chance, sich an meine Anwesenheit zu gewöhnen und mir die Möglichkeit, meine Kräfte wieder aufzubauen. Vor allem aber hatten Kai und ich die Zeit, uns noch mehr aneinander zu gewöhnen.

Ich glaubte nicht wirklich an Liebe auf den ersten Blick, aber ich erkannte etwas Besonderes, wenn es mir ins Gesicht starrte. Was auch immer zwischen uns passiert war, ich wollte mehr davon. Noch nie war jemand so lieb und hingebungsvoll zu mir gewesen. Mit ihm waren die Dinge einfach und ehrlich. Ich wusste immer, wo ich stand und was er fühlte. Obwohl er mich oft seltsam fand, akzeptierte er problemlos unsere Unterschiede und meine Macken. Meistens fand er sie lustig oder albern und am Ende übernahm er einige davon. Kai nickte und zuckte jetzt mit den Schultern, als hätte er nie was anderes gemacht. Ich habe sogar Duke ein paar Mal dabei erwischt, wie er es tat.

Und der Sex ...

Heilige Scheiße!

„Außerhalb der Norm" wurde dem nicht gerecht. Kai war eine Maschine. Ich meine, der Kerl musste nicht atmen, also ging ihm nicht die Puste aus oder er wurde müde. Und das Beste daran? Ich musste nur auf seine Leiste starren oder seinen Bauchnabel kitzeln, um ihn wieder hart zu bekommen. Kai erwies sich als großzügiger und geduldiger Liebhaber, offen für Experimente. Als ich ihn das erste Mal leckte, glühte sein Herzstein so hell und heiß, dass ich befürchtete, er würde sich durch seinen Rücken brennen. Ihm den Neunundsechziger beizubringen, war auch eine Wucht, wenn auch etwas beängstigend wegen seiner scharfen Zähne.

Trotz alledem war Kai keine Jungfrau mehr und wusste, wie man eine Frau befriedigte. Als ich schließlich den Mut

DIE EISSTADT

aufbrachte, ihn zu fragen, ob er eine Freundin oder Partnerin unter ihren Frauen hatte, war er regelrecht beleidigt. Obwohl sie sehr freizügig waren, wenn es um Sex ging, gingen sie nicht fremd, wenn sie in einer festen Beziehung waren. Die Valos hielten die Dinge einfach. Wenn man nicht Single war, war man entweder gepaart oder verpaart. Single bedeutete, dass man mit jedem anderen Single schlafen konnte, mit dem man wollte, wann immer man wollte. Gepaart war vergleichbar mit einer Beziehung, einer exklusiven Beziehung zwischen einem – oder mehreren – Partnern, die alle anderen ausschloss. Und verpaart bedeutete eine lebenslange Bindung. Scheidung gab es bei ihnen nicht. Laut Kai waren wir gepaart. Zu seiner größten Freude und Erleichterung stimmte ich zu.

Das erklärte auch das Vorhandensein der Schlafzimmer in der Unterstadt, obwohl sie keinen Schlaf mehr brauchten. Bevor die Schöpferin ihre Herzsteine entfernte, nutzten die Valos sie noch, um miteinander intim zu sein. Als ich fragte, warum es damals keine Türen gab, erklärte Kai, dass das Paar bei Gebrauch eine Wand aus Eis baute, um die Privatsphäre zu wahren und andere darüber zu informieren, dass sie sich fernhalten sollten.

Ich fragte mich, wie die Weibchen auf meine Anwesenheit reagieren würden.

In ein paar Stunden würde ich ihre ersten Herzsteine rausholen, wenn alles mit der Brücke klappte. Die Gewissheit, dass keine verschmähte Ex-Freundin versuchen würde, mir den Schädel einzuschlagen, verringerte einige meiner Bedenken. Doch der Gedanke, einen Lavasee zu überqueren, ließ mich innerlich vor Angst erstarren. Was, wenn ich auf der Insel gestrandet wäre? Oder schlimmer noch, was, wenn die Brücke unter mir zusammenbrach? Obwohl Kai sich tapfer schlug, teilte er meine Sorgen. Aber die Weibchen ihrem Schicksal zu überlassen, kam nicht infrage.

Nach einer extra deftigen Morgenmahlzeit, um Energie zu

tanken, überredete ich Kai, mit mir im Fluss zu baden. Er brauchte nicht zu baden. Da ich ihn noch nie dabei gesehen hatte, erkundigte ich mich, wie er es immer schaffte, so sauber auszusehen und so frisch zu riechen. Er erklärte mir, dass er seinen Körper mit einer dünnen Eisschicht überzog, in der sich abgestorbene Haut und Schmutz befanden, die er dann ablegte und sich so in Sekundenschnelle reinigte. Trotzdem genoss ich den Gedanken, meine morgendliche Routine mit ihm zu teilen, anstatt ihn an der Seitenlinie sitzen zu lassen und mir dabei zuzusehen, da das Wasser der heißen Quelle ihn verletzen würde.

Die Strahlen der frühen Morgensonne schimmerten über die schneebedeckte Ebene und ließen sie wie ein Meer aus Diamanten glänzen. Nicht eine einzige Wolke zierte den klaren blauen Himmel. Seit meiner Ankunft auf Sonhadra vor zwei Wochen hatte es nicht ein einziges Mal geregnet, obwohl es ein paar Stunden lang geschneit hatte. Der Schnee knirschte unter meinen stiefelüberzogenen Füßen, als Kai mich an der Hand zum Fluss führte. Er war weniger als fünfzig Meter von den Stadtmauern entfernt, aber Kai ging weiter hinunter, vorbei am Flussfruchtnetz und hinter einen kleinen Hügel, um uns Privatsphäre zu gewähren, falls seine Brüder herauskommen sollten.

Ich hatte herausgefunden, dass die Flussfrucht eigentlich nicht im unterirdischen Garten wuchs, da sie ein wärmeres Klima benötigte. Die Früchte wuchsen auf Bäumen in der Nähe von Flüssen und Seen und fielen oft in das Wasser, das sie wegtrug, um auf neuem Boden Wurzeln zu schlagen. Ein Dutzend oder so schafften es fast täglich den Wasserfall hinunter, von der Strömung mitgerissen. Das Netz fing sie auf, als sie an der Stadt vorbeischwammen, um von den Sammlern eingesammelt zu werden. Wenn sie mit dem Fleisch der Flussfrüchte gefüttert wurden, produzierten die Paexi-Käfer weiß leuchtendes Harz. Kai hatte daher die Früchte in die untere Stadt gebracht, um seine Arbeit fortzusetzen und versorgte mich an dem Tag, an dem ich hier ankam, mit dringend benötigtem Proviant.

Ich entledigte mich meiner Tunika und trat meine Stiefel aus, genoss das kalte Gefühl der dicken Schneeschicht unter meinen Füßen. Kai entledigte sich seines Lendenschurzes. Sein Schaft richtete sich stolz und hoch unter meinem Blick auf, der Schlitz an der stumpfen Spitze zwinkerte mir zu. Obwohl er beeindruckend war, war Kais Stab – wie er ihn nannte – nicht erschreckend groß. Er hatte die gleiche eisblaue Farbe wie der Rest seiner Haut, mit kräuselnden Rillen entlang seiner Länge. Darunter hing ein einzelner, großer Sack mit Hoden. Abgesehen von dem seltsamen Zopf am Hinterkopf hatten die Valos keine Körperbehaarung. Als ich vorschlug, meine Schamhaare zu rasieren, machte Kais empörter Aufschrei dem ein Ende. Er liebte meine kurzen Löckchen.

Ich fühlte mich spielerisch, bückte mich, harkte meine Hand durch den Schnee und warf sie ihm zu. Bevor er reagieren konnte, rannte ich zum Fluss und kicherte wie ein Schulmädchen. Innerhalb von Sekunden holte mich das Knirschen seiner auf den Boden stampfenden Füße ein. Ein Quieken entrang sich meiner Kehle, als seine starken Arme mich von den Füßen rissen und wir weiter in den Fluss stürzten.

Eiskaltes Wasser spritzte, eisige Nadeln stachen in meine Haut und peitschten mein Blut. Ich liebte die Kälte und verbrauchte keine Energie, um meine Temperatur zu senken, da ich wusste, dass sich mein Körper auf natürliche Weise anpassen würde. Immer noch lachend, schlang ich meine Arme und Beine um ihn. Kais Hände legten sich auf meinen Hintern und hielten mich fest, während er ins Wasser watete, bis das Nass die untere Rundung meiner Brüste leckte. Ich hatte die Seife und den Waschlappen bei meiner Kleidung 'vergessen'. Etwas ... Oder besser gesagt jemand anderes hielt im Moment mein Interesse wach.

Wir küssten uns und meine inneren Wände krampften sich vor Erwartung zusammen. Solch ein Heißhunger verblüffte mich. Ich hatte ein normales Liebesleben gehabt, bevor alles zum Teufel ging. Meine Exfreunde waren nette Kerle gewesen, nur nicht die richtigen. Gelegentlicher Sex, meist war Blümchen-Sex mit viel Vorspiel, mein Ding gewesen. Mit Kai hatte die verwegene, wilde und perverse Seite von mir die Oberhand gewonnen. Früher hätte ich nie den ersten Schritt gemacht. Es hätte sich ... Unpassend angefühlt, ungebührlich. Aber hier konnte ich meinen Begierden und Impulsen nachgeben, ohne Angst, verurteilt zu werden.

Kais Lippen öffneten sich und seine Zunge bettelte um Einlass. Ich hieß sie willkommen. Die raue Textur, die meinen Mund streichelte und erforschte, ließ meinen Inneres beben, wenn ich mich daran erinnerte, wie sie sich zwischen meinen Beinen anfühlte. Auf seine scharfen Zähne achtend, tanzten unsere Zungen miteinander und mein Mund kribbelte durch den kalten und knackigen Geschmack von ihm.

Eine seiner Hände glitt an meinem Hintern hinunter und zwischen meine Beine, um meinen Kitzler zu reiben. Ich stöhnte in seinen Mund und presste mich fester an ihn. Seine Erektion drückte gegen meinen Bauch. Wie viele Männer konnten damit prahlen, dass sie in eiskaltem Wasser einen steinharten Schwanz hatten? Ich schob eine Hand zwischen uns und legte meine Handfläche um seine Länge. Kai zischte gegen meine Lippen und beschleunigte die Bewegungen seiner Finger, die mich quälten. Trotz der Kälte blühte die Hitze in meiner Mitte auf. Ich streichelte ihn, die Rillen, die an meiner Hand rieben, erinnerten mich daran, wie leer ich mich fühlte. Als ich den Kuss unterbrach, wanderten meine Lippen hinauf zu der aufgefächerten Muschel seines Ohres.

„Ich brauche dich in mir", drängte ich.

Er ließ von meiner Klitoris ab, hob mich hoch und spießte mich auf seine Erektion. Ich warf meinen Kopf zurück und schrie wegen der Fülle. Ein hungriges Knurren entkam Kais Brust und vibrierte gegen meine, während er in mich stieß. Meine Wände zogen sich zusammen, da er sich kalt anfühlte und verstärkten mit jedem Stoß das Gefühl seiner Erhebungen. Als er mich nach hinten kippte, schloss er seinen Mund um meine Brustwarze und saugte gierig an ihr. Angst und Erregung ergriffen mich, als seine Zähne die harte Knospe streiften. Eisiges Wasser plätscherte an meiner Wirbelsäule und meinem Nacken und ließ meine Haut vor Verwirrung über die Hitze, die sich in mir aufbaute, brennen.

Kai ließ seine Hände hinter meinem Rücken auf beiden Seiten meiner Brüste gleiten und beugte mich noch tiefer auf die Wasseroberfläche. Er änderte den Winkel seiner Stöße und schob seine Hüften nach oben, wobei er jedes Mal meine empfindliche Stelle traf. Sterne explodierten hinter meinen Augen. Ich schrie. Mit zitternden Beinen und Nägeln, die sich in seine Unterarme gruben, gab ich mich einem Chaos von Empfindungen hin.

Halb benommen schaute ich Kai an, der wie ein alter Gott über mir thronte. Sein kahler Kopf verdeckte das Sonnenlicht und umgab ihn mit einem hellen Heiligenschein. Seine nasse Haut funkelte durch die Sonnenstrahlen und das pulsierende Licht seines Herzsteins. Seine Augen glühten und die scharfen Linien seines Gesichts machten ihn noch furchterregender, als er genüsslich die Zähne fletschte. Seine Hände hielten mich fester, als er das Tempo erhöhte, mich tiefer, schneller, härter nahm. Ich wollte nicht, dass er jemals aufhörte.

Wasser spritzte über meinen Bauch und biss in meine Wangen. Angst, Glückseligkeit und brennendes Bedürfnis verdrehten mich von innen nach außen. Mein attraktiver Außerirdischer würde mich mit Lust töten, meine Seele verschlingen und dann meine Überreste in die gefrorenen Tiefen des Flusses werfen.

Meine Sicht wurde weiß und mein Körper krampfte. Die Heftigkeit der Krämpfe, die meine Glieder erschütterten, hätte mich untergehen lassen, wenn Kai mich nicht wieder an sich gezogen hätte. Bevor ich mich erholen konnte, knurrte er seine eigene Erlösung in mein Ohr. Die Hitze seines Herzsteins verbrannte meine Brust, während die eisigen Splitter seines Samens in meine Gebärmutter stachen. Ich kam erneut. Schwerelos brach ich in seiner Umarmung zusammen und keuchte an seiner Schulter. Verloren in einem sinnlichen Dunst, bemerkte ich nicht, wie Kai mich zum Ufer trug, um das Tuch und die Seife zu holen, bevor er zum Fluss zurückkehrte. Als ich wieder zu mir kam, bestand Kai darauf, mich zu waschen und ich ließ ihn gewähren. Hand in Hand begleitete er mich zurück zu unserer Kleidung.

Die Sorge schlich sich wieder ein, als sich meine Gedanken auf die Aufgabe richteten, die vor mir stand.

Ich griff nach meiner weißen Tunika. Zwei riesige obsidianfarbene Augen öffneten sich im Schnee darunter, als ich sie aufhob. Der schrille Schrei, der sich aus meiner Kehle löste, brachte meine Stimmbänder zum Schmerzen. Ich zuckte zurück, meine Hand schoss automatisch zu meiner Brust, um mein Herz davon abzuhalten, sich den Weg nach draußen zu bahnen. Mit gefletschten Zähnen, bereit zuzuschlagen, machte Kai einen Schritt nach vorne. Er erstarrte, als die schwarzen Augen blinzelten und sich der Schneefleck als ein kleines pelziges Wesen entpuppte. Es quietschte, rannte ein paar Meter weg und blieb dann stehen, um uns anzusehen.

Kai brach in Gelächter aus, seine Haltung entspannte sich. Mein Puls raste immer noch, während ich den kleinen Eindringling musterte. Das weiße Fell einer Perserkatze bedeckte den kleinen, eichhörnchenartigen Körper der Kreatur. Sein flauschiger Schwanz spitzte hinter seinem Kopf hervor, während sich winzige Krallen in den Schnee gruben. Weiße Schuppen bedeckten sein Gesicht, das mich an das eines Frettchens erinnerte, nur dass es breiter war, um riesige schwarze Augen ohne Pupillen zu beherbergen. Es neigte den Kopf und die drei Reihen eisblauer Drachenhörner, die seinen Kopf zierten, glitzerten in der Sonne. Eines begann an der Spitze der Schnauze und verlief in einer geraden Linie bis zur Mitte des Kopfes. Die anderen beiden begannen an der Stirn und bogen sich zu den Ohren hin.

Es war verdammt bezaubernd!

Das bedeutete, dass es wahrscheinlich versuchen würde, mich zu fressen, mich zu vergiften oder irgendein verrücktes Alien-Ei in meinen Körper zu legen, das dann in einem Regen aus Blut und Eingeweiden aus meiner Brust platzen würde. Ich warf Kai einen Blick zu, um zu erkennen, ob ich anfangen sollte zu rennen, aber er stand nur da mit einem dummen Grinsen.

Das süße Monster trat ein paar Schritte näher und schnupperte die Luft. Seine langen Krallen bohrten sich in den Schnee und hinterließen kleine Pfotenabdrücke.

„Was macht es? Und was ist das?", fragte ich und beobachtete es aus verengten Augen.

„Sie ist eine Sekubu und sie bestätigt, dass du die Quelle des Duftes bist, der sie hierhergelockt hat."

Ich wusste es! Traue niemals den Süßen!

„Mein Duft? Sie will mich fressen?", fragte ich und trat einen Schritt zurück.

Kai lachte wieder und schüttelte den Kopf. „Nein, meine Lydia. Hör auf, Angst zu haben, dass du gefressen wirst. Sie wird dich bestimmt nicht fressen, auch wenn Sekubus Fleisch mögen, vor allem roh. Pass nur auf, dass du in ihrer Nähe nicht blutest."

Ich schenkte ihm den 'so gar nicht beruhigenden' Blick. Er grinste mich mit seinen Haifischzähnen an.

„Sekubus sind normalerweise sehr schüchtern und scheu, bis sie ihren Gefährten finden. Wenn du so freundlich zu ihr bist, wie es dein Geruch vermuten lässt, wird sie dich als ihre Bezugsperson annehmen."

Mir fiel die Kinnlade runter.

Wie bitte?

„*Sie* adoptiert *mich*, damit *ich mich um sie kümmern* kann?"

Kai nickte, sein Gesichtsausdruck verhöhnte mich offen.

„Sollte es nicht ICH sein, die sich entscheidet, sie zu adoptieren? Was ist, wenn ich mich nicht um sie kümmern will?"
Ich wollte es unbedingt. Sogar jetzt, als sie näherkam, sprach ich in meinem Kopf alberne, aufmunternde Worte zu ihr, so wie Menschen es tun, wenn sie mit Babys sprechen. Er gluckste und zog seinen Lendenschurz wieder an. „Ich fürchte, das ist nicht deine Entscheidung."

Während ich meine Tunika wieder über meine noch feuchte Haut zog, lief das kleine Schätzchen zu meinen Füßen und leckte an meinem großen Zeh. Es kitzelte. Ich zog meinen Fuß zurück und sie folgte mir. Ich schüttelte den Kopf über sie und griff nach meinen kurzen Stiefeln. Mit einem Blitz aus weißem Fell rannte Cutie in einen von ihnen hinein und steckte dann ihren Kopf heraus, um mich anzustarren.

„Ernsthaft?"

Ich hob die Stiefel auf, aber Cutie kuschelte sich hinein.

„Gut, wie du willst", murmelte ich gespielt verärgert, biss mir auf die Wange und versuchte, nicht zu lächeln.

Kai schnappte sich den Waschlappen und die Seife und führte mich an der Hand zurück in die Stadt. Auf dem ganzen Rückweg zwitscherte Cutie mich an, leckte an meinen Fingern und knabberte gelegentlich an ihnen. Als sie das erste Mal ihre zwei Reihen nadelscharfer Zähne aufblitzen ließ, ließ ich fast die Stiefel fallen.

„Hat alles auf diesem Planeten solche verrückten Zähne?", fragte ich fassungslos.

„Ja, meine Lydia. Alles außer dir."

Er sagte es so sachlich, dass ich nicht einmal wütend werden konnte.

Als ich die erste Stufe zum Stadteingang erklomm, sprang Cutie aus meinem Stiefel, rieb ihre Schläfe an meinem Knöchel und lief dann davon.

„Oh", sagte ich, traurig über ihre Flucht.

„Sie wird zurückkehren", erklärte Kai.

DIE EISSTADT

Die Gewissheit in seiner Stimme dämpfte ein wenig meine Enttäuschung.

Als ich die Unterstadt betrat, hatte ich ein unheimliches Déjà-vu-Gefühl, abgesehen von den leeren Nischen. Nach zwei Wochen nahezu konstanter Aktivität machte mir die Abwesenheit einer einzigen Seele Angst. Kai beschwor die Plattform und ließ uns auf die vierte Ebene hinab, wo sich alle Valos versammelt hatten. Sie bildeten eine Kette von der Kammer, in der die Steinblöcke und -platten gestapelt worden waren, die Treppe hinunter zum Eingang der Magmakammer.

Ich schluckte den Kloß in meinem Hals runter, während sich mein Magen vor Beklemmung zusammenzog. Die Leichtigkeit war aus Kais Gesichtszügen gewichen, geschärft nun durch Anspannung. Alle Augen richteten sich auf mich, die Hoffnung, die in ihnen glänzte, verstärkte den Druck noch zusätzlich. Die Valos öffneten ihre Reihen, um Zak durchzulassen. Er kam auf mich zu, ein Paar dick besohlte, kniehohe Lederstiefel in der Hand. Ich nahm das Geschenk an und zog sie an, wobei ich so tat, als würde ich die mögliche Bedeutung ihrer Länge nicht verstehen.

Ohne ein Wort stiegen wir die Treppe hinunter, der Abstieg war seltsamerweise kühler als in meiner Erinnerung. Als wir den Eingang erreichten, fand ich die Erklärung dafür. Die Männer hatten Steinblöcke entlang der linken Seite des Weges gestapelt und so eine Mauer zwischen der Lava und uns errichtet. Fünf Valos in Kampfgestalt beschworen eine dicke Eisschicht, um sie vor Überhitzung zu schützen. Sie schmolz in Sekundenschnelle, nur um wieder neu gebildet zu werden. Den Pfad hinunter stand der Lavasee immer noch zwischen dem Herzsteinaltar und uns.

„Wo ist die Brücke?", fragte ich Duke, als er mir eine Ledertasche reichte.

„Wir haben auf dich gewartet, um sie zu bauen. Die Steine erhitzen sich zu schnell, sobald sie in direktem Kontakt mit der Lava kommen und beginnen zu brechen."

Was?

„Sie werden lange genug halten, damit du zurückkehren kannst", ergänzte er schnell, als er meinen entsetzten Blick sah. „Wir haben sie getestet, um sicherzugehen."

Das beruhigte mich nur halbwegs. Kais Hand legte sich fester um meine, während ein Muskel nervös an seiner Schläfe pochte.

„Okay", erwiderte ich und dachte genau das Gegenteil.

„Wir werden jetzt anfangen zu bauen", warnte Duke.

Ich nickte und kämpfte gegen die Übelkeit an, die in mir hochkam.

Die Valos kamen in einem Rausch von Aktivität und Effizienz zusammen. Sie verwandelten sich in ihre Kampfform und reichten die Steinplatten die Kette hinunter. Drei Baumeister – einer von ihnen war Duke – kamen abwechselnd so nah wie möglich an den Lavafluss heran, um die Steinplatte hineinzuschieben. Trotz ihres Gewichts versanken die Blöcke nicht so schnell in der Lava. Der knifflige Teil war, dass jede Platte nur die Hälfte der Strecke zur Insel zurücklegte. Sobald die erste Platte so tief gesunken war, dass sie bündig mit dem Boden abschloss, schoben sie eine weitere Platte darüber und daran vorbei, um die zweite Hälfte der Verbindung zur Insel zu überbrücken. Dann stapelten sie einen weiteren Steinblock auf die erste Platte, die weiter in die Lava sank. Ständiges Wiederholen.

Kai holte mir einen kleinen Steinblock, auf den ich mich setzen konnte und schloss sich dann wieder seinen Brüdern an, die sich mühsam durch den Prozess des Brückenbaus arbeiteten. Die Geschwindigkeit, mit der sich der Stein rötete, sobald er mit der Lava in Berührung kam, machte mir Sorgen.

Achtundzwanzig Platten später hörten die Steine auf zu sinken, die Brücke war fertig. Mein Magen rebellierte und meine Finger schmerzten, weil ich die Ledertasche zu fest umklammert hatte. Kais Blick verband sich mit meinem. Trotz der Angst, die er nicht ganz verbergen konnte, gab mir die Zärtlichkeit und der

DIE EISSTADT

Stolz in seinen Augen die Kraft, die ich brauchte. Er glaubte an mich, zählte auf mich. Ich würde ihn und sie nicht im Stich lassen. Auf wackeligen Beinen stand ich auf, küsste ihn und rannte zur Brücke. Wenn ich versuchte, in einem langsameren Tempo hinüberzugehen, würde ich allen Mut verlieren und umkehren.

Als ich die von den Valos errichtete Schutzmauer durchbrach, raubte mir die Hitze, die auf mich einschlug, den Atem. Die heiße Luft verbrannte meine Lungen in dem Moment, als ich die Brücke betrat. Sie wackelte unter meinem Gewicht und ich blickte hinunter auf das langsame Blubbern des feurigen Flusses um mich herum, bereit, meine Knochen zu schmelzen. Mein Magen krampfte. Ich schluckte meine Angst hinunter und sah weg.

Die Haut brutzelte und die Augen brannten, ich sackte fast in die Knie, als ich die andere Seite erreichte. Hätte ich meine Höchsttemperatur erreicht, wäre das ein Kinderspiel gewesen, aber ich konnte nicht riskieren, mich so schnell zu erschöpfen.

Ich weinte fast vor Erleichterung, als ich den Altar und den Segen seines Kühlsystems erreichte. Aber diese Erleichterung war nur von kurzer Dauer. Mehr als fünfzig Herzsteine pulsierten vor mir in einer großen, kronleuchterartigen Ansammlung. Die Hälfte von ihnen lag außerhalb meiner Reichweite. Ich hatte die extreme Größe der Fremden vergessen. Das wäre für eine erste Runde kein großes Problem gewesen, wären da nicht die beiden flackernden Herzsteine in der Mitte des Haufens gewesen. Aus der Ferne waren sie nicht zu erkennen gewesen.

Ich rüttelte an den Armen des *Kronleuchters*, um seine Stabilität zu testen. Ich war sicher, dass er mein Gewicht tragen konnte und hob mich hoch. Gott sei Dank für die kleinen Segnungen ... Der Schweiß, der meine Handflächen bedeckte und das schwere Gewicht der Herzsteine machten die Aufgabe noch schwieriger. Ich konnte mich nicht aufrecht halten und mehr als eine der wertvollen Kugeln auf einmal tragen. Nachdem ich den ersten Stein geholt hatte, kletterte ich hinunter, legte ihn in den Lederbeutel und kletterte wieder hinauf. Mein Bizeps schmerzte, als ich mit der zweiten Kugel unten ankam. Das verhieß nichts Gutes für das anschließende Tragen des Beutels.

Ich schob weitere sieben Herzsteine in den Beutel, vorsichtig, um sie trotz meiner Eile nicht zu beschädigen und hob ihn dann auf. Sein Gewicht ließ mich aufstöhnen. Ich wandte mich wieder der Brücke zu und versuchte, die Angst zu unterdrücken, die mir das Blut in die Ohren pumpte. Obwohl die Steinplatten immer noch stabil zu sein schienen und die Höhe eines normalen Schrittes über der Lava lagen, bedeuteten die sich rötlich färbenden Ränder schlechte Nachrichten. Tief einatmend drückte ich den Beutel auf meine Brust und senkte meine Temperatur auf die niedrigste Stufe, die möglich war. Sobald meine Haut gefroren war, machte ich mich auf den Weg dorthin.

Ein Inferno schlug mir ins Gesicht, sobald ich die Nähe der Steinansammlung verließ. Meine Schritte stockten und meine Knie gaben fast nach. Die Hitze saß wie ein Felsbrocken auf meinen Schultern und drückte mich nieder.

„LYDIA!" Kais erschrockene Stimme spornte mich an.

Die Herzsteine erlaubten es mir nicht, mich schneller als im zügigen Schritt zu bewegen. Als ich die vier Meter von der Ansammlung bis zum Rand der Brücke überquerte, quoll das Wasser zwischen meinen Zehen vom Schweiß und dem Frost, der von meiner Haut in meine Stiefel schmolz, über. Ich kletterte die kurze Stufe auf die Brücke hinauf. Die Hitze würgte die Luft aus mir heraus und Dampf stieg von meiner Haut auf. Der Frost schmolz schneller, als ich ihn regenerieren konnte. Ich unterdrückte einen Schrei, jeder Atemzug war zu kostbar, um ihn zu verschwenden.

Beim fünften Schritt entdeckte ich eine neue Definition des Wortes „Schmerz".

Die brennenden Steinplatten schmolzen die Sohlen meiner Lederstiefel, machten sie klebrig und bremsten mich weiter aus.

Während ich mich abmühte, jeden Schritt anzuheben, erhitzte sich das Wasser, das sich in meinen Stiefeln ansammelte. Da es keinen Ausweg fand, zischte und blubberte es auf meiner Haut. Endlich erhob sich mein Schrei, als der Dampf an meinen Knien ankam. In der Ferne rief Kai in einer verzweifelten Litanei meinen Namen. Durch den Dunst sah ich, wie er gegen seine Brüder kämpfte, die ihn zurückhielten.

Die Tasche begann aus meinen angespannten Armen zu rutschen. Instinktiv zog ich meinen Griff fester an.

Wenn ich sie fallen lasse, könnte ich aufflackern ...

Aber ich konnte nicht ... wollte nicht. Der Schmerz würde mich nicht besiegen. Wenn ich Dr. Sobins Folter überlebt hatte, würde ich dies hier auch überwinden, um die kostbaren Leben in meinen Armen zu retten. Ich pflügte durch die glühende Qual und setzte einen brennenden Schritt vor den nächsten.

Ich erinnere mich nicht daran, die andere Seite erreicht zu haben, nur daran, dass Kai mich mit seinen kalten Armen empfing und meine Last von mir genommen wurde.

„Ich habe sie nicht fallen lassen", flüsterte ich an seinem Hals. „Ich habe sie nicht fallen lassen."

„Nein, meine Lydia. Das hast du nicht."

KAPITEL 11

KAI

Zwei Tage nach dieser schrecklichen Rettungsaktion hallten Lydias Schreie immer noch in meinen Ohren wider. Ich sah zu, wie sie verbrannte, nicht im Stande, ihr zu helfen. Als meine Brüder mich zurückhielten, hatte ich sie umbringen wollen, obwohl sie mir das Leben retteten.

Meine Lydia ...

Schön, stark und mit dem liebevollsten Herzen. Sogar durch den Schmerz, den sie ertragen hatte, waren ihre Gedanken bei den Herzsteinen gewesen. Die Verbrennungen auf ihrer Haut waren besorgniserregend, aber die an ihren Füßen und Beinen, die von den Lederstiefeln stammten, haben mich umgehauen. Zak hatte an ihrem Bett gekniet und sie um Vergebung für das Leid gebeten, das sein Geschenk ihr zugefügt hatte. Seine Absicht war ehrenhaft gewesen. Keiner von uns hatte mit den Nebenwirkungen ihres Frostes gerechnet. Sie hatte ihn nicht beschuldigt, aber dennoch nagte die Schuld an ihm.

Mit den anderen Sammlern war er über das Plateau jenseits der Klippe gegangen, um Tahrija-Wurzeln zu holen und daraus Medizin für sie herzustellen. Einmal zu einer feinen Paste zerkleinert und in Wasser verdünnt, genügte eine einzige Tasse,

DIE EISSTADT

um den Schmerz zu betäuben. Wenn man auf einem rohen Stück von der Größe einer Yarxin-Nuss kaute, konnte man einen halben Tag lang schlafen.

So sehr ich auch Lydias Augen sehen und mit ihr sprechen wollte, um mich zu vergewissern, dass es ihr gut geht, ich wollte nicht, dass sie leidet. Die Rettung hatte ihr die Energie geraubt, aber durch die Schmerzen war ihr zu übel, um zu essen. In der Minute, in der die Sammler zurückgekommen waren, hatte ich ihr Tahrija-Saft gegeben, sie ein wenig gefüttert und sie dann mit einem rohen Stück Tahrija schlafen gelegt. Das Kochen der Wurzeln machte die Medizin stärker als das Zerkleinern. Zu meiner Überraschung hatte mir die Hitze des Kochgeräts, das Lydia Herd nannte, kaum etwas ausgemacht. Seit ich mit meiner Frau zusammen war, hatte sich meine Toleranzschwelle merklich erhöht.

Zuerst befürchtete ich, dass die Verbrennungen auf Lydias Haut bleibende Narben hinterlassen würden. Es hätte meine Gefühle für sie nicht geändert, aber der Anblick würde sie an den Schmerz erinnern, den sie ertragen hatte. Doch schon nach einem Tag waren sie stark verblasst. An ihren Beinen und Füßen waren die Blasen abgeklungen und die Verbrühungen hatten sich zu Schorf und rötlichen Flecken auf ihrer Haut reduziert.

Letzte Nacht, als sie keine Schmerzen mehr hatte, hatte Lydia den Tahrija-Saft abgelehnt, aber zugestimmt, auf einem kleinen Stück der bitteren Wurzel zu kauen, die ihr beim Einschlafen helfen sollte. Offenbar juckte der Schorf an ihren Beinen so sehr, dass sie sich die Haut abkratzen wollte. Ich befürchtete, dass die Hitze ihren Verstand geschädigt hatte. Als ich sagte, dass ich nicht zulassen würde, dass sie sich selbst verstümmelt, lachte sie und sagte, das sei nur eine menschliche Redensart.

Seltsame Menschen.

Während sie schlief, arbeitete ich an einer Überraschung für sie. Nachdem sie sich verletzt hatte, hatte ich Lydia direkt in den

Wohnbereich getragen, den Duke und die Erbauer für sie vorbereitet hatten, da er am nächsten war. Wir hatten ein großes Schlafzimmer neben der heißen Quelle eingerichtet, mit einem geräumigen Kleiderschrank im hinteren Teil und einem Hygieneraum. Die Baumeister hatten einige Teile aus den Behausungen der Fremden geplündert. Sie hatten auch eine Kochstation im Versammlungsraum in der Nähe des Eingangs gebaut. Ich hatte geplant, es zu einer großen Enthüllung zu machen, sobald meine eigene Arbeit abgeschlossen war. Allerdings musste sie letzte Nacht den Hygieneraum benutzen, was diese Pläne zunichtemachte.

Sie war dadurch zu Tränen gerührt worden. Ich verstand nicht, warum extremes Glück sie zum Weinen brachte, aber solange die Freude sie provozierte, war alles gut.

Trotzdem hatte sie die heiße Quelle nicht entdeckt, mein persönliches Projekt für sie. Die Sekubu hat die Überraschung fast verraten, als sie versuchte, sie dorthin zu locken. Sie schlich sich mehrmals am Tag in die untere Stadt, um nach meinem Weibchen zu suchen. Ich habe sie sogar schlafend vorgefunden, zusammengerollt zu einer Kugel, neben Lydias Kopf.

Ich beeilte mich gerade durch einige Beleuchtungsarbeiten, als zwei der erwachten Weibchen in den Raum kamen. Sie blieben am Eingang stehen, indisponiert durch die Hitze. Wieder einmal fiel mir die Abwesenheit jeglichen Unbehagens bei mir auf. Ich hatte längere Zeit gearbeitet, ohne mich auch nur im Entferntesten unwohl zu fühlen. Das warme Wasser des Pools blieb jedoch unerträglich und schädlich für mich, wenn ich ihm mehr als ein paar Sekunden ausgesetzt war.

Ich hob das Paexi auf, das in meinen Schnitzereien gelblich-braunes Harz glühte – eine Farbe, die Lydia Bernstein nannte – und setzte es neben einen Haufen Iwaki-Samen dieser Farbe. Es rieb seine schwarzen Flügel aneinander und zwitscherte vor Zufriedenheit. Ich drehte mich zu den Weibchen um und näherte mich ihnen, wobei meine fröhliche Stimmung durch den ernsten Ausdruck auf ihren Gesichtern gedämpft wurde.

„Was ist los, Schwestern?", fragte ich.

Ich sprach beide an, aber mein Blick ruhte auf Jaankeln, Dukes älterer Schwester. Wie er hatte sie einen muskulösen Körperbau und breite Schultern, obwohl sie als Bergfrau und nicht als Baumeisterin arbeitete. Sie war klug und freimütig und eine natürliche Anführerin. Die Leute gehorchten ihr oft. Lorvek, ein weiblicher Handwerker, fungierte bei Konflikten oder wichtigen Debatten als Moderatorin. Das verstärkte mein Unbehagen.

„Wir wollten wissen, wie es Lydia geht", begann Jaankeln.

„Sie ist auf dem Weg der Besserung. Bei der Geschwindigkeit, mit der sie heilt, sollten in spätestens zwei oder drei Tagen keine Narben mehr zu sehen sein."

„Hmmm", sagte sie und sah nachdenklich aus.

Ich runzelte die Stirn, da ich eine andere Reaktion erwartet hatte.

„Du bist nicht zufrieden?", fragte ich in einem weniger freundlichen Ton.

Sie warf mir einen genervten Blick zu.

„Natürlich bin ich zufrieden. Dein Weibchen hat uns das Leben gerettet. Ich habe gehört, ihr seid gepaart?"

Ich drehte mich um und fühlte mich durch den plötzlichen Themawechsel etwas unwohl. Lydia und ich waren in der Tat gepaart, auch wenn ich sie tief im Inneren als meine Gefährtin betrachtete.

„Ja, das sind wir."

Und ich will noch viel mehr.

Ich kannte Lydia noch nicht sehr lange, aber ich konnte mir eine Zukunft ohne sie nicht vorstellen. Sie besetzte jeden meiner Gedanken. Zu sehen, wie sie unter Qualen über die Brücke ging und zu denken, ich könnte sie verlieren, hatte mir das nur verdeutlicht. Sie war die Eine – meine Lebensgefährtin. Ich würde den richtigen Moment finden müssen, um meine Gefühle auszudrücken und sie zu fragen, ob sie sie teilte.

„Herzlichen Glückwunsch, Bruder", entgegnete sie und auch Lorvek flüsterte ein gutes Wort. „Ich hörte viel über ihren Mut."

„Danke." Ich wünschte, sie würden einfach zur Sache kommen. „Wenn ihr sie sehen wollt, müsst ihr leider später wiederkommen. Sie hat vor einer Weile einige Tahrija-Wurzeln gegessen."

Ich glitt mit der Hand über meinen Zopf und schämte mich für die kleine Lüge. Es war nun schon einige Zeit her, dass sie es gegessen hatte.

„Eigentlich sind wir deinetwegen hier", sagte Jaankeln. „Aus einer informellen Diskussion im Sitzungssaal ist eine ernstere geworden. Wir fragen uns alle, wann Lydia in der Lage sein wird, die anderen zu befreien."

Meine Wirbelsäule versteifte sich und ich konnte mich kaum davon abhalten, ihr die Zähne zu fletschen.

„Weißt du es jetzt?", knurrte ich. „Und wer ist *wir*?"

Sie sah mich aus verengten Augen an, während Lorvek die Stirn runzelte.

„Alle", antwortete der weibliche Handwerker leise.

Mein Herzstein flammte vor Wut auf.

Was war hier los?

„Ihr habt ein Treffen mit *allen* einberufen, bei dem es um *mein Weibchen* ging und niemand hat daran gedacht, *mich* einzuladen?"

An meinen Armen bildeten sich Eisplatten, mein Körper wurde größer.

„Beruhige dich, Qaezul'tek Var E'Lek. Es gibt keinen Grund für Wut", sagte Jaankeln in einem eisigen Ton, der mich nur weiter verärgerte.

Lorvek legte eine Hand auf den Arm ihrer Begleiterin, um sie am Sprechen zu hindern.

Eine weise Entscheidung.

„Es wurde kein Treffen einberufen", beschwichtigte Lorvek.
„Wie Jaan sagte, begann es als eine informelle Diskussion und andere schlossen sich an. Inzwischen ist es zu einer formellen Diskussion geworden und deshalb sind wir hier, um dich einzubeziehen. Die Zeit läuft ab, Qaezul. Riaxan und ihr Kind sind immer noch unten gefangen."

„Du hast es nicht gesehen", knirschte ich zwischen den Zähnen. „Meine Lydia wäre fast gestorben. Sie erlitt schreckliche Verbrennungen."

„Das mag sein, aber du hast selbst zugegeben, dass sie fast vollständig geheilt ist", konterte Jaankeln.

„Aber eine weitere Reise überlebt sie vielleicht nicht!", spuckte ich und ballte meine Hände krampfhaft vor Wut.

„Ein Risiko, das es wert ist, einzugehen", antwortete sie.

Ich schreckte zurück und war einen Moment lang sprachlos.

„Qaezul-", wollte Lorvek fortfahren.

„Ein Risiko, das es wert ist, eingegangen zu werden?", fragte ich und ignorierte Lorvek.

Ich machte einen bedrohlichen Schritt auf Jaankeln zu, die ihr Kinn trotzig zu mir hob.

„Ist das Leben meiner Gefährtin für dich wertlos?"

„Sie ist nicht deine Gefährtin. Und obwohl ihr Leben wichtig ist", sagte Jaankeln und wich nicht zurück, „sind mehr als vierzig unserer Schwestern, Valos-Weibchen, unten gefangen."

Mir fiel die Kinnlade herunter und ich weigerte mich, diese Andeutung zu glauben. Ich warf einen Blick auf Lorvek und mein Magen drehte sich um, als ich die gleiche grimmige Entschlossenheit mit einem Hauch von Mitleid feststellte. Ich stürmte an ihnen vorbei, die Wut in mir kochend und marschierte zur Versammlungshalle. Wie von Lorvek behauptet, war jeder einzelne Valos anwesend. Trotz der zahlreichen Bänke saß niemand.

Sie beobachteten mich mit unterschiedlichen Gesichtsausdrücken: Misstrauen, Mitleid, Scham und Trotz.

„Wie ich höre, seid ihr alle ziemlich erpicht darauf, das Leben meiner Lydia in Gefahr zu bringen."

Toerkel trat vor.

„Keiner von uns wünscht ihr etwas Schlechtes und ich schon gar nicht. Sie hat uns gerettet und wir alle waren Zeuge ihres Opfers, als sie unsere Schwestern rettete." Er machte noch ein paar Schritte auf mich zu. „Meine Gefährtin und mein Kind sind da unten gefangen, ich verstehe also, wie du dich fühlst, Bruder."

„Trotzdem würdest du sie in Gefahr bringen, wenn sie immer noch mit Verbrennungen übersät ist?"

„Nein. Wir wollen nur wissen, wann sie zurückkehren kann", sagte Toerkel mit einem müden Seufzer. „Wenn deine Gefährtin stirbt, werden es die übrigen Weibchen auch."

Ich zuckte zurück. Er hatte ein gutes Argument, aber das minderte meine Wut nicht.

„Es ist nicht sicher genug!", schoss ich zurück. „Ein paar Augenblicke länger und Lydia wäre auf der anderen Seite gefangen gewesen oder auf der Brücke verbrannt."

„Wir haben Anpassungen vorgenommen, um es sicherer zu machen", schaltete sich Duke ein.

Mein Kopf schwenkte zu ihm. Er stand rechts von mir, die muskulösen Arme vor der Brust verschränkt. Seine Schwester Jaankeln stand an seiner Seite. Als ursprüngliche Überbringerin der Botschaft wurde sie zum Mittelpunkt meines Zorns.

„Sieh mich nicht mit so viel Groll an, Qaezul", sagte sie, wobei ihr weicher Ton über die Härte ihrer Worte hinwegtäuschte. „Du magst meine Worte beleidigend finden, aber sie sind ehrlich. Wir haben eine Pflicht gegenüber unserem Volk."

„Unser Volk? Sind wir jetzt die Fremden geworden?"

Sie schreckte zurück und beleidigtes Gemurmel ging durch den Raum.

„Auch sie hielten das Leben der Valos für weniger wertvoll, für entbehrlich", sagte ich.

DIE EISSTADT

„Es ist nicht dasselbe", entgegnete sie und winkte mit der Hand in einer schneidenden Geste. „Die Schöpferin und die Fremden haben uns überhaupt nicht als Personen betrachtet, sondern nur als Werkzeuge. Wir betrachten dein Weibchen *nicht* als minderwertig uns gegenüber. Davon abgesehen, wenn ich zwei Personen vor mir hätte und nur eine retten könnte, gebe ich zu, dass die Valo meine Wahl wäre. Das heißt nicht, dass die andere Person es nicht genauso verdient hat, wenn nicht sogar mehr. Aber sich zuerst um die eigene Rasse zu kümmern, ist natürlich."

Jaankeln ging auf mich zu und legte mir eine Hand auf die Schulter.

„Diese Situation ist jedoch anders. Wir wählen nicht zwischen zwei Lebewesen, sondern wägen das Wohl einer einzelnen Frau gegen das von vierzig anderen ab. Die Waage spricht für sich selbst. Wäre Lydia als Valo geboren worden, würden wir immer noch dieselbe Bitte stellen. Als dein gepaartes Weibchen ist sie jetzt auch valo."

Mein Herzstein pochte. Ich konnte nicht gegen ihre Argumentation ankämpfen. Der rationale Teil von mir stimmte zu, hatte es die ganze Zeit gewusst.

„Ich werde es tun", hörte ich Lydia sagen.

Alle Köpfe zuckten in Richtung des Eingangs der Versammlungshalle. Lydia stand an die Wand gelehnt, die verbrannten roten und verfärbten Hautstellen entlang ihrer Beine waren deutlich zu sehen. Zusätzlicher Schorf war während ihres Ruhezyklus abgeheilt. Cutie, die zu ihren Füßen kauerte, zwitscherte zur Begrüßung.

„Ich brauche nur noch ein paar Tage, um zu heilen."

„Lydia", sagte ich und ging auf sie zu.

Sie nahm mein Gesicht in ihre Hände, als ich sie erreichte.

„Sie haben recht, Kai. Mein Volk hat ein Sprichwort dafür. Die Bedürfnisse der Vielen überwiegen die Bedürfnisse der Wenigen."

Zu gerührt für Worte zog ich sie in meine Umarmung und hielt sie fest.

„Wir danken dir für dein Verständnis, Schwester", sagte Jaankeln.

Ich nahm Lydia auf den Arm und trug sie in die Wohnung in der Oberstadt, weg von ihnen, weg von all dem hier.

~

Die nächsten zwei Tage gingen viel zu schnell vorbei. Lydia hatte sich vollständig erholt, dank der seltsamen heilenden Eigenschaft, die der böse Wissenschaftler ihr während des Experiments verabreicht hatte.

Ihr legendärer Appetit war zurückgekehrt und sie verschlang Orzarix-Fleisch, um ihre Kräfte wieder aufzubauen. Die Sammler hatten sich auf den Weg gemacht, um die gefrorenen Ebenen zu durchkämmen und gingen sogar bis zum Plateau jenseits des Wasserfalls, um neue Produkte für Lydia zu holen. Es würde einige Zeit dauern, bis die Ernte wuchs. Es gab ihnen sowohl ein Ziel als auch eine Gelegenheit, meiner Frau ihre Dankbarkeit auszudrücken. Sie hatte eine besondere Vorliebe für die dicken Säfte aus verschiedenen zerquetschten Früchten, die die Sammler zubereiteten. Ihr Volk hatte etwas Ähnliches, wenn auch mit anderen Geschmacksrichtungen, das sie Smoothie nannten.

Cutie wich nicht mehr von Lydias Seite und wurde regelrecht lästig, wenn sie das Gefühl hatte, dass meine Frau sie zu meinen Gunsten vernachlässigte. Die nervige Kreatur machte es sich zur Aufgabe, uns während unserer intimen Momente an ihre Anwesenheit zu erinnern. Wenn ich sie aus dem Zimmer aussperrte, wimmerte und keifte sie ohne Unterlass. Lydia fand das liebenswert.

Seltsames Weibchen.

Ich hatte das Unvermeidliche noch ein paar Tage hinauszö-

DIE EISSTADT

gern wollen, aber es waren schon einige Herzsteine erloschen. Außerdem war es für alle Beteiligten besser, die Angelegenheit so schnell wie möglich hinter uns zu bringen.

Wir gingen zum Magma-Raum, wo meine Brüder ... Unsere Brüder hatten die Brücke fast fertig. Zak hatte für Lydia Sandalen mit dicken Ledersohlen angefertigt, mit Steinnieten darunter, um das Leder vor dem direkten Kontakt mit der erhitzten Brücke zu schützen. Das würde das Risiko verringern, dass das Leder schmilzt und an der Brücke klebt und es würde dennoch flexibel genug bleiben, um einen normalen Gang zu ermöglichen.

Lydia übte darin zu laufen, während wir auf die Fertigstellung der Brücke warteten. Die Handwerker hatten auch eine Leiter aus Kumeri-Holz für sie angefertigt. Leicht, aber extrem belastbar, würde sie es ihr ermöglichen, die Herzsteine, die sich höher im Cluster befanden, ohne Probleme zu erreichen.

Meine Brüder hatten eine Brücke gebaut, die doppelt so breit war wie die vorherige, damit die Oberflächenhitze des Lavasees sie nicht so stark beeinträchtigte. Sie hatten auch dünnere Steinplatten geschnitten, um sie auf die dickeren darunter zu legen, wenn sie bereit war, zurückzukehren, für den Fall, dass die Brücke bereits überhitzt war. Als ich Bedenken äußerte, wie sie sie oben drauf bekommen würden, sagten sie, dass eine Eisrampe lange genug halten würde, um die Platten darüber gleiten zu lassen. Sobald sie mit der Lava in Berührung kämen, würde das Eis, das nicht verdampft sei, feste Blasen um die Plattform herum bilden.

Das hat mich nicht ganz beruhigt, aber wir waren es unseren Schwestern schuldig.

Mit einem letzten Kuss ließ ich meine Liebste gehen. Sie schob ihre Sandalen in die Ledertasche für die Herzsteine und ergriff mit der anderen Hand die Leiter. Barfuß rannte sie über die Brücke, wobei sie sich aufrichtete, damit die Hitze sie nicht wie beim letzten Mal erdrückte. In Sekundenschnelle hatte sie die Leiter aufgestützt, ihre Sandalen angezogen und war dabei, die Herzsteine aufzuheben.

Es sah mühelos aus... Fast zu leicht.

Meine Brust brannte mit der pulsierenden Glut meiner chaotischen Gefühle. Angst und Hoffnung kämpften um die Oberhand, als Lydia über die Brücke zurückkehrte, mit gefrorener Haut und der schweren Tasche in ihrer engen Umarmung. Die oberste Platte der Brücke hatte gerade erst begonnen, sich zu röten. Zaks Sandalen funktionierten besser, als ich erwartet hatte. Dank der Nieten musste sie nicht damit kämpfen, dass die Sandalen an der Brücke klebten und überquerte die Brücke mit minimalem Unbehagen.

Ich brüllte fast vor Freude und Erleichterung, als sie unversehrt von der Brücke hüpfte. Abgesehen von der leichten Rötung ihrer Haut und der Belastung durch die schwere Tasche schien es Lydia gut zu gehen. Aber als sich unsere Blicke trafen, verkrampfte sich mein Magen und mein Lächeln verblasste. Sie brauchte nicht zu sprechen, um mir zu sagen, dass sie zurückgehen wollte. Ein Blick auf meine Brüder verriet, dass sie das hofften. Als Toerkel ihr die kostbare Tasche abnahm, kam Duke mit einer leeren Tasche auf sie zu. Er sagte nichts und gestikulierte auch nicht, dass sie sie nehmen sollte, sondern überließ ihr die Wahl. Ohne ein Wort ergriff sie sie.

Ein dumpfer Schmerz strahlte in meiner Brust. Doch als sich unsere Blicke wieder trafen, brachte ich meine Ängste zum Schweigen und lächelte aufmunternd. So sehr ich sie auch in Sicherheit bringen wollte, Lydia würde sich nicht von diesem Vorhaben abbringen lassen und brauchte meine Unterstützung, um es durchzuziehen. Wäre sie nicht meine Gefährtin gewesen, hätte auch ich gewollt, dass sie weitermacht.

Sie presste ihre Lippen auf meine. Meine Arme schmerzten vor Verlangen, sie zu umschlingen und nie wieder loszulassen. Als sie sich zurückzog, zog sie ihre Sandalen aus, fackelte nicht lange und lief zurück über die Brücke. Das brennende Gefühl in meiner Brust weitete sich aus, als ich meiner Gefährtin zusah, wie sie eilig die Herzsteine aussuchte und ich mir wünschte, dass sie zurückkehren würde.

Eine kalte Hand legte sich auf meine Schulter.

Jaankeln.

„Jetzt verstehe ich, warum du dich so sehr für sie interessierst", sagte sie mit sanfter Stimme. „Du bist gesegnet, eine so würdige Gefährtin gefunden zu haben. Ihre Anwesenheit ehrt uns."

Ein aufrichtiges Kompliment von ihr.

Ich nickte anerkennend, meine Kehle war zu sehr von Sorgen und Emotionen zugeschnürt, um zu sprechen. Sie drückte meine Schulter und ging dann, um einen der Valos zu ersetzen, der die Schutzwand vereiste, damit er eine Pause von der Hitze machen konnte.

Lydia wandte sich wieder der Brücke zu. Ich wurde hellhörig, mein Blick flog auf die Steinoberfläche. Sie sah etwas weniger rot aus als bei ihrem ersten Versuch vor ein paar Tagen, als die Stiefel ihre Beine verbrüht hatten. Wieder einmal erfüllten die Nieten ihren Zweck. Doch die erhöhte Hitze von der Brücke ließ ihren Frost zu schnell schmelzen, und Dampf stieg in stetigen Strömen von ihrer Haut auf. Ihr Gesicht verzerrte sich vor Schmerz, aber sie stapfte weiter. Sobald sie die Brücke hinter sich gelassen hatte, bewegte ich mich vorwärts und kam ihr auf halbem Weg entgegen.

Ich nahm ihr die Tasche ab und reichte sie blindlings hinter mir an einen meiner Brüder weiter. Sie strahlte Hitze aus und hatte sich weiter gerötet, zeigte aber keine Anzeichen von Blasen oder Verbrennungen. Trotz des Unbehagens hielt ich sie fest und beanspruchte ihre Lippen. Sie erwiderte den Kuss und stieß mich zurück.

Der Blick in ihren Augen erschreckte mich.

„Lydia?", fragte ich, während sich Splitter des Grauens in meinen Rücken krallten.

Sie schluckte hart, dann wandte sie ihre Augen ab und suchte Duke.

„Ich brauche sofort eine große Schüssel von diesem dicken Fruchtsaft und noch eine Tasche."

Duke drehte sich um und rannte wortlos die Treppe hinauf.

„NEIN!" Ich packte sie an den Schultern und zwang sie, mich anzuschauen. „Ich verbiete es! Du bist nicht in der Lage, zurückzugehen. Die Brücke bricht auseinander. Du bist in Sicherheit. Unverletzt. Wir werden in ein paar Tagen eine neue Brücke bauen. Sie ..."

„Stopp, Kai. STOPP!"

Mein Verstand taumelte vor Angst, Verwirrung und Wut. Warum sollte sie jetzt zurückgehen wollen?

Sie umfasste mein Gesicht mit beiden Händen, ihre Daumen streichelten meine Wangen.

„Sie haben nicht ein paar Tage Zeit. Wenn ich sie nicht sofort rausbringe, sind sie alle vor dem Morgen tot."

Ich öffnete meinen Mund, um zu widersprechen, aber sie drückte einen ihrer Daumen auf meine Lippen.

„Schhh... Hör mir zu, mein Liebster", sagte sie, ihre Stimme sanft, aber eindringlich. „Jedes Mal, wenn ich einen Herzstein entferne, hört das Kühlsystem an seiner Halterung auf zu funktionieren. Das ist der Grund, warum sich der Raum stetig erwärmt, seit ich mit diesen Rettungsmissionen begonnen habe. Die Hitze auf der Insel nimmt zu. Es ist kaum noch erträglich. Es gibt keine andere Möglichkeit."

„Ich kann dich nicht verlieren, meine Lydia." Meine Stimme erstickte an ihrem Namen.

„Und das wirst du auch nicht", sagte sie. „Du bist das Beste, was mir je passiert ist. Ich hätte nie gedacht, dass mich jemand so glücklich machen könnte wie du. Mein Herz schlägt nur für dich."

Mein Herzstein flammte auf, dieses Mal vor Liebe zu

meinem Weibchen. Freude und Angst kämpften um die Vorherrschaft.

„Du bist alles für mich, meine Lydia. Keine andere kann mich komplett machen außer dir. Ich möchte, dass du meine Lebensgefährtin wirst."

Ich hatte nicht vorgehabt, mit diesen Worten herauszuplatzen, nicht hier, nicht so, aber ich konnte meine Gefühle nicht länger zurückhalten.

Sie strahlte mich an, ihre Augen waren so voller Liebe, dass mein Inneres schmolz und das Eis in meinen Adern erwärmte.

„Ja", flüsterte sie. „Eine Million Mal ja."

Das Auftauchen von Duke am Rande meiner Vision zerstörte mein Glück. Lydia streichelte meine Wange und küsste meine Lippen, bevor sie ihm den großen Krug mit Smoothie abnahm. Sie trank ihn aus und nahm sich keine Zeit zum Luftholen. Ich warf einen Blick auf die Brücke. Obwohl nur Augenblicke vergangen waren, erschreckte mich ihre Farbe.

Lydia reichte den leeren Krug an Duke zurück und nahm die Tasche. „Sobald ich drüben bin, legst du die dünneren Platten oben drauf, damit ich zurückkehren kann", sagte sie ihm.

„Sie werden keine zwei Runden überstehen, Schwester", warnte Duke.

„Ich habe nicht die Kraft für zwei weitere. Ich werde alle restlichen Herzsteine mitnehmen", sagte Lydia. „Es sind noch dreizehn übrig. Eine Glückszahl. Es wird schwer sein, aber ich schaffe es."

„Glückszahl?", fragte ich.

Sie schnaubte und küsste mich auf die Lippen. „Eine menschliche Sache."

Sie bückte sich und zog ihre Sandalen aus.

„Kehr zu mir zurück, meine Lydia", flehte ich.

„Ich schwöre es."

Sie flackerte und rannte zurück über die Brücke und nahm meine Seele mit.

KAPITEL 12

LYDIA

Sobald ich meine Fackel fallen ließ, brach die Hitze um mich herum herein. Das Kühlsystem des Altars bot kaum eine Gnadenfrist. Die Herzsteine, die darauf lagen, wurden in alarmierendem Tempo schwächer. Ich hatte Kai gesagt, dass sie die Nacht nicht überstehen würden, aber jetzt war klar, dass sie nicht einmal eine Stunde überstehen würden. Obwohl ich alles dafür geben würde, wieder in seinen sicheren Armen zu sein, bestätigte mir dieser Anblick, dass ich die richtige Entscheidung getroffen hatte.

Nachdem ich meine Füße in die Sandalen geschoben hatte, griff ich nach den restlichen Herzsteinen, die alle am Boden des Altars lagen. Ich warf sie eilig in die Tasche, wobei ich darauf achtete, sie nicht zu beschädigen. Hinter mir ertönte ein lautes Zischen. Erschrocken ließ ich fast den Herzstein in meiner Hand fallen und drehte mich um. Dampf waberte um die Brücke, als sich eine dünne Steinplatte darauf niederließ. Das Eis, das nicht verdampft war, blubberte an den Rändern und schien sich zu verfestigen. Ich wandte mich wieder dem Altar zu, schnappte mir die letzten drei Kugeln und schloss den Lederbeutel.

Ich nahm einen tiefen, beruhigenden Atemzug und bereute es

sofort. Es brannte in meiner Lunge und brachte mich zum Husten. Als ich die Tasche anhob, beschwerten sich meine Arme und mein unterer Rücken über ihr Gewicht. Die beiden vorangegangenen Touren hatten ihren Tribut gefordert und die zusätzlichen Herzsteine für diese letzte Reise machten alles noch schlimmer. Ein Wimmern entkam meiner Kehle, als meine Haut fror. Die Raumtemperatur fühlte sich an wie ein Brennofen. Als ich die kurze Strecke zur Brücke überquerte, zitterten meine Unterarme bereits von der Anstrengung und meine Haut brutzelte, als der Frost verdampfte.

Nur noch sechzehn Meter und es ist vorbei.

So nah und doch viel zu weit weg. Das Wichtigste waren die zehn Meter der Brücke. Selbst wenn ich auf der anderen Seite zusammenbrechen würde, könnten die Valos die restlichen sechs Meter ungeschützt durch ihre künstliche Wand überqueren. Sie würden sehr leiden, aber nicht sterben.

Ich betrat die Brücke. Mein Magen zog sich zusammen, als sie unter meinen Füßen wackelte. Die tragenden Steine unter mir lösten sich durch die Hitze auf. Die Zeit lief mir davon. Ich kämpfte gegen die Müdigkeit in meinen Beinen an und machte zwei weitere Schritte nach vorne.

Ein Knall, ein Zischen und ein Inferno verschlang mich.

Verbrühender Dampf blies über meine Beine und meinen linken Arm, als eine der Dampfblasen aus dem Eis durch den Druck meines Gewichts auf der Platte zerplatzte. Ich schrie auf und stolperte zurück. Die Bewegung ließ ein paar weitere Blasen an meiner rechten Seite platzen. Meine Sicht verdunkelte sich und der Boden raste auf mich zu.

Ich fiel auf die Brücke und rollte ab. Wie durch ein Wunder landete ich wieder auf der Insel. Aus der Ferne hielt mich Kais Stimme, die mich rief, davon ab, mich dem Vergessen hinzugeben. Wenn ich jetzt das Bewusstsein verlor, würde ich nie wieder aufstehen. Als ich mich aufsetzen wollte, rollte ich mich auf die Seite und schrie auf, als die harte Oberfläche der Insel gegen meine Blasen drückte. Eine Reihe von Knall- und Zischgeräuschen ließ mich aufblicken. Kai und ein paar Valos feuerten Eissplitter auf die verbliebenen Blasen.

Als ich mich auf die Füße kämpfte, fiel mir auf, dass die Temperatur ebenso nachgelassen hatte wie meine Schmerzen. Ich hatte mich verausgabt.

Scheiße! Das würde den Herzsteinen schaden! *Mein Sterben wird die Herzsteine mehr verletzen.*

„LYDIA!", rief Kai.

Mein Blick, verschwommen durch die Hitze und den Schmerz, schnappte in seine Richtung hoch. Mit einem eigenen Willen bewegten sich meine Füße vorwärts. Ich hielt meine Temperatur aufrecht, während mein Herz für das kostbare Paket in meinen Armen brach. Ich klammerte mich an Kais Stimme und er wurde zu meinem Leuchtfeuer, das mich einen Schritt nach dem anderen nach Hause führte. Ich ignorierte das Wackeln der Plattform unter mir, den Geruch von verbrannter Haut und den lähmenden Schmerz, der mich in die Knie zu zwingen drohte.

Ich komme zu Dir zurück, Kai. Ich komme zu dir zurück.

Ich kann mich nicht erinnern, von der Brücke getreten zu sein oder die Tasche übergeben zu haben. Eine Wand aus Eis umgab mich und Kais Stimme flüsterte in mein Ohr.

„Ich habe dich, meine Lydia. Du bist in Sicherheit."

Ich lächelte durch den Schmerz hindurch und gab mich der Dunkelheit hin.

Meine Verbrennungen waren schwer. Ich kannte den medizinischen Fachjargon nicht gut genug, um sagen zu können, ob es Verbrennungen zweiten oder dritten Grades waren. Wie auch immer, Kai hatte mich direkt zum Fluss gebracht, um die Hitze abzulassen, die meine Verbrennungen in meinem Körper eingeschlossen hatten. Ich war drei Tage lang immer wieder zu Bewusstsein gekommen. Er hatte mir sofort mehr Tahrija-Saft eingeflößt und mich dann ein kleines Stück der Wurzel kauen lassen, um mich zu betäuben.

Ich habe es begrüßt.

Am vierten Tag verweigerte Kai mir die Wurzel. Er wusste, dass ich mich vor meinen Erinnerungen versteckte, davor, mich dem Schicksal der letzten dreizehn Frauen zu stellen, deren Herzsteine in meinen Armen verbrannt waren.

Zumindest dachte ich es.

Ich habe sie nicht alle gerettet, aber elf haben es geschafft, weit mehr als ich mir vorgestellt hatte. Die beiden verstorbenen Weibchen waren verpaart worden, aber eines ihrer Männchen war vor Jahren im Winterschlaf gestorben. Das andere Männchen war am Boden zerstört. Obwohl er um seine Gefährtin trauerte, gab er mir anscheinend nicht die Schuld, das schwor Kai. Riaxan und ihr Baby überlebten und gediehen beide. Sie waren Teil des zweiten Durchgangs gewesen, den ich gemacht hatte. Sie und Toerkel wollten mir ihren kleinen Sohn vorstellen, sobald ich mich genug erholt hatte.

Kai hielt mich, als ich in seinen Armen zusammenbrach, mit Erleichterung für die Überlebenden und Trauer um die Verlorenen. Körperlicher Kontakt schmerzte jedoch zu sehr bei meinen Verbrennungen, also ließ er mich los. Im Gegensatz zu meinen früheren Verletzungen würden diese mindestens ein paar Wochen brauchen, um zu heilen.

Auch Kai war verletzt worden. Es stellte sich heraus, dass ich nur ein paar Schritte nach dem Verlassen der Brücke gemacht hatte, bevor ich drei Meter vor der Schutzwand zusammenbrach. Kai hatte mich aufgefangen und sowohl durch die übermäßige Hitze im Raum als auch durch meinen vom Abfackeln noch heißen Körper einige ernsthafte Schäden davongetragen. Und doch waren nur dunkelblaue Flecken auf seiner muskulösen Brust und seinen Armen zu sehen.

Seit der Veränderung heilten Valos die meisten Verletzungen in ihrer Kampfform innerhalb von Stunden, aber sie brauchten Wochen, um diejenigen zu heilen, die sie in ihrer normalen Form erlitten hatten. Kai hatte Tage gebraucht. Aufgrund der erhöhten Hitzebeständigkeit, die er bei sich festgestellt hatte, glaubten wir, dass ich in unseren intimen Momenten etwas von Quinns Heilfähigkeiten an ihn weitergegeben hatte, ebenso wie etwas von meinen Wärmekräften. Er schien sich auch auf mich ausgewirkt zu haben, denn mein Frost erreichte noch niedrigere Werte als zuvor. Ich fragte mich, ob er andere Eigenschaften an mich weitergeben würde, wie zum Beispiel sein langes Leben.

Das wäre großartig!

Es dauerte drei Wochen, bis ich mich vollständig erholt hatte und die letzten meiner Narben verblasst waren. Drei Wochen, in denen sich mein Herz mit noch mehr Liebe für meinen Valo füllte. Kai pflegte mich wieder gesund, badete, fütterte und unterhielt mich. Besondere Freude bereitete es ihm, mein Haar zu frisieren, dessen Beschaffenheit ihn faszinierte. Als Künstler machte er sich einen Spaß daraus, ausgefallene Frisuren zu kreieren und Edelsteine, Blumen und Bänder einzuflechten. Cutie tobte sich an ihnen aus, bis Kai sie verjagte, nur um sich dann wieder reinzuschleichen und sein Werk zu verunstalten.

Nachts saßen wir auf der Dachterrasse und beobachteten das Schimmern der Nordlichter über E'Lek. Er erzählte mir von seinem Volk und dem Leben vor dem Erscheinen der Schöpferin. Ich überhäufte ihn mit Geschichten von der Erde und den *seltsamen* Menschen. Unsere Hochzeitszeremonien waren für ihn von besonderem Interesse. Ich brauchte nicht zu fragen, warum. Meiner Meinung nach waren wir bereits verheiratet, soweit es von Bedeutung war. Trotzdem wurde mir ganz warm ums Herz, als ich erfuhr, dass er mich vor seinem Volk als seine Lebensgefährtin beanspruchen wollte.

DIE EISSTADT

Wir würden am Morgen offiziell den Bund fürs Leben schließen. Jaan weigerte sich, mich bis dahin mein eigenes Hochzeitskleid sehen zu lassen. Dukes Schwester war meine beste Freundin geworden, nachdem ich die letzte Rettungsaktion nur knapp überlebt hatte. Cutie schien das nichts auszumachen, was mich verwirrte, wenn man bedachte, wie sie Kai ständig in die Quere kam. Wie sich herausstellte, war sie nicht eifersüchtig auf die Aufmerksamkeit, die ich Kai schenkte, sondern auf die, die er mir schenkte. Die Göre wollte selbst ein bisschen Valo-Zuneigung genießen.

Als die Schlafenszeit kam, widersprach Kai nicht, als ich sagte, dass er die Nacht nicht mit mir verbringen könne, wie es die menschliche Tradition vorsieht. Seine Kooperation hätte mich erfreuen sollen, aber das tat sie nicht. Ein alberner – okay, gut, bedürftiger – Teil von mir wünschte sich, er hätte gestritten, gebettelt und gefleht. Stattdessen kuschelte ich mit Cutie in meinem riesigen Bett, während Kai wieder zu seinen Brüdern ging.

Der Schlaf holte mich ein, sobald mein Kopf das Kissen berührte.

Was war eigentlich aus dem vorehelichen Bammel und den kalten Füßen geworden?

Selbst Cuties übliches Knabbern an meinen Zehen weckte mich nicht. Es verwunderte mich immer noch, dass sie mich mit ihren nadelscharfen Zähnen noch nicht zum Bluten gebracht hatte. Andererseits hatte Kai mich auch nicht mit seinen Haifischzähnen geschnitten, trotz all unserer Zungenkämpfe.

Jaankeln und Riaxan hatten das Vergnügen, mich aus diesem erholsamen Schlaf zu wecken. Zu meiner Überraschung war der Morgen schon recht weit fortgeschritten, der Mittag kaum noch ein paar Stunden entfernt. Sie geleiteten mich zum römischen Pool in meiner Wohnung, während sie mein Outfit im Wohnbereich bereitlegten. Ich badete mit Baby Teo, dessen Standard-Körpertemperatur eher der eines Menschen entsprach und der wie ich Nahrung und Schlaf brauchte. Teo strotzte nur so vor Leben und Energie. Kaum sechs Monate alt, stachen bereits scharfe kleine Zähne aus seinem zahnfleischigen Grinsen hervor.

Die Valos waren begeistert von der Aussicht auf weitere Kinder. Ob Kai und ich selbst welche haben könnten, blieb ein Geheimnis, aber ich drückte die Daumen.

Nachdem ich mich abgetrocknet und Teo seiner Mutter übergeben hatte, setzte Jaan mich in den Wohnbereich und bot mir ein einfaches Frühstück an, das aus einem dicken Smoothie und einem Riegel aus knackigen Nüssen, Trockenfrüchten und Müsli bestand. Anscheinend würde es ein richtiges Hochzeitsfest geben. Ich konnte mir also nicht zu viel in den Magen stopfen. Sie hatten die Fenster mit Blick auf den Platz abgedeckt, um mich am Gaffen zu hindern.

Während meiner bescheidenen Mahlzeit kamen nach und nach die Valo-Frauen ins Haus, herausgeputzt mit Schmuck und schimmernden Lendentüchern. Flachbrüstig wie ihre Männer, trugen sie keine Oberteile, nur mehrreihige Halsketten aus Perlen, geschliffenen Steinen und Edelsteinen.

Dieses Treffen war ihre Version eines Junggesellinnenabschieds, aber mit dem Schwerpunkt, schlüpfrige Geschichten zu erzählen, die die Braut in Verlegenheit bringen sollten, oder lustige, warnende Geschichten über das Paarungsleben. Zum Glück konnte der geräumige Wohnbereich sie beherbergen, auch wenn es ein wenig eng wurde.

Als Lorvek mit einem Korb voller Käfer hereinkam, musste Jaan mich auf der Bank festhalten, damit ich nicht schreiend davonlief. Die Paexi sahen aus wie schwarz geflügelte Schnecken mit den Köpfen einer Gottesanbeterin. Obwohl sie einem Schneckenhaus ähnelten, war die Beule auf ihrem Rücken in Wirklichkeit ein Sack, der sich mit leuchtendem Harz füllte, das je nachdem, was sie gefressen hatten, unterschiedlich gefärbt war.

Lorvek legte meine Füße hoch und malte mit einem klebrigen rosa Gel, das sie auch auf meine Zehennägel auftrug, Muster auf sie. Dann setzte sie die Paexi auf sie, um eine Party zu feiern. Ich konnte mich nicht entscheiden, ob ich kitzeln und staunen oder mich ekeln und ausflippen sollte. Die Viecher fraßen das rosafarbene Gel und hinterließen eine leuchtend weiße Spur nach ihrem Rückzug. Es sah unglaublich aus gegen meine dunkle Haut. Doch egal, wie hübsch das war, ich hatte Käferkotze oder -kacke, die mich beleuchtete.

Habe ich eklig erwähnt?

Zumindest hat Cutie nicht versucht, sie zu essen. Sie war sowieso zu sehr damit beschäftigt, sich von all den Frauen in der großen Besucherzahl streicheln zu lassen.

Lorvek wiederholte den Vorgang auf meinen Handrücken, während Riaxan mit meinem Haar beschäftigt war. Sie teilte es in ein Dutzend Zöpfe, flocht in zwei davon ein leuchtendes Band und wickelte sie dann zu einem kunstvollen Dutt am Hinterkopf. Sie steckte ihn mit einem elfenbeinfarbenen, juwelenbesetzten Kamm fest.

„Etwas Altes", sagte Riaxan mit einem schüchternen Lächeln. „Es gehörte meiner Mutter."

Meine Kehle zog sich zusammen und meine Augen brannten. Sogar daran hatte sich mein schöner Kai erinnert.

Sobald Lorvek die gruseligen Krabbeltiere von mir entfernt hatte, näherte sich Jaan mit dem Kleid.

„Etwas Neues", sagte sie und hielt es vor mir hoch.

Es hat mir den Atem verschlagen.

Kai hatte mich mit Fragen über Hochzeitskleider gelöchert, aber dieses würde die größten Couture-Häuser in den Schatten stellen. Jaan half mir, es anzuziehen. Eisblau schimmernder Stoff, in der Farbe meiner Augen, drapiert zu einem griechischen Kleid. Der tiefe Ausschnitt deutete die Kurve meiner Brüste an. Der plattierte, mehrlagige Rock floss um mich herum und fächerte sich in einer langen Schleppe auf. Leuchtende Highlights strahlten entlang der Falten, als wären die Sonnenstrahlen darin eingefangen worden und kunstvolle Wirbel zierten den Saum.

Lorvek umklammerte zwei Armbänder, eines an jedem meiner nackten Arme, hergestellt aus den Elfenbeinhörnern des Orzarix, den die Jäger bei der Bergung der Steine besiegt hatten. Eine Iwaki-Blume war darauf geschnitzt, ihr Umriss beleuchtet und kostbare Edelsteine entlang ihrer Blütenblätter eingefügt.

„Etwas Geborgtes", sagte Lorvek und band mir ein Halsband um den Hals, das mit leuchtenden Stammesmustern und weißen, blauen und violetten Edelsteinen besetzt war. „Ein Geschenk meines Lebensgefährten", erklärte sie.

Das Gelächter und Geschwätz der Frauen verstummte, als Jaan mich wieder sitzen ließ und mir ein zierliches Diadem auf den Kopf setzte, mit mehr stilisierten Iwakiblüten um einen großen, ozeanblauen Edelstein.

„Etwas Blaues", sagte sie.

Das Gewicht von fast fünfzig Augenpaaren legte sich auf meine Schultern. Die Frauen saßen im Halbkreis um mich herum, einige auf den Sofas, andere direkt auf dem Boden, ein paar standen entlang der Rückwand.

„Danke, dass du uns an deinem besonderen Tag und deiner Tradition teilhaben lässt", begann Lorvek, gefolgt von zustimmendem Gemurmel der anderen Weibchen. „Und danke, dass du uns alle gerettet hast. Wir hoffen, dass dieser Tag der Beginn eines sehr glücklichen Lebens für dich mit uns, deiner neuen Familie, sein wird."

Eine nach der anderen umarmten sie mich. Ich blinzelte die Tränen weg, die mir in die Augen traten und erwiderte ihre Umarmungen. Es war mehr als nur Dankbarkeit dafür, dass sie mir erlaubten, hier zu bleiben, die mich bewegte. Bis zu diesem Moment hatte ich noch befürchtet, dass ich von den Valos nicht voll akzeptiert werden würde.

„Es ist an der Zeit, sich zu deinem Gefährten zu gesellen", sagte Riaxan.

DIE EISSTADT

Lorvek vergewisserte sich, dass die Beleuchtung auf meiner Haut ausreichend getrocknet war, bevor sie mir ein Paar weiße Sandalen mit denselben Edelsteinen und Highlights wie der Rest meines Outfits an die Füße schob. Ich wusste nicht, aus welchem Material sie waren, obwohl sie sich wie Leder anfühlten.

Ein dummer Gedanke kam mir in den Sinn. So wie ich am ganzen Körper leuchtete, würde ich einen ziemlich schicken weiß-blauen Weihnachtsbaum abgeben!

Sie führten mich in einer Prozession aus dem Haus. Die Valos hatten die Stadt zurückerobert, sie säuberten sie, öffneten die Behausungen wieder und entfernten alle Gesichter der Fremden, die auf Gebäuden eingemeißelt waren, besonders alle Darstellungen von Tarakheen. Die Statuen, die sie nicht abgenommen hatten, hatten sie so abgeändert, dass sie den nördlichen Valos ähnelten.

Duke wartete draußen auf mich, barfuß, mit nichts als einem Lendenschurz bekleidet. Zu meiner Überraschung war seiner schwarz mit silbernen Highlights. Die Weibchen waren alle in hellen, schimmernden Lendentüchern gekommen, die von Eisblau über Rosa bis zu Hellgelb reichten. Sie gingen hinunter in Richtung des Platzes, während ich mich ihm näherte.

Er streckte mir einen Strauß gefrorener, exotischer Blumen in Lavendel-, Weiß-, Blassblau- und einem Hauch von Rosa-Tönen entgegen. Ich schluckte den Kloß in meinem Hals runter, nahm die Blumen entgegen und legte meinen Arm um seinen. Als meine Trauzeugin stellte sich Jaan vor uns und wir schritten den Hauptweg zur Plaza hinunter. Duke führte mich in ihrem Schlepptau den Gang entlang.

Auf beiden Seiten des Weges erschienen bei jedem meiner Schritte Eisblumen. Ich konnte nicht sagen, welcher Valo sie erschaffen hat, aber es war wunderschön.

Vorne trennten römische Säulen aus Schnee die Reihen der verzierten Bänke auf jeder Seite des Ganges, an dem sich die Valos versammelt hatten. Schneeskulpturen, die florale Arrangements darstellten, säumten den Weg. Ein geschicktes Spiel mit Leuchtsteinen sorgte für den perfekten Touch von Farbe und Glitzer. Sogar ein blumiger Duft durchzog den Platz. Wie sie das geschafft haben, war mir ein Rätsel.

Aber trotz all seiner Schönheit konnte diese märchenhafte Winterlandschaft meine Aufmerksamkeit nicht fesseln. Am Ende des Ganges, auf einem erhöhten Steinpodest, stand Kai und wartete auf mich. Beim Anblick meines baldigen Ehemanns raste mein Puls und meine Haut wurde heiß. Er war barfuß und trug ebenfalls einen schwarzen Lendenschurz mit verschnörkelten Silberborten und Schmuckperlen. Ein Schultermantel aus schwarzem Leder ließ seine muskulöse Brust und seinen Herzstein frei. Es erinnerte mich an die alten römischen Gladiatorenrüstungen.

Die Augen auf mein Wunschziel gerichtet, glitt ich in einem traumähnlichen Zustand den Gang hinunter. Als ich hinter Jaan die drei Stufen zum Podium hinaufstieg, wackelten meine Knie im Einklang mit dem Pochen meines Herzens. Sie drehte sich um, um Kai und mich anzusehen, aber ich hatte nur Augen für meinen Mann. Duke sagte etwas, ich glaube, die ganze Sache mit dem Weiterreichen der Braut. In meinen Ohren war das alles nur Lärm. Kais Herzstein leuchtete so hell vor Emotionen, dass die Wärme gegen meine Haut strahlte. Seine kalten Hände packten meine eigenen und ich ertrank in der eisigen Tiefe seiner Augen.

Die Valos hatten keine Religion wie wir. Kein Priester vollzog Hochzeiten und sie machten auch nicht all diesen Schnickschnack dafür. Vor der Veränderung tauschten die Paare ihre Gelübde im Privaten aus, verkündeten es dem Stamm und es wurde ein großes Essen organisiert, gefolgt von Spielen, um zu feiern. Dass sie sich für mich so viel Mühe gegeben haben, hat mich zutiefst gerührt.

Obwohl sie mich ansprach, projizierte Jaan laut genug, dass alle Anwesenden sie hören konnten.

DIE EISSTADT

„Du bist nach Sonhadra gekommen, vom Himmel gefallen", begann sie mit feierlicher Stimme. „Das Schicksal hat deine Schritte nach E'Lek geführt. Durch Mut und Aufopferung hast du uns wieder Leben geschenkt und unser Volk vor dem Aussterben bewahrt."
Mein Herz zog sich zusammen und meine Sicht verschwamm vor Tränen. Kais Hände schlossen sich um meine.

„Wir sind alle hier, weil du dein Leben riskiert hast, um völlig Fremde zu retten", sagte Jaan unter dem zustimmenden Geflüster der Versammlung. „Du hast uns nichts geschuldet und uns doch alles gegeben. Die ersten Besucher aus dem Himmel zerstörten unsere Welt und du bautest sie wieder auf. Wir sind heute hier, um dich als unsere wahre Schwester willkommen zu heißen, nicht nur, weil du dich mit unserem Bruder Qaezul verpaaren wirst, sondern weil du einen besonderen Platz in unseren Herzen verdient hast. Du bist Valo."

„Du bist Valo", wiederholten die anderen unisono.

Der Damm brach und ich heulte und schniefte zu einer Mischung aus amüsiertem Grinsen und gespielter Empörung über das Weinen an meinem Paarungstag. Kai nahm mich in den Arm und küsste mir die Tränen von den Wangen, bis ich mich wieder gefangen hatte. Meine Wangen brannten, weil ich so ein Spektakel veranstaltet habe.

„Lydia", fragte Jaan, „nimmst du diesen Mann als deinen Lebensgefährten, in guten wie in schlechten Zeiten, bis dass der Tod euch scheidet?"

„Ja, das tue ich." Meine Worte kamen geflüstert heraus, meine Kehle war fast zu eng, um zu atmen.

Auch diese Zeile war nicht Teil der Valos-Traditionen, sondern wurde nur für mich angepasst.

„Qaezul, nimmst du diese Frau als deine Lebensgefährtin, in guten wie in schlechten Zeiten, bis dass der Tod euch scheidet?"

„Das tue ich", sagte er, seine Stimme zitterte vor Rührung.

„Ihr könnt nun eure Verbindung mit Blut besiegeln", sagte Jaan.

Die Valos tauschten keine Ringe, sondern vermischten ihr Blut in einem Blutschwur. Indem er seinen Finger zu einer scharfen, eisigen Klinge ausstreckte, machte Kai einen kleinen Schnitt in seine Handfläche. Ich reichte ihm meine rechte Hand und er machte dort einen kleinen Schnitt für mich. Obwohl es mich hätte erschrecken müssen, hob ich meine unverletzte Hand an meinen Kragen und teilte die linke Seite meines Kleides, um mein Herz freizulegen. Kai machte einen Schnitt und bedeckte ihn sofort mit seiner blutenden Handfläche. Gleichzeitig ergriff er meine verletzte Hand und führte sie an seinen Herzstein. Sein glasartiger Schild teilte sich, um mein Blut aufzunehmen und schloss sich dann wieder.

Ein Kribbeln breitete sich in mir aus, sowohl von dem Einschnitt in meiner Hand als auch auf meiner Brust. Stromstöße durchliefen meinen Körper. Für einen Moment verschwamm meine Sicht und mein Kopf wurde benommen. Kai blinzelte und sah etwas wackelig auf den Beinen aus, er schien genauso betroffen zu sein wie ich. Die Unruhe ließ nach, aber eine seltsame, sehr angenehme Wärme blieb.

„Ich erkläre euch zu Mann und Frau", sagte Jaan, „zu Lebensgefährten vor ganz Sonhadra. Du darfst die Braut küssen."

Um uns herum brach Jubel aus und von den Valos erzeugte Schneeflocken fielen über das Podium, als sich Kais Lippen auf meine pressten.

EPILOG

LYDIA

Nach der Hochzeit, da keiner von ihnen aß, bereiteten die Valos ein Festmahl für eine einzige – mich – am Eingang der Stadt. Ich genoss es, während ich eine Show von Todesrennen beobachtete. Natürlich starb niemand, aber sie gaben sich alle Mühe, ihre Rivalen auszuschalten, indem sie Eiswände in ihrem Weg errichteten oder absichtlich gegeneinanderstießen. Ein paar Mal habe ich mich vor Lachen fast verschluckt.

Sie hatten den Tisch am Fuße der riesigen Statue von Tarakheen am Eingang der Stadt gedeckt. Zu meinem Erstaunen hatten sie sie zu meinem Ebenbild umgebaut. Obwohl ich geschmeichelt und zutiefst gerührt war, gehörte E'Lek nicht mir und ich wollte nicht, dass sie in irgendeiner Weise dachten, dass ich solche Ambitionen hegte. Sowohl Jaan als auch Lorvek versicherten mir, dass keiner von ihnen das glaubte. Kai hatte Iwakiblüten zu meinen Füßen und in meine schalenförmigen Handflächen geritzt, die sich in einer Opfergeste nach außen streckten.

Für die nördlichen Valos war ich Lydiazul'vir Dor E'Lek, die Spenderin des Lebens.

Zwei Tage später vollendeten die Baumeister und Handwerker die Grabkammer für ihre Brüder und Schwestern, die den Magmaraum nicht überlebt hatten. Sie benutzten dafür den Raum, in dem die Weibchen ihren Schlaf abgehalten hatten und andere Handwerker schlossen sich Kai an, um ihn hell und schön mit bunten Schnitzereien zu gestalten. Die Valos zerfielen nach dem Tod nicht. Sie froren ein, ihre Körper blieben in einer permanenten Stasis. Wenn man hineinging, konnte man fast meinen, man hätte ein Wachsmuseum betreten.

In den folgenden Wochen führten wir viele Diskussionen über die Zukunft von E'Lek. Obwohl die nördlichen Valos nur minimale Kontakte zu den anderen Valo-Städten unterhielten, waren sie stark auf den Handel mit der Stadt des Lichts angewiesen. Sie beabsichtigten, den Handel mit ihnen wieder aufzunehmen, vorausgesetzt, sie wären immer noch ein blühendes Volk. Die Handwerker würden sie bei ihrer nächsten Reise besuchen.

Es fiel mir immer noch schwer, die Tatsache zu begreifen, dass eine Valo-Stadt auf einem riesigen Dinosaurier gebaut worden war. Offenbar hatte der Schöpfer der Stadt des Lichts drei dieser Biester biotechnisch hergestellt. Sie waren so schwer, dass der Boden bei jedem ihrer Schritte meilenweit bebte. Ich erkannte jetzt, dass es das war, was mich geweckt hatte, nachdem ich an das Ufer des gefrorenen Sees gespült worden war. Es kam einmal im Monat vorbei. Kai hatte versprochen, mich dorthin zu bringen, sobald die Jäger sich vergewissert hatten, dass es sicher genug war. Ich konnte es kaum erwarten.

Ich fragte mich, ob mögliche Überlebende der *Concord* auf einen dieser anderen Valos gestoßen waren. Vor ein paar Wochen hatten die Jäger die halb aufgefressenen Überreste eines der Gefangenen gefunden, erkennbar an seinem orangefarbenen Outfit. Niemand sonst hatte es so nah an E'Lek geschafft. Ich hatte immer noch gemischte Gefühle dabei. Ein Teil von mir würde die Anwesenheit eines anderen Menschen begrüßen, aber ich vertraute nur sehr wenigen von ihnen. Sobald die Jäger Kontakt mit den anderen Städten aufgenommen hatten, würden wir es sicher wissen. Sie versprachen, sich nach meinen Freundinnen zu erkundigen, Quinn, Zoya und Preta. Es wäre wunderbar, sie wiederzusehen. Vielleicht könnte ich sie mit einem der Jungs hier verkuppeln. Duke war ein guter Typ.

Wir haben uns auch über die verlorenen Stämme gewundert. Die Mehrheit der Valos hier war in E'Lek geboren oder mit jemanden verpaart. Wir hatten keine Ahnung, was die Schöpferin mit den vier nomadischen Stämmen der nördlichen Valos gemacht hatte, bevor jemand merkte, was geschah. Sie könnten auch irgendwo da draußen sein und im Winterschlaf dahinvegetieren. Ein paar Jäger und Bergleute hatten sich auf den Weg gemacht, um herauszufinden, was mit ihnen geschehen war und ob sie gerettet werden konnten.

Nachdem die Valos die Oberstadt zurückerobert hatten, diente die Unterstadt immer noch als Arbeitsplatz für den Anbau der Feldfrüchte und das Handwerk. Die Suite, die Kai und Duke dort für mich gebaut hatten, diente auch weiterhin als romantischer Rückzugsort. Mit viel Mühe und Einfallsreichtum hatte es mein Gefährte geschafft, seine Überraschung geheim zu halten. An unserem Hochzeitstag hatte Kai die atemberaubende Arbeit endlich enthüllt, die er im Raum der heißen Quellen in der Unterstadt vollbracht hatte.

Ursprünglich war es ein schwach beleuchteter Raum mit einem rauen Becken und unebenen Steinwänden gewesen. Jetzt schmückte ein riesiges Fresko von mir, wie ich in einem Feld von Iwakis sitze, mit Cutie auf meinem Schoß, die gesamte Rückwand. Die Seitenwände zeigten verschiedene Szenen, die mit dem Leben seines Volkes vor der Veränderung zu tun hatten. Glühsteine, die an strategischen Stellen auf dem Boden und an der Decke eingelassen waren, tauchten den Raum in ein sanftes, intimes Licht. Berührungssteine auf kunstvoll verzierten Sockeln in der Ecke des Raumes konnten für mehr Licht aktiviert werden. Aber es war die Decke, die mir den Atem raubte und die

Sixtinische Kapelle von Michelangelo wie Amateurarbeit aussehen ließ.

Als ich ihn fragte, wie er das bei der Hitze des Raumes geschafft hatte, erklärte er, dass er mehr davon vertragen konnte, seit wir intim geworden waren. Zwei Monate nach unserer Hochzeit waren alle Zweifel, dass wir uns gegenseitig beeinflussten, verflogen. Zwar konnte er immer noch keine große Hitze wie im Magma-Raum aushalten, aber Kais Standard-Körpertemperatur lag jetzt näher an der eines Menschen. Das Beste daran war, dass er auch die Hitze des Wassers der heißen Quelle über einen längeren Zeitraum aushalten konnte, ohne Schaden zu nehmen. An dem Tag, an dem wir unser Blut ausgetauscht haben, ist etwas passiert, worüber ich nicht glücklicher sein könnte.

Ich saß nackt am Rande des Pools, meine Füße baumelten im Wasser. Kai sprang von der gegenüberliegenden Seite ins Wasser und schwamm zu mir heran. Zwischen meinen gespreizten Beinen stehend, hob er seinen Kopf, um mich zu küssen. Ich nahm sein Gesicht in meine Hände und küsste ihn mit all der Liebe, die in meinem Herzen für ihn brodelte.

„Ich muss dir ein Geheimnis verraten", flüsterte ich gegen seine Lippen.

„Was gibt es, meine Lydia?"

Ich ergriff seine Hand und legte sie auf meinen Bauch. Er versteifte sich, dann weiteten sich seine Augen, die Frage stand ihm deutlich ins Gesicht geschrieben. Ich nickte als Antwort.

„Sieht so aus, als ob der kleine Teo bald einen Freund zum Spielen haben wird", sagte ich.

Sein Herzstein leuchtete hell, sein Gesicht verzog sich vor Rührung.

„Meine Lydia ... Meine Iwaki ..."

Ich lächelte und küsste meinen Mann erneut.

DAS ENDE

WEITERE BÜCHER VON REGINE

Wenn Ihnen meine Arbeit gefallen hat, nehmen Sie sich bitte einen Moment Zeit, um eine Rezension bei Goodreads und Amazon zu hinterlassen. Das ist wichtig für uns. Und vergessen Sie nicht, sich meine anderen Romane anzusehen.

VEREDIANISCHE CHRONIKEN
Dem Schicksal Entkommen
Blindes Schicksal
Amalias Erwachen
Schicksalswende
Schicksalsweber
Schicksalsrebell

XIAN-KRIEGER
Doom
Legion
Raven
Bane
Chaos
Varnog
Reaper
Wrath

DER NEBEL
Der Nebelwandler
Der Albtraum

MATCH MAKER AGENTUR
Mein Echsenehemann

BRAXIANER
Antons Grace
Raviks Mercy
Krygors Hope

VALOS VON SONHADRA
Die Eisstadt

ÜBER REGINE

Regine Abel ist ein Fantasy-, Paranormal- und Science-Fiction-Junkie. Alles, was mit ein bisschen Magie, einen Hauch von Ungewöhnlichem und viel Romantik zu tun hat, lässt sie vor Freude springen. Heiße außerirdische Krieger, die auf eine coole Heldin treffen, geben ihr ein warmes, wohliges Gefühl.

Bevor sie sich hauptberuflich dem Schreiben widmete, hat Regine sich der anderen Leidenschaft in ihrem Leben hingegeben: Musik und Videospiele! Nachdem sie ein Jahrzehnt lang als Toningenieurin in der Filmsynchronisation und bei Live-Konzerten gearbeitet hatte, wurde Regine zur professionellen Spieledesignerin und Creative Director, eine Karriere, die sie von ihrer Heimat Kanada in die USA und in verschiedene Länder in Europa und Asien führte.

Facebook
https://www.facebook.com/regine.abel.author/

Website
https://regineabel.com

ÜBER REGINE

Regine's Rebellen Lesergruppe
https://www.facebook.com/groups/ReginesRebels/

Newsletter
http://smarturl.it/RA_Newsletter

Goodreads
http://smarturl.it/RA_Goodreads

Bookbub
https://www.bookbub.com/profile/regine-abel

Amazon
http://smarturl.it/AuthorAMS

Printed in Poland
by Amazon Fulfillment
Poland Sp. z o.o., Wrocław